ANNEMARIE REGEZ

DIE LAGO MAGGIORE MORDE

TOD IM CAMPER

LÜGEN IN LOCARNO Im malerischen Locarno am Lago Maggiore wirft der mysteriöse Tod eines Campers Fragen auf. Commissaria Roberta Casanova nimmt die Ermittlungen auf, wird jedoch wegen Befangenheit vom Fall abgezogen und zu einer Neuaufnahme des Cold Cases »Leutenegger« verdonnert, als sich persönliche Verbindungen zum Mordopfer auftun. Während Roberta in Locarno alte Verdächtige befragt, übernimmt die frischgebackene Ispettrice Marta Ravelli den Fall Banfi, der sie bis nach Italien und in die Zeit führt, als die »Roten Brigaden« in den 1970ern das Land terrorisierten. In Locarno erhält Roberta währenddessen Drohbriefe, die sie dazu auffordern, nicht weiter in der Vergangenheit zu stochern – aber auch einen Hinweis auf den Täter im Fall Leutenegger. Roberta und Marta tauchen ein in ein Netz aus alten Geheimnissen, politischen Verstrickungen, Hass und familiären Konflikten – können sie die Wahrheit aufdecken, bevor es zu spät ist?

Annemarie Regez ist im Berner Oberland aufgewachsen und hat in der Bundeshauptstadt Bern Philosophie, Germanistik und Volkskunde studiert. Sie lebt als freie Schriftstellerin und Bibliothekarin im Kanton Schwyz und verbringt die zweiten Wochenhälften in ihrer Wahlheimat Locarno.

ANNEMARIE REGEZ

DIE LAGO MAGGIORE MORDE

TOD IM CAMPER

KRIMINALROMAN

Immer informiert

Spannung pur – mit unserem Newsletter informieren wir Sie regelmäßig über Wissenswertes aus unserer Bücherwelt.

Gefällt mir!

Facebook: @Gmeiner.Verlag
Instagram: @gmeinerverlag

MIX
Papier | Fördert gute Waldnutzung
FSC® C014496

Besuchen Sie uns im Internet:
www.gmeiner-verlag.de

Im Ehnried 5, 88605 Meßkirch
Telefon 07575/2095-0
info@gmeiner-verlag.de

1. Auflage 2025

Lektorat: Claudia Senghaas, Kirchardt
Satz: Mirjam Hecht
Umschlaggestaltung: U.O.R.G. Lutz Eberle, Stuttgart
unter Verwendung von: © Illustration Lutz Eberle
nach einem Foto von Michael Gorog auf unsplash
Druck: GGP Media GmbH, Pößneck
Printed in Germany
ISBN 978-3-8392-0860-1

HEIMKEHR

Er ist früh aufgewacht, wie immer in letzter Zeit. Am Vorabend hat sich nach einem schwülen Tag ein Gewitter über Locarno entladen, und nun leuchtet der Himmel rein gewaschen in einem makellosen Stahlblau. Weil sich damit erneut ein heißer Sommertag ankündigt, nutzt er die frühmorgendliche Frische für einen Spaziergang durch die noch leeren Straßen. Wie von selbst führen ihn seine Schritte zum Haus in der Via Nessi. Er bleibt stehen, ist überrascht, wie wenig sich verändert hat. Die Palmen und Oleanderbüsche sind höher und mächtiger geworden, die Eingangstür hat einen neuen Anstrich bekommen, aber das eiserne Tor zum Innenhof steht wie damals offen, im Kies wachsen wie früher einzelne Büschel der gleichen Unkräuter. Erinnerungen überwältigen ihn, ein Stechen in der Brust verschlägt ihm den Atem, seine Augen füllen sich mit Tränen. Er gibt sich der Vorstellung hin, hier und jetzt tot zusammenzubrechen, als die Haustür aufgerissen wird, und Elena mit einem Korb in der Hand erscheint. Sie geht zum Auto, er zieht sich schnell zurück und schaut, an die Hecke gepresst, zu, wie sie in Richtung Rotonda davonfährt.

Nach kurzem Zögern geht er entschlossenen Schrittes zurück zu seinem Campingbus, wo er sich ans Steuer setzt und auf dem Handy eine Route eingibt. Zwar hat er die letzten Tage bereits die Umgebung erkundet, aber Locarno hat sich in den vergangenen 40 Jahren derart verändert, dass er sich nicht mehr auskennt. Spätestens als er Ponte Brolla erreicht, wo die Straße ins Centovalli abzweigt, kommt ihm jedoch alles wieder vertraut vor. Jetzt braucht er die Anweisungen aus dem Handy nicht mehr. Kurz nach Intragna biegt er auf ein Sträßchen ab, das sich in Haarnadelkurven den Berghang hochschraubt. Wie erwartet, steht Elenas Fiat am Ende der befahrbaren Straße. Er steigt aus dem Campingbus und sieht sich um. Als er einen frischen Fußabdruck am Waldrand entdeckt, folgt er vorsichtig der Fährte. Es dauert nicht lange, bis er Elena eingeholt hat, da sie nur langsam vorankommt, weil sie nach Pilzen Ausschau hält. Er beobachtet sie aus sicherer Entfernung, indem er lautlos von Baumstamm zu Baumstamm huscht.

1

Laura kreischte in einer Mischung aus Furcht und Entzücken, als der mächtige Uhu so dicht über ihre Köpfe flog, dass sie den Luftzug spüren konnten.

Sie saßen auf der Tribüne der *Falconeria* in Locarno, eine Mischung aus Zoo und Zirkus, wo man sich der alten Kunst der Falknerei widmete, aber auch mit vielen anderen exotischen Vögeln arbeitete.

Zweimal pro Tag fanden Vorführungen statt, bei denen die verschiedenen Vögel, begleitet von informativen Ausführungen in Deutsch und Italienisch, präsentiert wurden.

Sie hatten sich an diesem Sonntagmorgen spontan dazu entschieden, die Vorführung um 11 Uhr zu besuchen. Ein schon lange gehegter Vorsatz, schließlich befand sich die *Falconeria* nur ein paar 100 Meter von ihrem Haus entfernt die Straße runter. Jetzt, Ende Juli, auf dem Höhepunkt der Touristensaison, war die Tribüne voll besetzt.

Roberta beobachtete ihre Tochter, wie sie fasziniert dem Flug der Falken, Adler und Eulen folgte und ihren Plüschkoala, ein Geschenk von Julias Schwester, die in Australien lebte, an sich drückte, wenn die Vögel zu nahekamen. Roberta war glücklich. Laura saß zwischen ihr und Julia, ihre Eltern, Elena und Bruno Casanova neben ihr.

Vor ihnen lag eine Parklandschaft mit mittelalterlichen Türmen. Die Bühne für eine unterhaltsame Show, gespickt mit Fakten über die Falknerei und die Lebensgewohnheiten der verschiedenen Vögel, alles untermalt mit dramatischer Musik. Anders als Roberta befürchtet hatte, wurden die Tiere nicht wie dressierte Sklaven präsentiert, sondern mit viel Liebe und Respekt für ihre Bedürfnisse.

Auch Julia machte es glücklich zu sehen, wie gebannt Laura das Spektakel verfolgte. Am Ende des Sommers plante sie, ihre Arbeit bei der Lokalredaktion vom *Messaggero del Ticino* wieder aufzunehmen. Laura würde dann im *asilo nido*, der Kinderkrippe, untergebracht werden. Julia freute sich darauf, wieder zu arbeiten. Auch wenn sie sich jetzt noch nicht vorstellen konnte, den ganzen Tag von der Tochter getrennt zu sein.

Auch Bruno Casanovas Gedanken kreisten über einer Trennung. Allerdings nicht von einem Menschen, sondern von seinem geliebten italienischen Wolfshund namens Froda. Normalerweise machte er am Sonntagmorgen einen ausgedehnten Spaziergang mit ihm, jetzt saß Froda zu Hause und wartete enttäuscht.

Elena Casanova war in Gedanken beim Sonntagsessen. Ob die Steinpilze, die sie am Morgen gesammelt hatte, für die *Tagliatelle ai funghi porcini* reichten? Zum Leidwesen ihres Mannes hatte sie den Sonntagsbraten gestrichen, weil Julia Vegetarierin war. Eigentlich müssten sie schon reichen, und nächste Woche wollte sie noch einmal in den Wald. Ein paar Tage nach dem Gewitter hatten die Steinpilze Zeit genug gehabt, um so richtig zu sprießen.

»Signore e Signori!«, tönte es nun aus dem Lautsprecher. »Schauen Sie auf den Herrn mit der roten Baseballmütze in der vierten Reihe.«

Elena Casanova drehte sich um, hielt wie gefordert Ausschau nach der roten Mütze, dann stockte ihr der Atem. Neben dem Mann mit der Baseballmütze saß jemand, den sie zu kennen meinte. War das möglich? Konnte es sein, dass er nach über 40 Jahren wieder auftauchte? Ohne Vorwarnung, ganz zufällig?

Ihr Bruder.

Ihre Blicke trafen sich für ein paar endlose Sekunden, bis der Flug des Uhus sie trennte, der die rote Mütze unter dem Beifall der Zuschauer vom Kopf des Mannes raubte.

Darauf war die Vorstellung beendet, und alle erhoben sich von den Bänken, um zum Sonntagsbraten zu eilen oder sich einen Fototermin mit einem der Raubvögel zu sichern.

Elena versuchte, sich vorzudrängen, musste aber kapitulieren, weil vor ihr einer alten Frau auf die Beine geholfen wurde, die sich dann im Schneckentempo auf das Ende der Reihe zubewegte. Elena versuchte, ihren vermeintlichen Bruder nicht aus den Augen zu verlieren, aber als sie schließlich die Tribüne verlassen und sich nach vorne schieben konnte, war er verschwunden.

»Mamma? Was ist mit dir?«, fragte Roberta, die ihrer Mutter gefolgt war. »Ist dir nicht gut?«

Elena stand verwirrt und etwas verloren da, während an ihr vorbei die Leute zum Ausgang strebten. »Ich glaubte, jemanden gesehen zu haben, den ich kenne. Aber ich habe mich wohl getäuscht«, sagte sie und zuckte die Schultern.

Jetzt war Roberta verwirrt. Im Kontrast zu den gleichgültig klingenden Worten schien ihre Mutter äußerst aufgewühlt. Außerdem kam es ihr seltsam vor, dass sie einem beliebigen Gesicht hinterherhetzen würde, nur weil es ihr bekannt vorkam. Aber dann hörte sie Laura »Mamma« rufen und sah sie so unsicher und in beängstigendem Tempo auf sie zu stolpern, dass sie sie schnell auffangen musste, um den unvermeidlichen Sturz zu verhindern. Danach war der Moment vorbei. Elena hatte sich wieder gefasst. Sie verließen die *Falconeria*, um sich bald darauf an den häuslichen Tisch zu setzen und die frischen *Porcini* in Rahmsoße zu genießen.

2

Die Erinnerung an den Sonntagsausflug in die *Falconeria* war schon fast verblasst, die *Porcini* lange verdaut, als die Commissaria von der Nachricht aufgeschreckt wurde, dass man in einem Campingbus auf dem Stellplatz in der Via Lavizzari einen Toten gefunden hatte.

Sie informierte Marta, und die beiden machten sich zu Fuß auf den Weg. Ihr Ziel lag nur ein paar 100 Meter vom Polizeiposten entfernt, auf dem Gelände des ehemaligen Schlachthofs der Stadt Locarno.

Der Tote befand sich in einem verbeulten Citroën Jumper mit französischem Nummernschild und war entdeckt worden, weil die Parkgebühr nicht mehr bezahlt worden war. Die Gemeinde Locarno, die den Stellplatz betrieb, hatte einen Mitarbeiter geschickt, der nach dem Rechten sehen sollte. Nachdem er mehrmals an die Tür des Wohnmobils geklopft hatte, ohne eine Reaktion zu erhalten, fragte er die anwesenden Camper, ob sie wüssten, wo sich die Leute, die zu diesem Wohnmobil gehörten, aufhielten. Die Befragung brachte ihm nur Schulterzucken ein, sodass er probehalber an der Türverriegelung zog, worauf die Tür mit leisem Quietschen aufschwang. Der Tote lag eingezwängt zwischen dem Aluminiumfuß des Tisches und der Sitzbank, als ob er sich hätte verkriechen wollen.

Kein schöner Anblick, der Gemeindemitarbeiter war selbst leichenblass, als er gegenüber Marta und der Commissaria beteuerte, die Tür habe sich praktisch von selbst geöffnet, er habe sich ganz bestimmt nicht widerrechtlich Zutritt verschaffen wollen.

Da auf den ersten Blick nicht festzustellen war, wie der Mann zu Tode gekommen war, überlegte die Commissaria, sich wieder zurück auf den Polizeiposten zu begeben, bis erste Ergebnisse der Spurensicherung und der Gerichtsmedizin vorlagen. Aber dann bog ein vertrauter knallroter Smart auf den Stellplatz ein. Die Gerichtsmedizinerin Chiara Vanini war wohl gerade in der Nähe gewesen, als sie von dem Todesfall gehört hatte.

Die Dottoressa schälte sich aus dem Auto, das viel zu klein war für ihre massige Gestalt.

Vielleicht gibt ihr das winzige Auto ein Gefühl von Zierlichkeit, das sie sonst vermisst, ging der Commissaria durch den Kopf, bevor sie sagte: »Ciao, Chiara! Wir haben einen toten Camper.«

Chiara Vanini grüßte zurück und ließ sich den Toten zeigen. »Aha, finales Höhlenverhalten. Aber er wird ja kaum erfroren sein bei diesen Temperaturen.«

»Was?«, fragte die Commissaria.

»Finales oder terminales Höhlenverhalten. Der Mensch verkriecht sich, um zu sterben. Sieht man oft bei Leuten, die erfrieren. Bei denen kommt aber meistens noch die Kälteidiotie hinzu. Wenn die Körpertemperatur auf 32 Grad sinkt, dilatieren die Gefäße, was zu einem Hitzegefühl führt, und die Leute ziehen sich dann aus. Ist hier aber nicht der Fall. Wenn es Winter wäre, hätte ich sofort auf Erfrieren getippt. Oder Kohlenmonoxidvergiftung von einer defekten Gasheizung. Ist vielleicht einfach ein Herzinfarkt. Also, dann schauen wir mal.«

Chiara Vanini hievte sich in das Wohnmobil und ließ sich dann vorsichtig auf die Knie nieder. »Seltsam«, sagte sie, als sie dem Toten Auge in Auge gegenüberkauerte. »Ausgeprägter Ikterus. Ist wohl doch kein Herzinfarkt.«

»Was heißt das?«, fragte die Commissaria ungeduldig vor der Wohnmobiltür stehend. »Bedeutet das, du hast doch eine Fremdeinwirkung gefunden?«

»Ikterus, Gelbsucht«, murmelte die Dottoressa, während sie versuchte, dem Toten eine Socke auszuziehen. »Da! Siehst du diese Blase über dem Knöchel?«

»Nein, du stehst mir im Weg.«

»Ist ja nicht so wichtig, kannst du nachher begutachten. Ich vermute, dieser Mensch ist an einer Vergiftung gestorben. Ich muss auf jeden Fall eine Autopsie machen.«

Als die Leiche abtransportiert war, sah sich die Commissaria im Wohnmobil um. Es war zwar alt, verfügte aber über Küche, WC und Dusche und war in einem sauberen, ordentlichen Zustand. Es befanden sich auch nicht übermäßig viele Habseligkeiten im Wagen, das deutete darauf hin, dass der unbekannte Tote auf Campingurlaub war und nicht etwa dauernd im Wohnmobil wohnte. Im Handschuhfach fand sich ein Portemonnaie mit ein paar 100 Euro, einer Bankkarte, einem französischen Personalausweis und Führerschein. Ein Handy, das auf dem Tisch gelegen hatte, wurde vom Kriminaltechnischen Dienst mitgenommen.

Der Tote hieß Jules Leclerc, ein Allerweltsname, wie der Commissaria eine schnelle Internetsuche verriet.

Marta hatte bereits herausgefunden, dass das Wohnmobil auf diesen Namen gemeldet war. Sie würden über die französische Zulassungsbehörde ausfindig machen, wo er gewohnt hatte und eventuelle Angehörige benachrichtigen lassen. Bis entschieden werden konnte, wie es weiterging, musste das Ergebnis der Obduktion abgewartet werden. In der Zwischenzeit wurde das Wohnmobil auf den Werkhof der Polizei gebracht.

3

»*Pronto, dimmì* Chiara!« Commissaria Casanova hatte den Anruf der Gerichtsmedizinerin schon ungeduldig erwartet.

»Halt dich fest, Roberta. Unser Camper ist mit großer Wahrscheinlichkeit an einer Vergiftung durch einen Knollenblätterpilz gestorben. Habt ihr in der Küche des Wohnmobils Spuren einer Pilzmahlzeit gefunden?«

»Was?« Der Kopf der Commissaria schwirrte von verschiedenen Assoziationen, einschließlich ihrer eigenen Pilzmahlzeit vom Sonntag. »Nein. Die Küche war unbenutzt. Wir haben nur Instant-Kaffee, Zucker und Milch gefunden. Er hat sich offenbar in Restaurants verpflegt. – *Cavolo!* Jetzt müssen wir die Restaurants abklappern. Es könnte ja auch noch andere erwischt haben. Hast du noch von anderen Pilzvergiftungen gehört?«

»Bis jetzt nicht. Aber ich werde mich umhören und gebe dir Bescheid.«

»Danke, Chiara. Ich reiche die Nachricht an mein Team weiter. Sie werden sich auf die Restaurantbesuche freuen.«

Entgegen der pessimistischen Vermutung der Commissaria konnte das Lokal, wo der vergiftete Jules Leclerc seine letzte Mahlzeit – und im Übrigen auch die Mahlzeiten davor – eingenommen hatte, sehr schnell ausfindig gemacht werden. Es war ein beliebtes Restaurant mit Pizzeria ganz in der Nähe des Stellplatzes. Jules Leclerc war dem Servicepersonal in Erinnerung geblieben, weil er an zwei Tagen in Folge am Mittag und am Abend bei ihnen gegessen hatte. Und auch, weil er alle vier Mal das Gleiche bestellt hatte: *Bistecca* mit *patatine*. Bei dieser Ernährung wäre er ohnehin nicht alt geworden, dachte die Commissaria und dass dieses Menü keine Pilze enthielt. Pilze wurden in diesem Restaurant nur auf der Pizza serviert, und sie kamen nicht aus dem Wald, sondern aus einem Alubeutel.

Auch wenn mit ziemlicher Sicherheit ausgeschlossen werden konnte, dass sich Jules Leclerc die Knollenblättervergiftung hier zugezogen hatte, war die Befragung des Servicepersonals doch noch für eine interessante Information gut: Der gemäß seinen Ausweispapieren französische Staatsbürger hatte nicht nur akzentfreies Italienisch gesprochen, sondern auch ein paar Dialektwendungen eingestreut. Den Dialekt beherrschte nur jemand, der hier aufgewachsen war. Jules Leclerc stammte also mit großer Wahrscheinlichkeit aus dem Kanton Tessin.

Hatte er vielleicht Verwandte getroffen, die sich so über seinen Besuch gefreut hatten, dass sie ihn mit einer finalen Mahlzeit daran hindern wollten, sie je wieder zu verlassen?

Knollenblätterpilze sollen sehr gut schmecken. Die Commissaria hatte gelesen, dass Überlebende behauptet hatten, das potenziell tödliche Gericht sei das beste ihres Lebens gewesen. Allerdings kam ihr das sehr unglaubwürdig vor. Normalerweise hatte man keine guten Erinnerungen an Speisen, die einen zum Erbrechen brachten. Das sollte auch für eine Knollenblättervergiftung gelten, obschon das Erbrechen erst Stunden nach Einnahme der Pilze einsetzte. Das war überhaupt das Perfide an diesem Gewächs: Bauchschmerzen und Übelkeit machten sich erst bemerkbar, wenn es schon fast zu spät war. Und ausgesprochen teuflisch war, dass man sich nach dem großen Erbrechen wieder besser fühlte und sich in Sicherheit wiegte, während das Gift unbemerkt die Leber zerstörte. Danach bestand die letzte und einzige Chance zu überleben in einer Lebertransplantation.

Die Leiche von Jules Leclerc war am Donnerstagmorgen gefunden worden. Chiara Vanini hatte vermutet, dass er etwa zwölf bis allerhöchstens 24 Stunden vorher gestorben war. Eine Vergiftung mit Knollenblätterpilzen führte nach zwei bis vier Tagen zum Tod. Er konnte also die Pilze am Sonntag zu sich genommen haben und am Mittwoch gestorben sein. Für die Einnahme am Sonntag sprach auch, dass er nicht mehr im Restaurant aufgetaucht war, um seine *Bistecca con patatine* zu essen.

Aber wer hatte ihm das Gift serviert?

Es gab nur eine Handvoll Personen namens Leclerc im Tessin. Sie waren bereits befragt worden, und alle hatten glaubhaft versichert, den Toten nicht zu kennen.

Es gab auch die Möglichkeit, dass er bei einem seiner Nachbarn auf dem Wohnmobil-Stellplatz gegessen hatte. Die Commissaria seufzte. Der Stellplatz wies 37 Plätze auf und war jetzt im Hochsommer ständig voll besetzt. Sie mussten also mindestens 36 Wohnmobilbesitzerinnen und -besitzer ausfindig machen und befragen. Wahrscheinlich sogar mehr, weil sicher einige am Sonntag abgereist und andere angekommen waren.

»Wie soll man sich das Szenario denn vorstellen?«, fragte Marta die Commissaria, als sie sich nach der Teambesprechung in ihrem Büro trafen. »Wer würde einen Nachbarn auf dem Campingplatz vergiften? Nehmen wir an, du hasst jemanden so sehr, dass du ihn umbringen willst. Er hat ein Wohnmobil, also mietest du eines und verabredest dich mit ihm. Vielleicht auf halbem Weg zwischen deinem und seinem Wohnort, auf einem anonymen, unbewachten Stellplatz, wo man mit einer App bezahlen kann. Dann lädst du ihn zum Essen ein, würzt seine Portion mit Knollenblätterpilzen, sagst ›Ciao‹ und reist wieder ab.« Marta dachte einen Moment nach. »Eigentlich genial. Wenn es sich so abgespielt hat, dann wird es für uns schwierig. Auch wenn es uns gelingt, diese hypothetische Person zu finden und ihr eine Beziehung zu Jules Leclerc nachzuweisen, müssen wir immer noch Beweise finden.«

Die Commissaria zuckte die Schultern. »Ich glaube nicht an den Wohnmobil-Mörder, aber überprüfen müssen wir es trotzdem. Mein Gefühl sagt mir, dass der Tote nicht zufällig nach Locarno gekommen ist. Da ist einmal sein Handy. Ein billiges Prepaid, das er offenbar nur dazu benutzt hat, den Stellplatz zu bezahlen. Und was wirklich ungewöhnlich ist, dass ein französischer Staatsbürger Tessiner Dialekt spricht. Wir müssen herausfinden, was er hier wollte. Am besten veröffentlichen wir ein Bild von ihm. Vielleicht kann Ruggero ihn jünger machen? Schließlich hat er offenbar schon Jahrzehnte in Frankreich gelebt und war vielleicht längere Zeit nicht in Locarno.«

4

Schon am nächsten Morgen stellte sich heraus, dass das Gefühl der Commissaria richtig war. Fünf Leute meldeten, dass es sich bei dem Mann auf dem Bild, das die Polizei auch auf den sozialen Medien geteilt hatte, um Valerio Banfi handelte. Es gab keine Zweifel. Ein Lehrmeister erkannte seinen ehemaligen Auszubildenden, es meldeten sich Schulkameraden und Arbeitskollegen.

Und es meldete sich noch ein Gefühl bei der Commissaria. Eine leichte Irritation. Banfi war der Mädchenname ihrer Mutter. Was allein noch kein Grund zur Beunruhigung wäre. Aber Banfi war ein seltener Name, sie kannte nur noch eine Person, die so hieß: Elisabetta, die Schwester ihrer Mutter. Diese hatte die Commissaria schon ewig nicht mehr gesehen. Als sich Roberta als Lesbe geoutet hatte, wollte Tante Elisabetta nichts mehr mit ihr zu tun haben.

Die Commissaria griff zum Telefon. »Ciao, Mamma. Ich habe eine Frage: Kennst du einen Valerio Banfi?«

Stille.

»Mamma?«

»Was ist mit ihm?«

»Er wurde tot aufgefunden. In einem Wohnmobil auf dem Stellplatz beim ehemaligen Schlachthof. Du kennst ihn?«

Stille.

»Mamma?« Die Commissaria schaute entgeistert auf ihr Handy, auf dem angezeigt wurde, dass der Anruf beendet worden war. Sie überlegte kurz, verließ dann ihr Büro, informierte Marta, dass sie eine Weile weg sei, und machte sich auf den Weg nach Hause.

Elena Casanova, die offenbar damit gerechnet hatte, dass ihre Tochter auftauchen würde, stand bereits vor der Haustür, als Roberta eintraf. Vielleicht hatte sie fliehen wollen, ging ihrer Tochter durch den Kopf, als sie sah, dass ihre Mutter die Autoschlüssel in der Hand hielt.

Mutter und Tochter fochten ein Blickduell aus, das die Tochter gewann. Elena Casanova ging zurück ins Haus, Roberta folgte ihr unaufgefordert.

Sie hatten das Haus für sich allein. Der Vater war mit Froda unterwegs, und Julia besuchte mit Laura probehalber das *Nido dell'infanzia*, die Kinderkrippe der Stadt.

»Also, Mamma, was hat es mit diesem Valerio Banfi auf sich?«, fragte Roberta, nachdem sie sich in der Küche an den Tisch gesetzt hatte, wo ihre Mutter automatisch die *Moka* mit Kaffee und Wasser füllte und aufsetzte.

Ihre Mutter drehte sich zu ihr um. »Ich weiß nicht, wo ich anfangen soll, Roberta.«

»Am besten sagst du mir einfach, wer dieser Valerio Banfi ist. Sind wir mit ihm verwandt?«

Elena nickte.

»Okay. Wie denn? Ist er ein entfernter Cousin von dir? Er kann ja nicht besonders eng verwandt sein. Ich habe noch nie von ihm gehört.«

»Roberta, Valerio ist mein Bruder.« Elena schaute voller Angst und jahrzehntelangem Kummer zu ihrer Tochter, die erst überrascht, dann fassungslos war. »Wir haben alles getan, um zu vergessen, dass es ihn gibt. Eigentlich habe ich angenommen, dass er längst gestorben sei. Es ist 40 Jahre her, dass wir das letzte Mal von ihm gehört haben.«

»Was erzählst du da? Das ist doch nicht möglich!« Roberta hatte sich unwillkürlich vom Stuhl erhoben.

»Ihn zu vergessen, war der einfachste Weg. Der Schmerz war einfach zu groß. Und es hat ja auch funktioniert. Irgendwie.«

»Mamma! Wovon sprichst du?«

Mit lautem Zischen kochte der Kaffee in der *Moka* über, die von den beiden Frauen unbeachtet vor sich hin geblubbert hatte. Roberta stürzte zum Herd, um das Gas abzustellen, und Elena fing an zu schluchzen. Roberta, die bereits zum Putzlappen gegriffen hatte, um das Gröbste aufzuwischen, erstarrte. Sie hatte ihre Mutter noch nie schluchzen gehört. Und das letzte Mal, dass sie geweint hatte, war auch schon eine Weile her. Typischerweise auch in Familienangelegenheiten, nämlich wegen Zia Elisabettas Reaktion auf Robertas Coming-out. Sie drehte sich zu ihr um und nahm sie in die Arme. »Mamma, wein doch nicht«, sagte sie hilflos über die Schulter ihrer Mutter und schämte sich sogleich für die dämlichen Worte. Wie sollte man Trost spenden, wenn sich ein lebenslang unterdrückter Kummer Bann brach?

Als die Schluchzer weniger wurden und das Weinen versiegte, lockerte Roberta ihre Umarmung. Die Mutter trat einen Schritt zurück und griff nach der Küchenpapierrolle. Sie schnäuzte die Nase und wischte sich die Augen. Die Schminke hinterließ schwarze Streifen auf dem Papier, was Elena fast wieder zum Weinen brachte.

Roberta, hin und her gerissen zwischen dem Wunsch, die Geschichte über ihren unbekannten Onkel zu erfahren, und der Angst, ihre Mutter wieder zum Weinen zu bringen, schraubte die *Moka* auseinander und klopfte den Kaffeesatz aus dem Sieb. Während sie die Kanne spülte, kam ihr ein niederschmetternder Gedanke. Falls Valerio Banfi ihr Onkel war – noch konnte sie dieser Nachricht nicht wirklich Glauben schenken – dann würde sie von den Ermittlungen abgezogen. Einen konfusen Augenblick lang schwirrten ihr Szenarien durch den Kopf, in denen sie verheimlichte, dass der Tote ein enger Verwandter war, um dann einzusehen, dass es unmöglich war. Allerdings würde sie sich die Gelegenheit nicht nehmen lassen, ihre Mutter auszufragen, bevor sie Staatsanwalt Franscini informierte.

»Mamma? Willst du mir nicht erzählen, was es mit deinem Bruder auf sich hat?«, fragte sie, in der Hoffnung, der beiläufige Ton wirke beschwichtigend auf ihre Mutter.

Elena Casanova gab einen tiefen Seufzer von sich. »Eigentlich gibt es gar nicht so viel zu erzählen. Du weißt ja, dass ich in einem sehr konservativen Elternhaus aufgewachsen bin. Jeden Sonntag in die Kirche und strenge Vorschriften, vor allem für uns Mädchen. Wir durften keine Jeans und nur Kleider tragen, die bis über die Knie gingen. An Hotpants und Miniröcke, die damals gerade der letzte Schrei waren, durften wir nicht einmal denken. Wir haben alle drei sehr unterschiedlich auf das strenge Regime reagiert. Ich habe früh geheiratet, um wegzukommen. Elisabetta hat sich – ganz die Musterschülerin – noch konservativer und gottgefälliger als meine Eltern gebärdet, und Valerio hat dann halt politisch rebelliert.«

»Politisch? Was meinst du damit?«

»Er hat sich einer radikalen Organisation angeschlossen.«

Roberta versuchte, sich vorzustellen, was für ihre Mutter als »radikale Organisation« gelten würde. Die Sozialdemokratische Partei oder Greenpeace? Sie schluckte eine spöttische Bemerkung hinunter und begnügte sich mit einem fragenden Blick.

»Ich habe damals nicht verstanden, was vor sich ging. Ich ging ja noch zur Schule und hatte keine Ahnung von den Kreisen, in denen er verkehrte. Und dann hatte ich nie mehr Gelegenheit, ihm Fragen zu stellen. Er begab sich offenbar sofort in den Untergrund.«

»Untergrund?« Es war höchst irritierend, ein solches Wort aus dem Mund ihrer Mutter zu hören.

»1978, als er 20 und damit volljährig wurde, ging er nach Italien, um sich den *Roten Brigaden* anzuschließen.«

»Was?«

»Er hat sich radikalisiert. Unsere Eltern haben seinen Freunden die Schuld gegeben, aber ich dachte damals schon, dass sie mitschuldig seien. Sie waren aus der Zeit gefallen mit ihrem Konservatismus und ihrer Sturheit. Du kannst ja nicht wissen, wie es damals war. Wenn man in den 70er-Jahren jung war, hat man sich nicht mehr mit Traditionen und alten Zöpfen abspeisen lassen. Es hat einfach keinen Sinn mehr gemacht. Die ganze Autoritätsgläubigkeit hat nur zu Krieg und der Katastrophe des Holocaust geführt. Aber das Establishment, die Regierung, die Unternehmer, alle sahen sie immer noch gleich aus mit ihren schwarzen Anzügen, weißen Hemden und Hornbrillen, und sie wehrten sich mit Vehemenz gegen Gleichberechtigung oder andere neumodische Ideen. Da hat sich eine Menge Wut aufgestaut.«

Daran zweifelte Roberta nicht, aber dass ihre Mutter das Wort »Establishment« in den Mund nahm und sich fast wie ein ehemaliges Blumenkind anhörte, war äußerst verwirrend. Andererseits musste Roberta zugeben, dass sie zwar klaglos ein konventionelles Hausfrauenleben geführt, aber nie versucht hatte, Roberta, die sich um keine Konventionen geschert hatte, zu beeinflussen. Hatte sie ihre Mutter etwa ein Leben lang falsch eingeschätzt?

»Valerio ist einfach verschwunden, ohne Erklärung, ohne eine Nachricht zu hinterlassen. Das war grausam für uns, vor allem für meine Eltern. Die Ungewissheit hat sie fertig gemacht. Aber als dann die Polizei vor der Tür stand und sagte, Valerio werde gesucht, wegen Mitgliedschaft in einer terroristischen Vereinigung, hätten sie wohl die Ungewissheit vorgezogen. Das war 1980, zwei Jahre nach der Entführung und Ermordung von Aldo Moro. Ich hatte gerade meine kaufmännische Lehre beendet und wohnte noch bei meinen Eltern, denen ich den größten Teil meines Lehrlingsgehalts abgeben musste. Dein Vater und ich waren verlobt, aber meine Eltern hätten ihm niemals erlaubt, bei mir zu übernachten, geschweige denn, dass wir die Ferien gemeinsam verbrachten. Deshalb wollten wir so schnell wie möglich heiraten. Das weißt du ja. Du warst ein Siebenmonatskind.« Die Mutter lächelte und wurde gleich wieder ernst. »Ich habe dir aber nie erzählt, dass wir damals jahrelang überwacht wurden. Unser Telefon wurde abgehört und unsere Post kontrolliert. Das hatten wir alles Valerio zu verdanken. Es lagen offenbar Beweise vor, dass er an verschiedenen Mordanschlägen der *Brigate Rosse* beteiligt gewesen war, bevor er abtauchte. Sie vermuteten natürlich, dass er mit der Familie Kontakt aufnehmen und uns um Hilfe bitten würde, was er aber nie getan hat. Bis jetzt.«

»Bis jetzt? Was meinst du damit? Hast du mit ihm gesprochen?« Roberta, die konzentriert zugehört und, überwältigt von den überraschenden Informationen, versucht hatte, sich darauf einen Reim zu machen, war plötzlich alarmiert.

»Nein. Aber ich glaube, ihn gesehen zu haben.«

»Gesehen? Wo?«

»In der *Falconeria*. Er saß hinter uns, neben dem Mann mit der roten Kappe. Du weißt doch die, die sich der Vogel geschnappt hat?«

»Warum hast du nichts gesagt? Hast du ihn denn nicht angesprochen?«

»Ich habe versucht, ihm zu folgen. Aber er war verschwunden. Danach dachte ich, es mir nur eingebildet zu haben. Ich habe ihn über 40 Jahre nicht gesehen. Ich war mir nicht sicher.«

5

Marta seufzte. Ihr war mitgeteilt worden, dass Commissaria Casanova den Fall Banfi – er hieß jetzt nicht mehr Leclerc – wegen Befangenheit abgeben müsse und man ihr die Leitung übertrage. Jetzt schwankte sie zwischen Euphorie und Angst. Es war das erste Mal, dass sie die volle Verantwortung übernehmen durfte oder musste. Ausgerechnet bei einem Fall, in den die Familie der Commissaria verstrickt war. Was bedeutete, dass sie es auf keinen Fall versemmeln durfte.

Die *Roten Brigaden*. Lange vor ihrer Zeit. Eine schwache Ahnung von Autobomben und etwas mit Aldo Moro. Wer war das schon wieder gewesen?

Wikipedia würde weiterhelfen.

Zwei Stunden später versammelte sie ihr Team im Besprechungsraum.

»Als Erstes muss ich erklären, warum ich hier stehe und nicht Roberta«, sagte sie, die Verwunderung in den Gesichtern der Anwesenden bemerkend. »Wir haben die Identität des Toten vom Stellplatz auf dem ehemaligen Schlachthofgelände feststellen können. Seine Papiere sind auf den Namen Jules Leclerc ausgestellt, französischer Staatsbürger. Es hat sich jetzt herausgestellt, dass die Papiere gefälscht sind. Eine sehr gute Fälschung, aber eben eine Fälschung. Aufgrund seiner Dialektkenntnisse haben wir vermutet, dass er im Tessin aufgewachsen sein könnte. Ein Fahndungsbild hat dann ergeben, dass das der

Fall ist und dass sein richtiger Name Valerio Banfi lautet. Banfi ist der Mädchenname der Mutter der Commissaria, und der Tote ist ihr Onkel. Deswegen wurde Roberta vom Fall abgezogen.« Marta hob beschwichtigend die Hand, ob der verschiedenen erstaunten Ausrufe, die auf diese Ankündigung ertönten. »Das ist noch nicht alles. Roberta hat nichts von der Existenz dieses Onkels gewusst. Die Familie hat ihn sozusagen verstoßen, weil er mit 20 nach Italien abgehauen ist, um sich den *Roten Brigaden* anzuschließen. Ich habe ein paar Fakten recherchiert. Auch wenn einige von euch diese Zeit gerade noch so miterlebt haben, kann es nicht schaden, wenn ich hier die wichtigsten Eckpunkte in Erinnerung rufe. Die *Roten Brigaden* haben ihre Wurzeln in den Studentenprotesten Ende der 1960er-Jahre, die sich in Italien mit den Arbeiterprotesten verbunden haben. Damals bildeten sich zahlreiche solche Protestgruppen. Die *Brigate Rosse* gingen aus einer Mailänder Gruppe hervor. Das ist wichtig im Zusammenhang mit dem Attentat auf der Mailänder Piazza Fontana. Am 12. Dezember 1969 verübten Rechtsextreme in einer Bank an der Piazza Fontana ein Attentat, das sechs Tote und 88 Verletzte forderte. Dieses Attentat wollte man den Linken in die Schuhe schieben. Sofort wurden mehrere Linksaktivisten verhaftet, ein Anarchist namens Giuseppe Pinelli starb dabei bei einem Fenstersturz unter ungeklärten Umständen. Das schürte die Wut der Linken, gerade in Mailand, die sich daraufhin radikalisierten. Die *Roten Brigaden* wurden neun Monate später gegründet. Der Name deutet darauf hin, dass sie sich in der Tradition der Partisanenbrigaden in einem Kampf für die gerechte Sache sahen. Zuerst galten die Anschläge Vertretern großer Konzerne wie *Siemens* oder *Pirelli*, um auf die schlechten Arbeitsbedingungen hinzuweisen und Sympathisanten zu gewinnen. Die ersten Anschläge waren Sachbeschädigungen, meistens Brandanschläge auf die Autos der Manager. Die Gewaltbereitschaft steigerte sich, bis die Situation 1978 mit der Entführung und Ermordung Aldo Moros, des Vorsitzenden der *Democrazia Cristiana*, eskalierte. Danach wurde die italienische Gesellschaft mit zahlreichen Mordanschlägen terrorisiert, und die Regierung erließ Sondergesetze, nach denen die Polizei Hausdurchsuchungen ohne Durchsuchungsbeschlüsse durchführen durfte, und den *pentiti*, den Reuigen, wurden Strafnachlässe gewährt, wenn sie gegen ihre Mitstreiter aussagten.«

Marta machte eine kurze Pause, um sich zu vergewissern, dass die Leute ihr noch zuhörten, bevor sie fortfuhr. »Provisorisch kann ich daher zwei mögliche Tätergruppen ausmachen: Erstens Angehörige von Mordopfern der *Roten Brigaden*, die sich nie mit dem Tod ihres Vaters, Onkels, vielleicht auch Bruders abfinden konnten und Rache geschworen haben. Zweitens kommen ehemalige Rotbrigadisten, die sich von Banfi verraten fühlten, infrage. Wir wissen im Moment aber noch nicht, ob Banfi je vor Gericht gestanden ist. Wenn ja, besteht die Möglichkeit, dass er Reue gezeigt und seine Kameraden verpfiffen hat, um mit einer milderen Strafe davonzukommen. Ob er ein sogenannter *pentito* – ein Reuiger aus der Sicht des Staates, ein Verräter aus der Sicht der Brigadisten – war, wird uns hoffentlich die italienische Justiz mitteilen können. Also, das waren im Moment die wichtigsten Fakten. Jetzt habe ich eine schöne Aufgabe für euch. Hier ist die Liste der Camper, die zur selben Zeit wie Valerio Banfi auf dem Stellplatz parkten. Es müssen alle befragt werden, ob ihnen etwas aufgefallen ist oder ob sie sogar mit Banfi gesprochen haben und so weiter. Viel Spaß, teilt euch die Liste auf. Habt ihr noch Fragen?«

Agente Chiesa hielt die Hand hoch.

»Ja?«, sagte Marta.

»Könnte es nicht auch Selbstmord gewesen sein?«

Marta schaute Francesco Chiesa überrascht an. Meinte ihr ehemaliger Partner, mit dem sie Streife gefahren war, das ernst?

»Selbstmord? Mit Knollenblätterpilz? Hast du eine Ahnung, wie qualvoll dieser Tod ist?«

»Vielleicht war dieser Banfi ja ein Anhänger der Naturheilkunde. So jemand, der sagt, er wolle keine Chemie zu sich nehmen.«

Marta lachte. »Wenn schon Gift, dann wenigstens einwandfrei pflanzliches. In dem Fall wäre sogar Selbstmord möglich. Aber er hat nur Steak und Pommes gegessen. Das passt nicht so ganz zu jemandem, der auf Alternativmedizin steht. Aber wie ihr wisst, darf man nichts ausschließen. Ihr macht euch jetzt bitte an die Arbeit. Francesco, du kommst mit mir. Wir beide müssen zum Capo.«

6

Die Commissaria hatte ratlos an ihrem Schreibtisch gesessen. 1000 Gedanken schwirrten in ihrem Kopf. Wenn sie doch nur etwas tun könnte.

Schließlich startete auch sie eine Internetsuche, um sich über die *Roten Brigaden* zu informieren und war schockiert, als sie las, dass diese 73 Mordanschläge verübt hatten. Ihr Onkel war Mitglied einer blutrünstigen Terrororganisation gewesen und vielleicht ein mehrfacher Mörder. Bei so einem Lebenslauf machte man sich sicher viele Todfeinde. Um den Schuldigen zu finden, würde es sehr große Ressourcen brauchen. Ressourcen, die sie hier nicht hatten. Außerdem hatte man den Fall einer blutigen Anfängerin übergeben – Marta war eine ausgezeichnete Polizistin, aber ihre Fähigkeiten konnten ihren Mangel an Erfahrung nicht wettmachen. Die Vermutung lag nahe, dass man kein großes Interesse hatte, den Fall aufzuklären.

Ein toter Rotbrigadist war ein guter Rotbrigadist. Da interessierte es nicht, wer ihn getötet hatte. Aber seine Familie interessierte es. Sie würde dafür sorgen müssen, dass die Wahrheit ans Licht kam. Nur, wie sollte sie das anstellen, wenn man sie nicht ermitteln ließ? Wie stellten sie sich das überhaupt vor? Dass sie herumsaß und Däumchen drehte? Die Ablage ordnete? Ihre unerquicklichen Gedanken wurden durch ein Klopfen an der Tür unterbrochen.

»*Avanti!*«, rief die Commissaria unwirsch.

Der Capo streckte vorsichtig seinen Kopf durch die Tür. »Commissaria, haben Sie eine Minute?«

Tomaso Soldini hatte erst vor Kurzem den altgedienten Capo der Locarner Polizei, der in Pension gegangen war, abgelöst. Die Commissaria hatte sich noch kein richtiges Bild von ihm machen können, da er sich die ersten Tage in sein Büro zurückgezogen hatte, um sich mit den Akten vertraut zu machen. »Selbstverständlich, Comandante«, sagte sie und fragte sich, wann er wohl endlich die Förmlichkeit ablegen und ihr das Du anbieten würde.

Er trat ein, und wie er so umständlich die Tür schloss, wuchs in der Commissaria die Befürchtung, dass er ein unsicherer Mensch sein könnte. Was auch sein Beharren auf den formellen Umgangston erklären würde. Das war nicht gut. Unsichere Menschen, Menschen mit schlechtem Selbstvertrauen waren die Pest. Sie nahmen alles persönlich, auch oder vor allem, was gar nicht persönlich gemeint war.

»Commissaria, ich habe mich auf die Suche nach einer Aufgabe für Sie gemacht. Eigentlich sollte ich Sie freistellen, aber unter den gegebenen Umständen ist es besser, wenn Sie beschäftigt sind. Ich bin da auf diesen Fall Leutenegger gestoßen, unser einziger aktueller *Cold Case*. Ich möchte, dass Sie ihn wieder aufnehmen.«

»Was?«

»Den Fall Leutenegger. Sie werden sich doch wohl daran erinnern.«

»Ja, aber…«

»Ich weiß genau, was in Ihnen vorgeht. Aber Sie können nicht im Fall Ihres Onkels ermitteln. Auch nicht inoffiziell und nebenbei. Konzentrieren Sie sich darauf, den

Fall Leutenegger neu aufzurollen. Ich möchte täglich über Ihre diesbezüglichen Schritte informiert werden.«

Und weg war er.

Von wegen unsicher.

Roberta drohte der Kopf zu platzen. Sie fühlte sich nicht imstande, sich ihrem größten beruflichen Versagen zu stellen. Der Fall war ausermittelt, und die Vorstellung, wieder vorne anfangen zu müssen, niederschmetternd. Zumal gerade aus dem Nichts ein unbekannter Onkel aufgetaucht und ermordet worden war und ihr nichts mehr unter den Nägeln brannte, als diesen Fall aufzuklären.

Wie die Commissaria hatten sowohl Marta als auch Agente Francesco Chiesa noch nicht viel vom neuen Chef gesehen. Weil sie nicht wussten, was sie erwartete, waren beide angespannt, als sie sein Büro betraten. Der vorherige Capo hatte sich vor allem organisatorischen und administrativen Belangen gewidmet und sich nur selten in Ermittlungen eingemischt.

Sie wurden von Capitano Soldini gebeten, auf den Besucherstühlen gegenüber von seinem Schreibtisch Platz zu nehmen.

»Ispettrice Ravelli, Sie haben sich in der Vergangenheit an der Seite von Commissaria Casanova bewährt, jetzt können Sie zeigen, dass Sie bereit sind, Verantwortung zu übernehmen. Angesichts Ihrer mangelnden Erfahrung möchte ich allerdings über alle Ermittlungsschritte zeitnah unterrichtet werden. – Was Sie angeht, Agente Chiesa, habe ich gehört, dass Sie sich letztes Jahr im Fall della Valle durch geduldige, intelligente Polizeiarbeit hervorgetan haben. Ich habe auch gehört, dass Sie sich nie darum bemüht haben, Karriere zu machen. Vielleicht wird sich das ja in Zukunft ändern? Ihnen ist bekannt, dass im Frühling die neuen Ausbildungslehrgänge anfangen?« Er schaute Agente Chiesa fragend an, aber dieser zeigte keine Regung. »Gut, ich will Sie beide jetzt nicht weiter aufhalten. Machen Sie sich an die Arbeit. Die Familie des Verstorbenen muss befragt werden. Um 18 Uhr möchte ich einen ersten Bericht hören.«

7

»Was meinst du? Hat sie die Wahrheit gesagt und nichts verheimlicht?«, fragte Francesco und schaute nachdenklich auf die Haustür, hinter der soeben die Mutter der Commissaria verschwunden war, nachdem sie sich von ihnen verabschiedet hatte. Sie saßen wie in den guten alten Zeiten im Streifenwagen. Marta am Steuer und Agente Chiesa auf dem Beifahrersitz, den er bis zum Anschlag nach hinten geschoben hatte, um seinen langen Körper einigermaßen bequem unterzubringen.

Sie hatten Elena Casanova befragt und nichts erfahren, was sie nicht schon von der Commissaria gehört hatten.

»Ich weiß nicht«, sagte Marta. »Diese Geschichte, dass sie ihn in der *Falconeria* gesehen haben will, bevor er dann in der Menge verschwunden sei, finde ich etwas merkwürdig. Wie viele Leute nehmen an so einer Vorstellung teil?«

»100? 200?«

»Okay, da kann es schon möglich sein, dass man jemanden aus den Augen verliert. Vor allem, wenn derjenige sich schnell davon macht. – Was denkst du? Könnte sie ihren Bruder umgebracht haben?«

Agente Chiesa seufzte. »Ehrlich gesagt, ja. Ich sehe im Moment zwar noch kein Motiv, aber wir wissen derzeit eigentlich noch gar nichts.«

»Na dann«, sagte Marta und startete den Motor. »Schauen wir mal, was die andere Schwester uns zu erzählen hat.«

Elisabetta Banfi lebte in Giornico, einem Dorf in der Leventina, an der historischen Gotthard-Transitstraße, eine knappe Autostunde von Locarno entfernt. Die Adresse lag im verschachtelten Dorfkern, sodass sie den Wagen auf dem Gemeindeparkplatz stehen lassen und das letzte Stück zu Fuß gehen mussten. Marta klingelte an der Tür des Häuschens, das zwischen zwei Gebäuden, die es um mehrere Etagen überragten, eingeklemmt war. Eine dünne grauhaarige Frau, die über Jeans und T-Shirt eine blaue Schürze mit dem Werbeaufdruck einer Metzgerei trug, öffnete. Offenbar war sie beim Kochen gestört worden. »Ja bitte?«, sagte sie und musterte die beiden neugierig.

»Wir sind von der Polizei«, sagte Marta überflüssigerweise, da dies weiß und deutlich auf der Uniform von Francesco stand. »Ich bin Ispettrice Ravelli, und das ist Agente Chiesa. Dürfen wir kurz reinkommen?«

»Ich wollte gerade Marmelade kochen. Die Aprikosen waren heute im Angebot. Zum Glück habe ich noch nicht angefangen. Kommen Sie herein.« Sie trippelte flink vor ihnen her in die Küche, wo in einer Kiste neben der Spüle Aprikosen auf die Verarbeitung zu Marmelade warteten. »Möchten Sie einen Kaffee?«

Sie verneinten, setzten sich aber auf die Aufforderung von Signora Banfi an den Küchentisch, während sie selbst erwartungsvoll stehen blieb.

»Signora, wir müssen Ihnen eine traurige Mitteilung machen. Wir haben Ihren Bruder Valerio tot aufgefunden.«

»Was? Ich dachte, der lebt schon lange nicht mehr!« Sie zog sich nun auch einen Stuhl heran und ließ sich darauf fallen.

»Sie hatten also keinen Kontakt zu ihm in letzter Zeit?«, fragte Marta.

»Ich habe, seit er abgehauen ist, nichts mehr von ihm gehört. Wie gesagt, für mich war er schon lange tot.«

»Offenbar hat er sich ein paar Tage vor seinem Tod in Locarno aufgehalten. Wir vermuten, dass er Kontakt mit seiner Familie aufnehmen wollte.«

»Das denken Sie? Nach all den Jahren. Wäre das nicht seltsam?«

»Wir müssen Ihnen leider auch mitteilen, dass er keines natürlichen Todes gestorben ist. Jemand hat ihn getötet.«

»Das hingegen wundert mich nicht. Nach allem, was er getan hat, musste das ja so kommen.«

»Was hat er denn getan? Was wissen Sie darüber?«

»Ich weiß eigentlich nicht viel. Nur, dass die Polizei ihn damals gesucht hat. Und dass wir jahrelang überwacht wurden. Das hatten wir ihm zu verdanken, und das war kein Spaß. Die Telefone von der ganzen Familie wurden abgehört, aber Valerio hat sich weder blicken lassen noch angerufen. Er hat ja auch gewusst, warum. Die Eltern hätten ihn sofort bei der Polizei gemeldet.«

»Sie hätten ihren eigenen Sohn verraten?«

»Der eigene Sohn hat *sie* verraten, würde ich sagen. Sie waren entsetzt, als sie erfahren mussten, dass Valerio bei dieser Verbrecherbande mitgemacht hatte. Es hat beiden das Herz gebrochen, sie sind nur wenige Jahre später kurz nacheinander gestorben.«

»Und?«, fragte Marta, als sie sich mit dem Streifenwagen in den Verkehr auf der Kantonsstraße Richtung Bellinzona eingefädelt hatte. »Was denkst du über die zweite Schwester?«

»Der Tod ihres Bruders hat sie nicht besonders mitgenommen, um es mal vorsichtig auszudrücken.«

»Ja. Ihr scheint mehr am Gelingen der Aprikosenkonfitüre zu liegen als am Leben oder Tod ihres Bruders. Und wir haben das gleiche Problem wie bei Elena: Was sollte sie für ein Motiv haben?«

Francesco wollte etwas sagen, wurde aber vom Klingeln von Martas Handy unterbrochen. »Ruggero« erschien auf dem Display am Armaturenbrett, und Marta nahm den Anruf über die Freisprechanlage entgegen.

»Ich möchte dir nur mitteilen, dass die Polizei von Nizza in der Wohnung von Valerio Banfi, alias Jules Leclerc, vorbeigeschaut hat. Sie haben dort seine Lebenspartnerin angetroffen.«

8

Die Commissaria saß unschlüssig vor dem Aktenberg zum Fall Leutenegger. Wo beginnen?

Am besten dort, wo alles angefangen hatte.

Die Physiotherapie namens *ICSA* (ein Akronym von *in corpore sano*) wo Jacques Leutenegger, erdrosselt mit einem Sprungseil, auf der Liege in einem Behandlungsraum gefunden worden war. Der geltungssüchtige Erbe einer Schuhfabrik hatte sich viele Feinde gemacht in seinem 50 Jahre währenden Leben.

Im Verlauf der Ermittlungen hatten sich drei Verdächtige herauskristallisiert: Evelyne Anderhub-Bernasconi, eine Germanistin, deren akademische Karrierechancen der Tote zunichtegemacht hatte, Simone Falchetto, eine erfolglose Schriftstellerin und Übersetzerin, die dem Toten die Schuld für ihre Erfolglosigkeit gab, und schließlich Leonardo Bevilaqua, ein Jazzmusiker, der ein gutes Leben in New York führte bis er als Babysitter einsprang und sich so dumm dabei anstellte, dass er in Verdacht geriet, das Kind entführt oder sogar missbraucht zu haben, was der Tote gedroht hatte, öffentlich zu machen.

Der Commissaria war es nicht gelungen herauszufinden, wer von den Dreien ihn getötet hatte. Die bitterste berufliche Niederlage ihrer Karriere.

Alle vier – die Verdächtigen und das Opfer – hatten zusammen ein elitäres Internat in den Bündner Alpen besucht. Daher war der Commissaria ab und zu der

Gedanke gekommen, ob sie vielleicht unter einer Decke gesteckt und gemeinsam geplant hatten, den verhassten Schulkollegen umzubringen. Eine Variante, die sie jedoch immer wieder nach kurzem Nachdenken verwerfen musste. Eine Tat zu dritt zu begehen wäre ein sehr kompliziertes Unterfangen und würde nur Vorteile bringen, wenn sie sich gegenseitig Alibis verschafften, was sie wiederum sehr verdächtig erscheinen lassen würde. Aber die drei deckten sich nicht gegenseitig. Vielmehr waren ihre Alibis mehr fadenscheinig als bombensicher was eher für ihre Unschuld sprach.

Es konnte doch nicht sein, dass sie am Ende doch unschuldig waren? Der Gedanke, alles, wirklich alles wieder neu aufzurollen und nach einer völlig neuen tatverdächtigen Person zu suchen, war erschreckend und faszinierend zugleich.

Roberta verlangsamte ihre Schritte und blieb, überwältigt von der Komplexität dieses Falles, mitten auf der Fahrradspur stehen. Bevor sie jedoch dazu kam, über andere mögliche Täter oder Täterinnen nachzudenken, wurde sie von einer grellen Klingel aufgeschreckt und sprang beinahe unter das sich viel zu schnell nähernde Elektrofahrrad.

Nach dem Austausch von ein paar Beschimpfungen – »*Cretina*«, rief der Mann auf dem E-Bike, weil er ins Straucheln geriet und nur mit großer Mühe einen Sturz vermeiden konnte, was die Commissaria mit »*Idiota*« konterte – machte sich Roberta wieder auf den Weg. Allerdings führten ihre Schritte nicht zu den Hochhäusern, wo sich die Physiotherapie *ICSA* befand, sondern weiter geradeaus, vorbei an der *Rotonda*, dem gigantischen Kreisel vor dem Stadtschloss, in Richtung ihres Elternhauses in der Via Nessi, in das sie vor anderthalb Jahren mit Julia eingezogen war. Sie wollte jetzt mit Julia und ihrer Tochter Zeit verbringen, der alte Leutenegger-Fall konnte warten. Außerdem brannte sie darauf, ihre Mutter über ihren Bruder auszuquetschen, was sie jedoch nie zugegeben hätte.

9

»Wir müssen so schnell wie möglich die mutmaßliche Partnerin des Toten vom Stellplatz befragen. Sie heißt Claudine Dubois und hat der französischen Polizei gesagt, sie wisse nichts über eine illegale Vergangenheit ihres Freundes. Das scheint mir fragwürdig. Banfi ist untergetaucht und lebte unter falschem Namen, das kann man doch nicht vor der eigenen Partnerin verborgen halten. Es scheint mir unmöglich, dass sie nicht eingeweiht war.«

Marta und Francesco hatten sofort nach Ruggeros Anruf die Anweisung erhalten, im Büro des Capo zu erscheinen, und standen jetzt vor seinem Schreibtisch, ein bisschen wie Schüler, die etwas angestellt hatten und eine Standpauke vom Direktor erwarteten. »Es besteht die Gefahr, dass Madame Dubois untertaucht. Agente Chiesa, Sie fahren nach Nizza und statten ihr einen Überraschungsbesuch ab. Sagen sie ihr, sie müsse die Leiche ihres Lebenspartners identifizieren. Wir dürfen keine Zeit verlieren, Sie fahren jetzt gleich los, natürlich nicht in Uniform. Schade, dass wir keine Ferraris und Lamborghinis haben wie die italienische Polizei. Mit Blaulicht und 200 Sachen wären Sie im Nullkommanichts in Nizza. Bei Ankunft nehmen Sie Kontakt mit Lieutenant Grandjean auf, er erwartet Sie. Fahren Sie vorsichtig und vor allem, lassen Sie sich nicht als Geisel nehmen.«

Marta starrte ihn ungläubig an. Vor über einem Jahr war sie für eine Befragung nach Spanien geschickt worden und wäre fast gestorben, weil sich die Auskunftsperson als unerwartet gefährlich herausgestellt und Marta als Geisel genommen hatte. Darüber konnte man doch keine Witze machen? Oder wollte er einfach zeigen, dass er über alles Bescheid wusste? So oder so eine völlig unangemessene Anspielung, wie sich Marta mit einem Seitenblick zu Francesco versicherte, der beschämt zu Boden blickte.

»Also, weg mit Ihnen, Agente Chiesa«, sagte der Capo ohne Anzeichen, dass er wahrgenommen hätte, wie unsensibel seine Bemerkung war.

»Ispettrice, Sie bleiben hier, wir besprechen die bisherigen Ergebnisse der Ermittlungen.«

Als Marta das Chefbüro verließ, war Francesco bereits aufgebrochen. Sie hatte die ersten Ergebnisse der Befragung der Camper mit dem Chef angeschaut. Valerio Banfi war mit seinem alten Citroën Jumper niemandem besonders aufgefallen. Die wenigsten hatten ihn überhaupt gesehen, weil er sich offenbar nie längere Zeit außerhalb seines Wagens aufgehalten hatte, weder um zu picknicken, auf einem Campingstuhl zu sitzen und zu lesen oder etwa seinen Motor einer Inspektion zu unterziehen. Was die Camper halt normalerweise so machten während ihres Aufenthalts.

Marta, die von den mageren Ergebnissen nicht überrascht war, beschloss, die Leute zu befragen, die sich auf die Veröffentlichung von Valerio Banfis Porträt in den Medien gemeldet hatten. Der ehemalige Lehrmeister, ehemalige Kollegen und eine Schulfreundin.

Sie alle sagten ungefähr das Gleiche: Valerio sei damals schon aufgefallen mit seinen linken Ideen, was aber vorerst niemand mit seinem Verschwinden in Verbindung gebracht hatte. Nach seinem Lehrabschluss als Drucker hatte er noch ungefähr ein Jahr in dem Betrieb gearbeitet, bis er volljährig war. Dann verkündete er aus heiterem Himmel, auf Reisen gehen zu wollen, um etwas von der Welt zu sehen. Darauf verschwand er, und sie hörten nie wieder von ihm. Die meisten hatten sein Verschwinden einfach hingenommen, nur die Schulfreundin hatte sich nach ein paar Monaten bei seinen Eltern erkundigt. Diese hatten sich damals bereits an die Polizei gewandt und sich mit der Auskunft zufriedengeben müssen, dass man nichts unternehmen könne, wenn eine erwachsene Person freiwillig verschwinde.

Ein paar Jahre später hatten dann alle Gerüchte gehört, dass Valerio von der Polizei gesucht werde, aber auch wenn einige behaupteten, er sei zur Fremdenlegion gegangen oder habe bei den *Roten Brigaden* mitgemacht, glaubten seine ehemaligen Bekannten, er habe wohl einfach irgendein Verbrechen begangen.

Nach den Befragungen setzte Marta ihre Recherchen über die *Roten Brigaden* noch eine Weile fort, bis sie sich dann müde nach Hause schleppte.

Ungefähr zur gleichen Zeit wie Marta hatte sich auch Agente Chiesa in seinem Hotel in Nizza ins Bett gelegt. Die Fahrt hatte über sechs Stunden gedauert. Die letzten zwei Stunden war er durchgefahren, um dann vor dem Gebäude der *Police Nationale* auszusteigen und etwas benommen die süße mediterrane Luft, diese Mischung aus Meeresbrise, Sonnencreme, Blumenduft und muffiger Hitze einzuatmen. Er hatte Lieutenant Grandjean getroffen, einen, verglichen mit ihm selbst, kleinen Mann, der etwas Spitzes an sich hatte, jedenfalls erinnerte er Francesco Chiesa an einen Fuchs. Sie einigten sich darauf, dass er der Lebenspartnerin von Valerio Banfi einen frühmorgendlichen Besuch abstatten würde. Vorher brauchte Agente Chiesa aber noch seinen Schönheitsschlaf.

Als er am nächsten Morgen um 6 Uhr vor dem Haus stand, wo Valerio Banfi mit Claudine Dubois gewohnt hatte, war seine Laune jedoch miserabel, obschon er tief und traumlos geschlafen hatte. Im Hotel hatte er kein Frühstück bekommen, das wurde erst ab 7 Uhr serviert, und der Kaffee, den er in der Bar gegenüber bestellte, hatte wie verbrannte Katzenpisse geschmeckt. Croissants, sagte man ihm, seien noch nicht geliefert worden.

Missmutig schaute er sich um. Wovon hatte dieser Banfi wohl gelebt, dass er sich diese Traumwohnlage in den Hügeln über Nizza leisten konnte? Das Haus war zwar nicht besonders groß und in die Jahre gekommen, würde aber von jedem Immobilienmakler als »Villa« bezeichnet. Vielleicht würde Madame ihm einen trinkbaren Kaffee anbieten? Hoffnungsvoll drückte er auf die Klingel.

Es dauerte eine Weile, bis er Geräusche im Innern des Hauses hörte und schließlich die Tür von einer älteren, in einen seidenen Morgenmantel gehüllten Frau einen Spalt geöffnet wurde.

Schnell brachte Agente Chiesa auf Französisch die zuvor einstudierte Erklärung seiner Anwesenheit vor. Die Frau nickte, sagte, sie wolle sich nur schnell anziehen, »einen Moment bitte« und schloss die Tür wieder.

Derart abgekanzelt, konnte sich Agente Chiesa nicht entscheiden, ob er noch einmal klingeln oder ruhig abwarten sollte. Dass in dem Moment die ersten Strahlen der aufgehenden Sonne das Haus erreichten und ihn augenblicklich ins Schwitzen brachten, reizte ihn zusätzlich. Er drückte noch einmal heftig auf den altmodischen Klingelknopf. Das schnarrende Geräusch hallte durch das Haus, dann war Stille. Als sich darauf nichts mehr tat, ging er um die Hausecke, in der Hoffnung, seitlich einen Blick durch ein Fenster werfen zu können, da auf der Straßenseite die Fensterläden geschlossen waren. Er stieß aber nur auf eine mannshohe Mauer, die den Blick auf das dahinterliegende Grundstück versperrte. Groß gewachsen und athletisch, wie er war, stellte das für ihn kein Problem dar. Er zog sich hoch und spähte über die Mauer, gerade rechtzeitig, um das Geräusch eines hochfahrenden Garagentors zu identifizieren und zu sehen, wie ein roter Porsche 911, ein Modell aus den 1980er-Jahren, davonschoss.

Agente Chiesa ließ sich von der Mauer fallen, rannte zu seinem Auto und nahm die Verfolgung auf.

Obschon der Porsche eine Schlaufe auf der gewundenen Straße weiter unten gestartet war und über mehr PS verfügte als der zivile Volkswagen der Tessiner Polizei, den Agente Chiesa steuerte, verkleinerte sich der Abstand zwischen den beiden von Minute zu Minute. Haarnadelkurven gab es im Tessin zur Genüge, Agente Chiesa fühlte sich wie auf heimischem Terrain, und mit jeder Kehre gewann er ein paar Meter. Zugute kam ihm auch der Umstand, dass es früh am Morgen war und der Berufsverkehr noch nicht eingesetzt hatte. Weil sich Agente Chiesa nur allzu bewusst war, dass er vom Porsche abgehängt werden würde, sobald sie den schnurgeraden Boulevard de la Madeleine erreicht hätten, entschloss er sich zu einem halsbrecherischen Überholmanöver.

10

Marta war früh zur Arbeit gegangen und rechnete damit, dass sich Francesco bald melden würde mit einem ersten Bericht von der Befragung der Lebensgefährtin von Valerio Banfi. Als zwei Stunden verstrichen waren, ohne dass sie von ihm gehört hatte, rief sie ihn an, landete aber auf der Mailbox. Womöglich hatte er Claudine Dubois nicht zu Hause angetroffen. Aber dann hätte er das Marta bestimmt sofort wissen lassen. Wahrscheinlicher war, dass er damit beschäftigt war, sie zu befragen und nicht gestört werden wollte.

In Wirklichkeit hatte sich Agente Chiesa jedoch in eine schöne Bredouille geritten. Zwar hatte er es geschafft, den Porsche zu überholen und ihm den Weg abzuschneiden, aber das Ganze hatte in einer unschönen Kollision geendet. Der Porsche hatte sich in die Beifahrerseite des Volkswagens gebohrt, beide Autos waren schrottreif. Die französische Verkehrspolizei hielt seine Beteuerung, er habe eine wichtige Zeugin in einem Tötungsdelikt an der Flucht hindern müssen, für eine fantasievolle Ausrede eines Straßenrowdys und seinen Polizeiausweis für eine mutmaßliche Fälschung.

Während sich die zwei Beamten vornehmlich mit ihm als Unfallverursacher beschäftigten, versuchte Claudine Dubois, sich davonzuschleichen. Aber Agente Chiesa hatte sie nicht aus den Augen gelassen und machte seine Kollegen darauf aufmerksam. Sie holten sie zurück, und man merkte ihnen an, dass sie anfingen zu erwägen, ob an der unwahrscheinlichen Geschichte dieses Schweizers nicht doch etwas dran sein könnte.

Bevor sich Agente Chiesa weiter erklären konnte, kam ein Ambulanzfahrzeug angefahren. Obschon beide am Unfall Beteiligte äußerlich unversehrt schienen, bestand der Notfallarzt auf einer Untersuchung. Das Ende seiner Nachtschicht war schon lange überfällig, und er wollte die Sache möglichst schnell hinter sich bringen. Diesem Vorhaben stellte sich jedoch Claudine Dubois entgegen. Ihre schwarzen Augen blitzten und ihr dürrer kleiner Körper zitterte vor Erregung. Sie wolle nicht angefasst werden, niemand habe das Recht, sie gegen ihren Willen zu untersuchen, es sei ihr nichts passiert, man solle sie in Ruhe lassen. Mit jedem Versuch des Notarztes, sie zu beschwichtigen, wurde sie hysterischer, am Ende fauchte sie wie eine Katze, wenn er sich ihr zu nähern versuchte.

Auch der Rest des Ambulanz-Teams sehnte sich nach dem überfälligen Feierabend, und während Claudine Dubois' ganze Aufmerksamkeit auf den Notarzt gerichtet war, packte sie der Fahrer von hinten und hielt sie fest, während der Krankenpfleger ihre eine Halskrause anlegte. Der Notarzt war überrascht, musste dann aber ein Grinsen unterdrücken, als er sagte, das sei gebotene Prävention, falls sie ein Schleudertrauma erlitten habe. Die ungewöhnliche Intervention schien tatsächlich eine beruhigende Wirkung auf Claudine Dubois zu haben. Sie ließ sich untersuchen, bestand aber darauf, dass Agente Chiesa auch mit einer Halskrause versehen wurde, da nicht einzusehen sei, warum sie und er nicht.

Nachdem sich die Situation beruhigt hatte, die Ambulanz abgefahren und die Forensiker sich daran gemacht hatten, die Spuren zu sichern, konnte Agente Chiesa durchsetzen, dass mit Lieutenant Grandjean von der *Police Nationale* Kontakt aufgenommen wurde. Ihn hatte er am Tag zuvor nach seiner Ankunft in Nizza getroffen, er wusste Bescheid über das Tötungsdelikt am mutmaßlichen Rotbrigadisten Valerio Banfi und dass Agente Chiesa dessen Lebenspartnerin befragen wollte.

Ein paar Stunden später, nach einigen Abklärungen und vielen Anrufen – unter anderem waren auch Marta und Comandante Soldini benachrichtigt worden – saß Agente Chiesa mit Lieutenant Grandjean in einem Verhörraum im Kommissariat der *Police Nationale*. Ihnen gegenüber hatte eine wütende Claudine Dubois Platz genommen, die abwechslungsweise Schadenersatz für den Porsche forderte und darauf bestand, sofort gehen zu wollen. Die Halskrause verlieh ihrem Protest jedoch eine lächerliche Note und brach ihre wütende kratzbürstige Energie, wie ein Tiger einen harmloseren Eindruck macht, wenn man ihm ein Halsband umlegt. Agente Chiesa behielt daher seinerseits die Halskrause an, um sie nicht zu ermutigen, ihre abzunehmen. Außerdem hoffte er, dass der Halsschmuck so etwas wie eine Verbindung zwischen ihnen schaffen würde. Er musste unbedingt ihr Vertrauen gewinnen, weshalb er Lieutenant Grandjean gebeten hatte, sich zurückzuhalten. Als Erstes entschuldigte er sich also dafür, dass er ihren Porsche ruiniert hatte. Man werde sich sicher um einen Ersatz bemühen. Er hatte keine Ahnung, wie die genaue Rechtslage war, aber mit dieser schwammigen Formulierung hoffte er, die Wogen zu glätten. Claudine Dubois wandte sich ihm zu und schien tatsächlich ein wenig besänftigt.

»Auch möchte ich Ihnen mein Beileid aussprechen.

Erzählen Sie uns doch bitte, wie Sie Valerio, respektive Jules, kennengelernt haben.«

Sie wirkte überrascht ob so viel Anteilnahme, und man sah ihr den Zwiespalt an zwischen dem Bedürfnis zu erzählen und dem Misstrauen gegenüber der Polizei.

Die Mitteilsamkeit siegte.

»Er kam Anfang der 80er-Jahre nach Nizza. Wir lernten uns am Strand kennen, kamen ins Gespräch, gingen zusammen aus, und nach ein paar Monaten zog ich bei ihm ein.«

»Wo hat er damals gewohnt?«

»In den Collines. In dem Haus, wo Sie mich heute aufgesucht haben.«

»Hat er gesagt, woher er das Geld hatte, um sich so eine Wohnlage zu leisten?« Agente Chiesa wollte die offensichtliche Frage, warum sie vor ihm geflüchtet war, erst stellen, wenn er sicher sein konnte, ihr Vertrauen gewonnen zu haben.

»Er hat es geerbt. Seine Familie stammte aus Nizza.«

»Haben Sie sich denn nie darüber gewundert, dass sein Französisch nicht perfekt war oder dass er einen Akzent hatte?«

»Er hat gesagt, er sei in der Schweiz aufgewachsen, seine Eltern waren zweite Generation, sie haben nicht Französisch mit ihm gesprochen.«

»Wovon haben Sie beide gelebt?«

»Wie gesagt, Jules hatte geerbt. Ich habe im Sommer manchmal als Badeaufsicht gearbeitet, jetzt bin ich natürlich im Pensionsalter.«

»Jules hat nie gearbeitet?«

»Nein, aber er hat sich um den Garten gekümmert.«

»War er vielleicht immer wieder mal längere Zeit abwesend?«

»Ja, das gab es schon.«

»Und hatte er Ihnen gesagt, wo er sich aufhielt?«

»Ja, klar. Er hat Motorradtouren mit Freunden gemacht. Seit ein paar Jahren hat er sich zu alt dafür gefühlt und sich darauf den Camper gekauft.«

»Hat er Ihnen diesmal auch gesagt, wo er hinwollte?«

»Ja. An der Küste entlang Richtung Spanien. Er wollte heute zurück sein.« Sie fing an zu weinen.

Agente Chiesa und Lieutenant Grandjean tauschten einen Blick. Chiesa wollte etwas sagen, wurde aber vom Surren seines Telefons, das vor ihm auf der Tischplatte vibrierte, abgelenkt. »Das ist mein Chef, da muss ich rangehen«, sagte er. Er stand auf, hielt das Telefon ans Ohr, sagte »Pronto, Capo!« und verließ den Raum.

»Das ist ein schöner Schlamassel, den Sie da angerichtet haben, Agente Chiesa«, tönte es in seinem Ohr. »Darüber sprechen wir dann noch. Jetzt ist vor allem wichtig, dass Sie so schnell wie möglich mit Madame Dubois zurückkommen. Nicht, dass die Franzosen auf Ideen kommen und Sie womöglich festhalten. Unser Polizeiauto ist ja nicht mehr fahrbar. Also nehmen Sie den Zug. 16:50 Uhr ist die letzte Möglichkeit, Locarno noch in der Nacht zu erreichen. Wenn Sie den nicht schaffen, dann müssen Sie mit vier Stunden Aufenthalt in Torino rechnen. Madame Dubois ist unsere wichtigste Auskunftsperson. Sagen Sie den Franzosen, es sei ein Befehl von höchster Stelle, sie müsse ihren Lebensgefährten identifizieren.«

Als Agente Chiesa zurück in den Vernehmungsraum kam, merkte er gleich, dass die Stimmung gedreht hatte. Die schwarzen Augen von Claudine Dubois waren nicht mehr trüb vor Trauer, sondern schickten wieder wütende Blitze über den Tisch. Er vermutete, dass Lieutenant Grandjean der Versuchung nicht hatte widerstehen können, dem doch eher zahmen Gespräch ein bisschen mehr Verhörcharakter zu verleihen. Er beschloss, auf den Überraschungseffekt zu setzen: »Es tut mir leid, das Gespräch ist beendet. Ich muss sofort zurück nach Locarno, und Madame Dubois wird dort ebenfalls benötigt, um ihren Lebensgefährten zu identifizieren. Ich hoffe, Sie haben Ihre Papiere dabei, den Rest können wir unterwegs besorgen.«

Claudine Dubois stand ohne Zögern auf, so erleichtert schien sie, Lieutenant Grandjean zu entkommen. Dieser wusste nicht, wie ihm geschah, und bevor er reagieren konnte, fand er sich allein wieder in dem klaustrophobisch engen Raum.

»Merde!«, rief er und schlug sich die Hand gegen die Stirn. »Ich habe sie nicht gefragt, warum sie versucht hat zu fliehen.«

Nachdem der Regionalzug in Mailand um 22:43 Uhr pünktlich abgefahren war, hatte sich Claudine Dubois auf den Sitzen zusammengerollt und war eingeschlafen. Francesco Chiesa betrachtete die zierliche Person voller Neid. Vom Liegen konnte er als baumlanger Kerl nur träumen. Schließlich holte er sein schwarzes Notizbuch hervor, öffnete es, starrte auf die leeren Seiten, nickte ein, schrak hoch. Jetzt hätte er die Halskrause brauchen können, um seinem Schlaf ein wenig Halt zu geben. Aber als sie beide auf den Bahnhof in Nizza gehetzt waren, herrschten fast 40 Grad, und als sie in letzter Minute den Zug erreichten, sich in die Sitze fallen ließen, waren ihre Köpfe hochrot. Agente Chiesa löste als Erster den Klettverschluss. Als sie in Ventimiglia aus dem Zug stiegen, hinterließen sie auf ihren Plätzen zwei verschwitzte Halskrausen.

Sie hatten auch in Genua umsteigen müssen, wo es Zeit gab, ein Sandwich zu kaufen. Kauend hatte Agente Chiesa endlich Claudine Dubois gefragt, warum sie geflohen war. Sie hatte behauptet, es sei eine Kurzschlusshandlung gewesen, und sofort zugemacht. Jetzt lag sie da, schlief oder stellte sich schlafend, vor ihr die schwere Aufgabe, ihren Lebensgefährten zu identifizieren. Ob sie wirklich nichts gewusst oder wenigstens geahnt hatte von seiner kriminellen Vergangenheit?

Er wandte sich wieder seinem Notizbuch zu. »Über den Dächern von Nizza«, schrieb er den Titel in Blockbuchstaben und darunter: *Die ersten Sonnenstrahlen küssten die ockerroten Ziegel der Dächer von Nizza, als Fred an ihrer Tür klingelte. Sie hatte ihn angerufen, als es noch dunkel war, um ihm mitzuteilen, dass seit einer Weile ein Mann auf der anderen Straßenseite stehe und das Haus beobachte. Er hatte sich gleich auf den Weg gemacht, konnte jedoch keinen Mann ausmachen, auch das Haus schien verlassen.*

Er überlegte, schaute aus dem Zugfenster, kaute am Kugelschreiber, bis er bemerkte, dass sie wach war.

»Was schreibst du da?«

»Nichts Besonderes. Nur so ein Hobby.«

Sie schaute lange und prüfend, dann setzte sie sich auf. »Ich bin geflohen, weil ich Angst hatte aufzufliegen.«

»Aufzufliegen?«, fragte Agente Chiesa und realisierte, dass sie plötzlich italienisch sprachen.

»Ich war auch Brigadistin. Nicht wie Valerio, ich habe nur Handlangerdienste verrichtet und wurde auch nicht gesucht, dafür war ich zu unwichtig. Valerio war die Polizei dagegen auf den Fersen, also hat er sich nach Frankreich abgesetzt. Als sich herausstellte, dass wir dort in Sicherheit sind, bin ich ihm nachgefolgt. Damals war François

Mitterrand französischer Staatspräsident. Ein Sozialist, der uns politisches Asyl gewährt hat. Er hat gewusst, dass wir in Italien nicht mit fairen Prozessen rechnen konnten. In Frankreich konnten wir unbehelligt leben. Wir haben schließlich für eine gerechtere Welt gekämpft. Wir haben für die gute Sache gestritten, das musst du doch zugeben?«

Agente Chiesa hob die Augenbrauen. »Bei diesem Kampf sind aber auch viele Unschuldige ums Leben gekommen.«

»Es war nie unsere Absicht, Unschuldige zu töten, und gerade Valerio konnte keiner Fliege etwas zuleide tun.« Ihre Augen füllten sich mit Tränen, und Agente Chiesa fühlte sich unbehaglich.

»Du musst mir glauben! Valerio war ein guter Mensch! Ich habe keine Ahnung, wer ihm Böses hätte wollen.«

11

Robertas Tag hatte damit begonnen, dass sie mit Julia und Laura frühstückte, was sonst nur an den Wochenenden möglich war. Daraufhin war Julia eingefallen, sie könnte die unerwartete Gelegenheit von Robertas Anwesenheit nutzen und zum Friseur gehen. Nachdem Roberta die um den Hochstuhl verstreuten Reste weggeputzt und eine halbe Stunde lang mit Laura Bauklötzchen gestapelt hatte, versuchte sie, Laura dazu zu bringen, allein zu spielen, damit sie die Zeitung lesen konnte. Der Versuch scheiterte, also packte sie alles Nötige zusammen und trug Laura nach unten, um sie in den Kinderwagen zu setzen. Ihre Eltern lebten im Erdgeschoss, und zu ihrer Freude war ihr Vater noch nicht mit Froda zum morgendlichen Spaziergang aufgebrochen. Also lud sie ihn ein, sie zu begleiten. Froda war ein italienischer Wolfshund, der sein Herrchen durch einen tragischen Mord verloren hatte und von Robertas Vater adoptiert worden war. Laura liebte Froda, eine Liebe, die dieser eher zurückhaltend erwiderte. Jedenfalls hatte man den Eindruck, dass er sich, wann immer möglich, vor ihren stürmischen Umarmungen zu drücken versuchte.

Sie schlugen den Weg Richtung Maggia ein, und es dauerte keine Minute, bis Roberta ihren Vater nach Valerio Banfi fragte.

»Ich weiß gar nichts über ihn«, sagte er. »Als ich deine Mutter kennenlernte, war er bereits verschwunden. Ich glaube, das war 1977. Später wurde Aldo Moro von den *Roten Brigaden* entführt und ermordet. Und plötzlich stand die Polizei vor der Tür. Da erfuhr ich überhaupt erst von Valerios Existenz. Danach wurde die Familie lange Zeit überwacht, bis irgendwann die Ermittlungen eingestellt wurden. Seither hat man Valerio nie mehr erwähnt. Die Eltern sind kurz hintereinander gestorben, vor Kummer, wie deine Tante Elisabetta immer behauptet hat. Dann bist du auf die Welt gekommen, wir hätten gerne noch mehr Kinder gehabt, das hat nicht sein sollen, aber das Leben ging weiter. – Ehrlich gesagt, habe ich schon ewig nicht mehr an Valerio gedacht. Für mich hat er wohl nie richtig existiert.«

Sie waren bei der Fußgängerbrücke über die Maggia angelangt. Laura hatte angefangen zu quengeln, weil sie wollte, dass Froda neben ihr ging, sodass sie ihn sehen konnte. Was nicht funktionierte, weil er darauf trainiert war, bei Fuß zu gehen. Roberta wusste, dass ihr Vater hinunter zum Maggia-Ufer wollte, wo er Froda von der Leine lassen konnte. Da sie aber in dem sandigen Boden mit dem Kinderwagen steckenbleiben würde, beschloss sie, umzukehren und auf den Spielplatz zu gehen. Als Laura »Spielplatz« hörte, vergaß sie Froda und ruckelte im Wagen vor und zurück, um Mamma anzutreiben.

Eine Ewigkeit später, nachdem Roberta Hilfestellung an der Rutsche geleistet hatte, Streit geschlichtet, nach einem Stolpersturz getröstet und eine Weile ins Leere gestarrt hatte, während Laura mit Steinen und Zweigen eine imaginäre Hundehütte für Froda baute, fühlte sie, dass sie sich sofort an die Wiederaufnahme der Ermittlungen im Fall Leutenegger machen musste.

Sie konnte Laura bewegen, sich auf den Nachhauseweg zu machen, indem sie sie mit der Aussicht auf ein Eis bestach.

Julia, zurück vom Friseur, das Haar golden strahlend in aufgefrischtem Blond, reagierte nicht überrascht, als ihre Lebensgefährtin sagte, sie müsse sich nun wieder ihrer Arbeit widmen. Roberta hatte nie einen Hehl daraus gemacht, dass sie sich eigentlich ein Leben ohne Kinder vorgestellt hatte. Natürlich liebte sie Laura, aber es gab nun mal Menschen, die sich tödlich langweilten in der Gesellschaft von kleinen Kindern. Und zu denen gehörte eindeutig auch Roberta.

Sie aßen noch gemeinsam zu Mittag, bevor Roberta aufbrach, um einmal mehr den drei Verdächtigen im Fall Leutenegger auf den Zahn zu fühlen.

Als Erstes schaute sie bei *ICSA* vorbei. In der Physiotherapie-Praxis mit angegliedertem Fitnessstudio war vor über drei Jahren der Patient Jacques Leutenegger auf der Behandlungsliege mit einem Springseil erdrosselt worden. Die drei Verdächtigen trainierten immer noch im Fitnessstudio und ließen sich bei Bedarf physiotherapeutisch behandeln. Roberta hoffte, mindestens Leonardo Bevilaqua anzutreffen, der täglich und so verbissen Gewichte hob, dass er sich immer wieder verletzte.

Sie hatte Glück. Nicht nur Leonardo wärmte sich auf dem Ergometer auf, neben ihm auf dem Crosstrainer strampelte auch Simone Falchetto im übergroßen roten Trainingsanzug.

Natürlich erwartete die Commissaria nicht, dass sie von den beiden etwas Neues erfahren würde, aber sie wollte den Täter oder die Täterin wissen lassen, dass er oder sie sich nicht in Sicherheit wiegen konnte.

Beide zuckten sichtlich zusammen, als sie die Commissaria erkannten, was nicht unbedingt ein Schuldbeweis war, aber vielleicht doch auf ein schlechtes Gewissen deutete. Mit großer Wahrscheinlichkeit hatten sie gelogen oder ihr etwas verheimlicht.

Sie stellte sich vor die beiden hin, die keine Anstalten machten, mit Pedalen oder Trampeln aufzuhören, und sagte: »Ich bin nur gekommen, um Ihnen mitzuteilen, dass wir die Ermittlungen im Fall Leutenegger wieder aufnehmen. Wenn Sie also etwas wissen, was zur Klärung des Falls beitragen könnte, sind Sie verpflichtet, uns davon in Kenntnis zu setzen.«

Leonardo zuckte die Schultern, während Simone eifrig nickte. Die Commissaria fühlte diesen Reaktionen nach, während sie regungslos auf die Wand hinter den beiden starrte. Sie hatte diese Angewohnheit, ins Leere zu starren, die Leuten, die sie nicht kannten, als beunruhigender Aussetzer erschien. Aber Marta zum Beispiel hatte inzwischen gelernt, es als eine Art Lauschen nach innen, ein Ergründen der Intuition zu interpretieren. Während Simone die erstarrte Commissaria vor ihr komplett ignorierte, irritierte sie Leonardo dermaßen, dass er fluchend vom Ergometer stieg und drohte, sich irgendwo zu beschweren, während er, ein Handtuch um den Hals geschlungen, aufsässig zum Hantelbereich schlurfte.

Die Tür eines der Behandlungszimmer im Rücken der Commissaria ging auf, und sie hörte die vertraute Stimme von Davì, der einen Patienten verabschiedete. Sie drehte sich um und erkannte Alois Anderhub, dessen Frau Evelyne die Dritte im Bunde der Verdächtigen war. »Ciao, Davì, *buongiorno* Signor Anderhub, ist Ihre Frau auch hier?«, fragte sie und schaute sich um. Sie konnte sich erinnern, dass das Ehepaar *ICSA* meistens gemeinsam besuchte. Er ließ sich in der Physiotherapie behandeln, während seine Frau in der *Palestra* trainierte.

Anders als die beiden Verdächtigen schien Alois Anderhub erfreut, sie zu sehen. »Commissaria! *Come va?* Meine Frau ist heute nicht hier. Sie war gestern auf einer Wanderung und heute zu müde, um zu trainieren.«

»Ach so. Richten Sie ihr einen Gruß aus. Wir haben die Ermittlungen im Fall Leutenegger wieder aufgenommen. Daher werde ich Ihnen wohl bald einmal einen Besuch abstatten müssen. Ist eigentlich das Haus Leutenegger wieder bewohnt?« Der Ermordete hatte mit seiner Schwester, die zwei Jahre nach seinem gewaltsamen Tod ebenfalls gestorben war, im Haus neben den Anderhubs gewohnt, und das nachbarschaftliche Verhältnis war, milde ausgedrückt, sehr angespannt gewesen.

»Ja, schon kurz nach Romys Tod ist ein Ehepaar in unserem Alter eingezogen. Sie scheinen sehr nett zu sein, sind aber auch sehr zurückhaltend. Was wir als gute Sache betrachten nach dem Theater mit den Leuteneggers.«

»Das kann ich mir vorstellen«, lachte die Commissaria.

M

Es ist nicht zu fassen. Sie schnüffelt schon wieder herum.

Ob ihr bewusst ist, wie gefährlich sie lebt?

Ich habe schon zweimal gemordet, und man sagt ja, dass es einem mit jedem Mal leichter von der Hand geht. Was ich nur bestätigen kann.

Ich mache natürlich nur Spaß. Nichts läge mir ferner, als der Commissaria etwas anzutun. Außerdem bin ich ja nicht blöd. Wenn ich sie umbringen würde, dann hätte ich alle Polizeikräfte der Gegend am Hals.

12

Nachdem der Zug pünktlich 38 Minuten nach Mitternacht in Locarno angekommen war, hatte Agente Chiesa die Lebensgefährtin gemäß Anweisung vom Capo im *Hotel Excelsior* abgeliefert und ging dann so schnell wie möglich zu seiner Wohnung in Solduno, wo er sich ungewaschen ins Bett legte und sofort einschlief.

Der Capo hatte ihm großzügigerweise gesagt, er brauche erst um 9 Uhr morgens wieder zum Dienst zu erscheinen, Claudine Dubois werde von einem anderen Beamten abgeholt. Deshalb war er ziemlich erstaunt über die Hektik, als er am Morgen in der Via Luini auftauchte. Claudine Dubois war nicht angetroffen worden im *Hotel Excelsior*. Das Zimmer war unbenutzt, offenbar hatte sie sich noch in der Nacht aus dem Staub gemacht.

Agente Chiesa beteuerte hoch und heilig, dass er sie im Hotel abgeliefert hatte, was auch niemand ernsthaft bezweifelte. Das heißt, bei der Lagebesprechung meldete sich eine Kollegin, mit der er mal Streife gefahren war, bis ihm Marta zugeteilt wurde. Sie hegte seither einen ihm unerklärlichen Groll gegen ihn und machte jetzt dunkle Andeutungen, dass man Agente Chiesa nicht so einfach davonkommen lassen dürfe. Es gebe durchaus so etwas wie das umgekehrte Stockholm-Syndrom, daher dürfe man nicht außer Acht lassen, dass Agente Chiesa der Zeugin vielleicht zur Flucht verholfen habe.

Zum Glück meldete sich darauf dezidiert der Capo.

Er habe noch nie etwas von einem umgekehrten Stockholm-Syndrom gehört, was das denn sein solle? Außerdem habe weder Agente Chiesa die Zeugin entführt noch sei er von ihr entführt worden. Sie hätten keine Zeit für solchen Unsinn.

Agente Chiesa erntete dafür einen vernichtenden Blick von seiner ehemaligen Streifenwagen-Partnerin und fragte sich zum tausendsten Mal, was er der blöden Kuh getan hatte. Fast hätte sie ihn vom Wesentlichen abgelenkt. Denn obschon ihm der Capo keine Vorwürfe machte, plagte Agente Chiesa ein schlechtes Gewissen, was Claudine Dubois anging. Klar, er hatte sie im Hotel abgeliefert, aber wenn er ehrlich war, hätte er damit rechnen müssen, dass sie abhauen würde. Schließlich hatte sie ihm gestanden, bei den *Roten Brigaden* mitgemacht zu haben. Er hatte jedoch versprochen, sie nicht zu verraten, und zum Glück hatte niemand von ihm verlangt, sie zu bewachen. Vielleicht gab es doch so etwas wie ein umgekehrtes Stockholm-Syndrom?

Wie auch immer, Claudine Dubois war weg, aber sie hatte ihn nicht mit leeren Händen zurückgelassen. Sie hatte ihm einen Namen genannt.

»Wir sollten uns mit einem Mann namens Salvatore Ferrari befassen«, sagte Agente Chiesa zum Erstaunen der Anwesenden.

13

Commissaria Casanova hatte den Vormittag mit Aktenstudium verbracht und wollte sich einen Kaffee machen. Aber statt in die Küche zu gehen, blieb sie vor der Tür des Besprechungsraums stehen, hinter der, wie sie wusste, das weitere Vorgehen im Fall Banfi besprochen wurde. Am liebsten hätte sie gelauscht. Dann hörte sie den Aufzug und besann sich, dass sie auf dem Weg in die Küche war.

Dem Aufzug entstieg ein ihr unbekannter Agente der Polizia Comunale, der sie aber freudig begrüßte. Bevor sie ihn fragen konnte, was er hier wolle, legte er schon los. »Ich soll das hier vorbeibringen.« Er hielt einen Asservatenbeutel in der Hand und schaute sich fragend um. »Schön haben Sie's hier. Eigentlich wollte ich schon immer zur Kriminalpolizei. Das ist bestimmt viel interessanter als meine Arbeit.«

Die Commissaria, die gerade zum x-ten Mal die Unterlagen des Falls Leutenegger studiert hatte, zuckte die Schultern. »Bei euch ist bestimmt mehr los.«

»Das bezweifle ich. Im Moment beschäftige ich mich mit einem Dieb von Hundemäntelchen.«

»Was?«

»Ganz genau! Hundemäntelchen. Seit ein paar Monaten werden ständig Hundemäntelchen geklaut. Jetzt im Hochsommer kommt es zwar nur selten vor. Ist ja klar, in der Hitze braucht es keine Mäntelchen. Allerdings gibt es schon Leute, die meinen, ihr Hund könne keinen Tropfen Regen vertragen. Aber im Winter, da hat dieser Diebstahl richtig grassiert. Jemand lockt die Hunde von ihren Besitzern weg und klaut ihnen das Mäntelchen. Die Dinger sind offenbar nicht billig. Sie tauchen dann meistens wieder auf, in irgendeinen Robidog gestopft, natürlich will sie dann niemand mehr zurück.«

»Sachen gibt's«, sagte die Commissaria, wünschte dem Agente noch einen schönen Tag und ging in die Küche, um sich einen Kaffee zu machen.

14

Claudine Dubois hatte Francesco verraten, dass ein Mann namens Salvatore Ferrari, Mitglied der *Roten Brigaden*, gedroht hatte, Valerio Banfi zu töten. Valerio habe ihr einmal erzählt, dass er diesen Salvatore Ferrari mehr als die Polizei fürchte. Vor dieser könne er sich nämlich in Frankreich sicher fühlen, aber Ferrari sei zuzutrauen, dass er, sobald er aus dem Knast sei, nach ihm suchen werde. Den Grund dafür habe sie nicht erfahren.

Leider war »Salvatore Ferrari« ein nicht gerade seltener Name. Allein auf *Facebook* fanden sich Dutzende Accounts unter diesem Namen. Marta versuchte es bei der italienischen Polizei. Die Questura in Mailand verwies sie nach Treviso. Dort gab man ihr die Auskunft, dass Ferrari seine Strafe abgesessen habe und ihnen nicht bekannt sei, wo er sich aufhalte und ob er überhaupt noch am Leben sei.

Marta legte zuerst den Hörer auf, bevor sie laut »*Idioti!*« blaffte. Das wiederum hörte der Comandante, der ausgerechnet in dem Moment auf dem Gang zur Toilette an ihrer offenen Tür vorbeiging.

»Gibt's Schwierigkeiten?«, fragte er.

Am liebsten hätte Martha auch ihn angeblafft, aber das wäre ungeschickt und auch nicht ihre Art. Also erklärte sie ihm den Ärger über die unkooperative italienische Polizei.

»Telefonisch werden Sie da nichts erreichen. Wir stellen ein Rechtshilfegesuch.«

Ein paar Stunden später rief der Comandante Marta zu sich, um ihr mitzuteilen, dass sie bei der Befragung von Salvatore Ferrari durch die italienische Polizei dabei sein solle. »Es kann noch dauern, bis sie auf das Rechtshilfegesuch reagieren, aber ich möchte, dass Sie nach Treviso fahren. Ich habe ein bisschen herumtelefoniert und erfahren, dass Ex-Procuratore Bianchi, der damals die Ermittlungen geleitet hat, weiß, wo er sich aufhalten könnte.«

Nach dem Gespräch machte sich Marta auf den Nachhauseweg, allerdings mit der Absicht, einen Abstecher zu Davìs Arbeitsort zu machen. Sie wollte versuchen, ihn zu überreden, sie nach Treviso zu begleiten. Ihr Freund war nämlich in dieser schönen Stadt in Venetien aufgewachsen. Also ging sie an ihrem Hauseingang vorbei und betrat das Gebäude gegenüber, wo Davì bei *ICSA* als Physiotherapeut arbeitete.

Sie musste warten, bis er mit seiner Patientin fertig war, und überraschte ihn dann mit der Nachricht, dass sie am nächsten Tag in seine Heimatstadt fahren würde. »Kannst du nicht freinehmen und mitkommen?«

Er war natürlich überrascht und dann sogleich gestresst. »Ich habe Patienten, ich kann nicht einfach freinehmen.«

»Du hast so viele Überstunden und bist ständig eingesprungen, als Marco ausgefallen ist.« Genau genommen war der Chef der Physiotherapie einem Verbrechen zum Opfer gefallen, aber sie hatten sich stillschweigend auf diesen Euphemismus geeinigt, wenn sie von seinem Tod sprachen.

»*Cavolo*, Marta. Ich kann nicht einfach alles stehen und liegen lassen. Außerdem habe ich meine Eltern gerade erst besucht.«

»Weihnachten ist schon wieder sieben Monate her«, versuchte es Marta und wollte schon aufgeben, als Loredana, die Besitzerin der *ICSA*-Physiotherapien um die Ecke kam. »Ciao, Marta! Was höre ich da? Er will nicht freinehmen?« Sie hatte offenbar am Schreibtisch im hinteren Bereich gesessen und mitgehört. »Geh nach Hause packen, Davì. Du musst endlich deine Überstunden abbauen. Deine Patienten übernehme ich, und jetzt raus hier! Viel Spaß euch beiden!«

Von Spaß konnte wohl nicht die Rede sein, dachte Marta. Aber sie freute sich sehr, dass Davì nach Treviso mitkommen würde. Und dass sie endlich seine Eltern kennenlernen würde.

Nach einer sechsstündigen Fahrt von Locarno nach Treviso fuhren sie am nächsten Tag auf den Vorplatz von Davìs Elternhaus.

»*Così piccolina!*«, rief Davìs Mutter, als Marta ausgestiegen war, was Marta sofort gegen sie einnahm. So klein war sie nun wirklich nicht, für den Polizeidienst hatte es gereicht, außerdem war Davì auch nicht gerade ein Riese.

»Pünktlich wie die Schweizer«, sagte der Vater, was dagegen stimmte. Sie waren am frühen Morgen losgefahren und wie angekündigt um kurz vor 13 Uhr vor Davìs Elternhaus angekommen.

»Kommt herein, ihr seid sicher durstig nach der langen Fahrt«, sagte die Mutter, nachdem sie ihren Sohn und seine kleine Freundin umarmt und abgeküsst hatte.

Davì hatte Marta vorbereitet, dass er in ganz anderen Verhältnissen als sie aufgewachsen war. Martas Mutter arbeitete als Juristin in einer Anwaltskanzlei, und ihr Vater war ein etablierter Künstler. Die beiden waren nicht begeistert gewesen, dass sie Polizistin werden wollte.

Davìs Vater war Metzger, und seine Mutter arbeitete abends in einer Restaurantküche. Sie teilten sich ein Doppelhaus mit der Familie von Davìs Onkel, der ihn damals davon überzeugt hatte, dass es besser sei, Physiotherapie statt Medizin zu studieren. Was ihm Davì bis heute nicht verzeihen konnte.

Sie wurden in ein Esszimmer geführt, das mit einem lackschwarzen Tisch, einer schwarzen Anrichte und schwarzen Stühlen mit quietschroten Kunstlederpolstern den Eindruck machte, anlässlich der Hochzeit in den frühen 1990er-Jahren gekauft und seither nie mehr verändert und selten benutzt worden zu sein.

Die Mutter hatte einen Reissalat mit sauer eingelegtem Gemüse und Wurststückchen gemacht, eine auch im Tessin beliebte Sommermahlzeit.

»Sind das die Würstchen, die ich gestern mitgebracht habe?«, fragte der Vater.

Die Mutter nickte.

»Die schmecken gut. Davì, schenk deiner Freundin Wein ein.«

»Grazie, aber ich muss noch arbeiten«, sagte Marta. Comandante Soldini hatte ihr unterwegs mitgeteilt, dass er mit dem bei den damaligen Ermittlungen gegen Salvatore Ferrari beteiligten Staatsanwalt gesprochen und einen Termin für Marta ausgemacht habe.

»Arbeiten?«, fragte Davìs Mutter erstaunt. »Hier in Italien?«

»Marta muss einen Zeugen befragen«, sagte Davì schnell, bevor sie selbst antworten konnte.

»Aha«, sagte die Mutter, und es klang ziemlich verständnislos. »Ich dachte eigentlich, wir könnten heute Nachmittag die *nonna* besuchen.«

»Dafür ist doch auch morgen noch Zeit«, sagte Davì, und Marta dachte, dass sie wohl auch morgen noch arbeiten müsse, und dass es vielleicht ein Fehler gewesen war, den dienstlichen Ausflug mit dem Familienbesuch zu verbinden.

Ettore Bianchi, der pensionierte Staatsanwalt, wohnte nördlich der Stadtmauer in einer blassgelb verputzten zweistöckigen Villa. Die Eingangstür war von einem Vordach überragt, das von eleganten Säulen gestützt wurde. Dorisch oder ionisch, fragte sich Marta automatisch, weil für ihren Vater die Bestimmung der klassischen Säulenordnungen zum unverzichtbaren Allgemeinwissen gehörte. Sie konnte sich nicht entscheiden, wahrscheinlich eine Mischform, und ihr Vater war zum Glück nicht anwesend.

Der Ex-Procuratore hatte wohl schon nach ihnen Ausschau gehalten, denn kaum waren sie vorgefahren, setzte sich das Gittertor seitlich in Bewegung, und ein hagerer weißhaariger Mann winkte sie herein. Er stand leicht gekrümmt, weil er einen aufgeregten rötlichbraunen Pudel am Halsband festhielt. Davì hatte Marta gefahren, und der joviale ältere Herr bat ihn mit hinein. Der Pudel hörte auf den Namen Olga und brauchte eine Weile, bis er sich beruhigt hatte. Dann fragte Signor Bianchi, ob sie Kaffee und Wasser möchten, hieß sie auf der Polstergruppe im *Salotto* Platz zu nehmen und verschwand, gefolgt von Olga, in der Küche. Auf jeden Fall brummte kurz darauf eine Kaffeemaschine, und ein köstlicher Espresso-Duft breitete sich aus.

Nachdem er Wasser und Kaffee serviert und sich gesetzt hatte, lachte er unvermittelt auf. »Was für ein Zufall, dass mich Comandante Soldini heute angerufen hat. Ich konnte es kaum glauben. Da fragt er mich ausgerechnet nach Salvatore Ferrari. Sie müssen wissen, ich gehe gerne am frühen Morgen mit Olga in Jesolo am Strand spazieren. Sie liebt das Wasser, und in Jesolo gibt es den *Bau Bau Beach*, ein Strandabschnitt, wo Hunde zugelassen sind.«

Olga, die sich ebenfalls im *Salotto* neben ihrem Herrchen niedergelassen hatte, stand auf, als sie ihren Namen und vielleicht auch *Bau Bau Beach* hörte.

»Ja, das gefällt dir, nicht wahr«, sagte Signor Bianchi und knetete ihre Ohren. Marta und Davì warfen sich einen Blick zu. War dieser pensionierte Staatsanwalt nicht mehr richtig im Kopf? Was schwafelte er von diesem Wau-Wau-Strand?

»Also da ruft mich heute Soldini an, nachdem wir vor ein paar Wochen – Anfang Juni? Ich weiß nicht mehr, ist ja nicht so wichtig, nicht wahr?«

Marta schüttelte den Kopf, dachte aber gleichzeitig, dass sie nicht wissen könne, was wichtig sei, wenn er nicht endlich zur Sache komme.

»Wie auch immer, wir waren, wie wir es gerne machen, am frühen Morgen unterwegs, wenn es noch einigermaßen kühl ist und die Touristenhorden noch schlafen. Olga hat sich im Wasser ausgetobt, ich habe mich umgeschaut, und da kam dieser Bademeister vom Bad nebenan, um den Sand zu rechen und die Liegestühle auszurichten oder was es da halt am Morgen zu tun gibt. Ich habe ihn damals sofort erkannt. Salvatore Ferrari, verurteilter Rotbrigadist. Und jetzt ruft mich gestern Soldini an und fragt mich nach ihm. Ich habe darauf mein Privatarchiv durchsucht und das Polizeifoto von ihm gefunden. Er trägt immer noch einen Bart, allerdings in Grau.«

Marta nahm das Bild entgegen, das einen wütend starrenden Mann mit einer enormen schwarzen Haarpracht, sowohl auf dem Kopf als auch im Gesicht, zeigte.

»Ferrari ist damals bei der zweiten großen Verhaftungswelle Anfang 1981 geschnappt worden. Keine große Leuchte, meiner Ansicht nach hatte er mehr kriminelle als politische Motive«, fuhr der Ex-Procuratore fort. »Es waren harte Zeiten damals. Nicht umsonst nannte man diese Jahre *anni di piombo*, die bleiernen Jahre. Als Staatsanwalt musste man jederzeit damit rechnen getötet zu werden. Wir versuchten alle, uns zu schützen, so gut es ging. Vorsichtig zu sein, aber man konnte nie wissen, ob und wann man auf der Abschussliste stand. Ich war ja noch sehr jung, alleinstehend. Ich hätte auch nie geheiratet im Wissen, dass meine Frau jeden Tag in der Angst verbringen müsste, dass ich einem Anschlag zum Opfer fallen würde. Wir wurden wie Geheimdienstleute geschult und wussten, dass die beste Lebensversicherung war, niemals einer Routine zu folgen. Es herrschte Krieg.«

Der Ex-Staatsanwalt schwieg und starrte auf den Salontisch, oder besser durch den Salontisch hindurch in eine düstere Vergangenheit. Marta und Davì wagten sich nicht zu rühren.

»Die staatliche Ordnung kann nur aufrechterhalten werden, wenn die Gesetze eingehalten werden«, fuhr er schließlich fort. »Wenn sich eine Seite nicht an das Gesetz hält, muss der Staat hart durchgreifen oder er ist verloren. Um besser gegen die Terroristen vorgehen zu können, wurden die Antiterrorgesetze eingeführt. Bekannt ist vor allem die *legge Cossiga*. Sie ermöglichte in dringenden Fällen Hausdurchsuchungen ohne Durchsuchungsbeschluss, und mutmaßliche Terroristen konnten bis zu

96 Stunden festgehalten werden. Diese Maßnahmen führten dann zu den großen Verhaftungswellen Anfang der 1980er Jahre. Hilfreich war auch, dass den Reuigen, den *pentiti*, Strafmilderungen gewährt wurden. – Ihr wisst, was die *pentiti* sind?« Er schaute sie fragend an, und Marta bemerkte, dass er aufgrund ihres jugendlichen Alters zum Du übergegangen war. »Das waren diejenigen, die andere verrieten, um Strafmilderung zu erlangen«, erklärte sie brav.

»Richtig, ihr habt euch gut informiert.« Offenbar glaubte er, Davì sei ebenfalls Polizist.

»Ferrari hat sich sofort nach seiner Verhaftung von den *Roten Brigaden* distanziert und hoffte, ohne Strafe davonzukommen. Er habe nichts getan und wisse nicht, wie er in diesen bescheuerten Verein geraten sei. Nur weil irgendeiner dieser verdammten *pentiti* ihn verraten habe. Es waren aber Ferraris Fingerabdrücke auf einer Pistole gefunden worden, mit der ein Polizist umgebracht worden war. Darauf hat er Valerio Banfi beschuldigt, ihm die Pistole untergejubelt zu haben.

Unter uns gesagt, würde ich es Ferrari zutrauen, dass er Rache genommen hat. Ich hatte den Eindruck, dass er über sehr viel kriminelle Energie verfügte. Aber Menschen können sich ändern. Vielleicht ist er jetzt ein freundlicher älterer Bademeister, der Frieden geschlossen hat mit seiner Vergangenheit. Wer weiß.« Der Staatsanwalt kraulte gedankenverloren das Kinn seiner Hündin Olga, die sich das nur zu gerne gefallen ließ.

»Ich denke aber, dass es sich auf jeden Fall lohnen könnte herauszufinden, was er zur Tatzeit gemacht hat. Am besten fragt ihr seinen Arbeitgeber oder einen seiner Kollegen. Die Tatzeit ist euch ja bekannt? Dann wird sich schnell feststellen lassen, ob er in Jesolo war. Wenn nicht, schauen wir weiter.« Er erhob sich etwas steif vom Sessel, worauf auch Marta und Davì aufstanden. Sie gingen hinter ihm her zur Tür. Bevor er sie öffnete, hielt er inne, als ob ihm noch etwas eingefallen wäre. »Selbstverständlich dürft ihr nicht im Namen der Tessiner Polizei ermitteln, das wisst ihr natürlich. Aber Fragen stellen ist ja nicht verboten. Ich würde zwar gerne mitkommen, aber es ist wohl besser, wenn ihr dort alleine auftaucht. Es könnte sein, dass er mich auch nach all den Jahren noch erkennt. Und er war damals sehr schlecht auf mich zu sprechen.«

Als sie das Haus des Staatsanwalts verließen, waren sie überrascht, wie dunkel es geworden war. Da am ganzen Haus wegen der Sommerhitze die Läden geschlossen waren, hatten sie nicht bemerkt, dass draußen schwere schwarze Gewitterwolken aufgezogen waren.

»Sie haben einen Sturm vorhergesagt«, sagte Signor Bianchi und schaute zum Himmel hoch. »Das wird endlich Abkühlung bringen.«

Als Davì und Marta eingestiegen waren, klopfte er an die Scheibe der Beifahrertür. »Am besten fahrt ihr gleich morgen früh nach Jesolo. Es ist einfach zu finden: Das Bad, das östlich an den *Bau Bau Beach* grenzt.«

»Wuff«, bellte Olga, als sie den Namen ihres geliebten Strandes hörte.

Der Sturm hatte die ganze Nacht an den Fensterläden gerüttelt. Blitze stachen durch die Spalten der Lamellen, und der gleichzeitig ertönende Donner ließ Davìs schmales Kinderbett erbeben. Marta klammerte sich an ihren Freund, der ungeachtet dieses Spektakels tief und selig schlief.

Es war jedoch nicht nur das Gewitter, das Marta wachhielt. Genauso sehr beschäftigte sie die Frage, was sie morgen am Strand von Jesolo erwarten würde. Dieser Salvatore Ferrari klang nach dem idealen Kandidaten für die Ermordung von Robertas Onkel. Staatsanwalt Bianchi hielt es für möglich, dass er seinen Groll all die Jahre gehegt hatte, um dann im passenden Moment zuzuschlagen. Aber etwas stimmte nicht. Ob Bianchi überhaupt wusste, wie das Opfer zu Tode gekommen war? Wahrscheinlich stellte er sich vor, dass Ferrari Valerio Banfi gefolgt war und ihn dann in Locarno gestellt und erschossen hatte. Das wäre ein glaubhaftes Szenario. Aber ihn auf eine Mahlzeit einzuladen – um der guten alten Zeiten willen – und ihm Knollenblätterpilze zu servieren? Das war absurd, passte ganz und gar nicht. Trotzdem mussten sie herausfinden, ob Ferrari ein Wohnmobil besaß. Oder eine Ferienwohnung in der Gegend von Locarno. Aber wie sollte sich ein verurteilter Terrorist, der als Bademeister arbeitete, eine Ferienwohnung im Tessin leisten können? Wieso hatte sich Banfi eine, wenn auch kleine, Villa in Nizza leisten können? Marta fiel ein, dass sie gelesen hatte, dass sich die Terroristen der *Roten Brigaden* und der *RAF* mit Banküberfällen finanziert hatten. Sie mussten unbedingt nachprüfen, ob Ferrari an einem Banküberfall beteiligt gewesen war. Genau, die Banküberfälle waren der Schlüssel zu allem. Sie durfte auf keinen Fall vergessen, dem nachzugehen, auf keinen Fall.

Marta wurde endlich von Morpheus in den Schlaf gewiegt.

Als sie am nächsten Morgen erwachte, waren die Banküberfälle vorerst vergessen und von einem anderen Anliegen verdrängt. Sie musste dringend auf die Toilette und wollte nicht in T-Shirt und Unterhose Davìs Eltern begegnen. Sie horchte auf die Geräusche im Haus, und als sie vermutete, dass die Luft rein war, schlich sie sich raus zum Badezimmer. Sie hörte den Fernseher, vermutlich aus der Küche, und schaffte auch den Weg zurück, ohne jemandem zu begegnen. Davì war inzwischen auch wach, er machte sich deutlich unbeschwerter auf ins Badezimmer. Marta zog sich an, wartete auf Davì, um dann gemeinsam mit ihm in der Küche aufzutauchen, wo tatsächlich ein Fernseher lief. Sofort setzte die Mutter die *Moka* auf. Sie sagte, Papà sei schon zur Arbeit gegangen, und er habe vorher noch schnell *Cornetti* gekauft.

Marta bedankte sich und biss hungrig in den Blätterteig mit der süßen Aprikosenfüllung.

»Was war das nur für ein Sturm heute Nacht«, sagte die Mutter und schenkte Kaffee ein. »Ich habe kein Auge zugetan. Es soll ja noch nicht vorbei sein.« Sie sah auf die Uhr. »Gleich kommt die Vorhersage.« Sie griff nach der Fernbedienung und stellte den Fernseher lauter. Auf dem Bildschirm erschienen erst das *Meteo*-Signet und danach ein Mann in hoch dekorierter Gala-Uniform, der vor einer Karte Italiens stand, die im Norden mit Blitzen und im Süden mit von Wolken halb verdeckten Sonnen dekoriert war. Der Marine-Offizier leierte mit monotoner Stimme die Wetterentwicklung in den verschiedenen Gebieten Italiens herunter. Als er sagte, im Veneto werde sich die Lage beruhigen, klatschte Davìs Mutter in die Hände, rief: »*Grazie, dio*!«, und stellte den Ton leiser. Marta hörte allerdings noch die Warnung: »*Mare molto mosso.*« Der Wellengang im Meer war sehr hoch.

Als sie aufbrachen, sagte die Mutter: »Wo müsst ihr denn jetzt schon wieder hin?«

Am Himmel hingen die grauen Wolken immer noch tief, dazu war es schwül, die Luft so stickig und salzgeschwängert, dass einem das Atmen schwerfiel. Marta fühlte sich auf einmal verloren auf diesem flachen Land und sehnte sich nach ihrer Heimatstadt, die von einem Bergkranz geborgen am Ufer eines freundlichen Sees lag. Sie hatte ein ungutes Gefühl, was die bevorstehende Begegnung mit Salvatore Ferrari anging, und wünschte sich, statt Davì die erfahrene Commissaria an der Seite zu haben.

15

Commissaria Casanova hatte das Haus am frühen Morgen mit Schuldgefühlen verlassen. Es gab keinen Grund schon wieder im Büro aufzutauchen, aber sie musste unbedingt ein wenig Abstand zwischen sich und das häusliche Chaos bringen. Allerdings hatte sie die Akten des Falls Leutenegger schon so oft durchgekaut, dass sie sie beinahe auswendig konnte. Ihr blieb nur die Hoffnung, dass sich irgendetwas Neues ergeben würde, weshalb sie mit freudiger Erwartung auf den weißen Umschlag reagierte, den sie auf ihrem Schreibtisch vorfand. Er war mit der Post gekommen und an sie adressiert. Sie entnahm ihm ein weißes, einmal gefaltetes Papier, entfaltete es und ließ es gleich wieder fallen, als ob es vergiftet wäre.

> DIE POLIZEI SOLLTE BESSER DIE RICHTIGEN VERBRECHER JAGEN, ALS EHRBARE LEUTE ZU BELÄSTIGEN.
> STELL SOFORT DIE ERMITTLUNGEN EIN, SONST WIRST DU DIR BALD DIE RADIESCHEN VON UNTEN ANSEHEN KÖNNEN!

Sie rief sofort Ruggero vom kriminaltechnischen Dienst an.

Später erfuhr sie, dass erste Untersuchungen nur das Offensichtliche ergeben hatten: Die Nachricht wie auch der Name auf dem Umschlag waren mit einem Laserdrucker gedruckt worden. Außerdem vermutete man aufgrund der Ausdrucksweise, dass der Verfasser oder die Verfasserin der Nachricht eine ältere Person sein musste.

Beides Erkenntnisse, für die man über keine besondere polizeiliche Ausbildung verfügen musste, dachte die Commissaria frustriert. Die Suche nach DNA-Spuren und deren Auswertung würde natürlich noch eine Weile dauern. Außerdem bestand die Möglichkeit nachzuweisen, ob die Nachricht mit einem bestimmten Drucker gedruckt worden war. Offenbar hatte jeder Drucker sein individuelles Muster, ähnlich dem menschlichen Fingerabdruck. Aber natürlich musste man dazu erst einmal Drucker zum Abgleich zur Auswahl haben.

Welcher von ihren drei Verdächtigen kam als Urheber dieses Drohbriefes infrage?

Der cholerische Leonardo Bevilaqua? Das war nicht sein Stil. Er würde auf den Polizeiposten stürmen und sie beschimpfen, aber nicht einen akkurat gedruckten Brief in altjüngferlicher Sprache feinsäuberlich adressieren und auf die Post bringen.

Simone Falchetto, die verschrobene Übersetzerin und verhinderte Schriftstellerin? Das könnte schon eher passen. Allerdings würde sie sich wahrscheinlich eleganter ausdrücken.

Ehrbare Leute? Na ja.

Die Radieschen von unten ansehen? Irgendwie nicht stimmig für eine Person, deren Beruf es war, mit Sprache umzugehen.

Es blieb noch Evelyne Anderhub. Ihr traute die Commissaria zu, ihrem Ärger mit einem anonymen Brief Luft zu verschaffen. Auch schien es ihr möglich, dass die habilitierte Germanistin eine so schrullige Ausdrucksweise und Großbuchstaben wählte, um die Polizei auf eine falsche Spur zu führen.

Es war höchste Zeit, dass sie einmal mehr den Anderhubs einen Besuch abstattete.

16

Das normalerweise so zahme azurblaue Adriatische Meer warf sich schmutziggrau schäumend gegen den menschenleeren Strand.

Marta blieb überrascht stehen. »Heute werden wohl keine Badegäste kommen. Meinst du, Ferrari erscheint überhaupt zur Arbeit?« Sie musste laut sprechen, um das Rauschen der Wellen zu übertönen.

»Wir sind in der Hochsaison. Die ausländischen Touristen gehen bei fast jedem Wetter an den Strand. Schließlich haben sie Badeferien gebucht.« Davì grinste.

»In welcher Richtung ist dieser *Wau Wau Strand*?«

»Weiß ich nicht, hier ist ein Übersichtsplan.«

Die Orientierung war einfach. Das brüllende Meer zur Linken, würden sie in ein paar 100 Metern auf Ferraris Arbeitsort treffen. Jeder Strandabschnitt hatte seine Bar, wo zu Martas Beruhigung sich bereits Menschen an die Arbeit machten. Als sie den Hundestrand erreichten, konnten sie feststellen, dass auch in der Bar nebenan bereits Betrieb herrschte.

»Bleib mal hier stehen«, sagte Marta. »Es ist unauffälliger, wenn ich allein auftauche.« Sie ging auf die Bartheke zu, eine junge Frau, die dabei war, eine Kühlschublade mit Flaschen aufzufüllen, bemerkte sie. »Wir sind noch geschlossen.«

»Ich möchte nichts trinken. Arbeitet hier ein gewisser Salvatore Ferrari? Ich würde gerne mit ihm sprechen.«

Die junge Frau musterte sie neugierig und schrie dann in Richtung der Sonnenschirm-Armee: »Salvi! Besuch für dich!«

Ein Mann richtete sich auf, den Marta zuvor nicht bemerkt hatte. Er war offenbar dabei, Äste und Abfall zu sammeln, die der Sturm in der Nacht hinterlassen hatte. Er schaute fragend zu der Bar, vielleicht hatte er ob des Wasserrauschens die Frau nicht verstanden, obschon sie geschrien hatte. Marta ging zu ihm und erkannte ihn sogleich aufgrund des Polizeifotos. Wie der pensionierte Staatsanwalt gesagt hatte, schien er bis auf das Ergrauen der Haare nur wenig gealtert.

»Salvatore Ferrari?«, fragte sie.

»Wer sind Sie?«, fragte er aggressiv zurück.

»Ispettrice Ravelli von der Tessiner Kriminalpolizei«. Weil er sich so bedrohlich aufplusterte, gab sich Marta gegen ihre Absicht zu erkennen. Was sich sogleich als schwerer Fehler erwies.

Als Ferrari »Kriminalpolizei« hörte, zeichnete sich blanke Angst in seinem Gesicht ab. Er ließ die Handvoll Unrat, die er gesammelt hatte, fallen und rannte los Richtung Hundestrand.

Dort stand Davì, der, ohne zu überlegen, ihm entgegenstürmte.

Mit Entsetzen sah Marta, wie Ferrari die Richtung änderte und sich in die schmutzigen Wellen stürzte.

»*Merda!*«, stieß Marta hervor und schlüpfte aus den Sneakern und der Regenjacke und rannte ihm hinterher.

»*Porco dio! Sei matta?*«, rief Davì und wäre den beiden fast in die Fluten gefolgt. Er besann sich aber und lief stattdessen zur Bar, um Hilfe zu holen.

17

Obschon dieser merkwürdige Drohbrief ein wenig Aufregung gebracht und ihren Jagdinstinkt geweckt hatte, überfiel die Commissaria eine lähmende Müdigkeit, als sie wieder einmal vor der Art déco-Villa der Anderhubs stand und die Klingel betätigte. Würde sie die nächsten – sie überlegte kurz – 27 Jahre, bis der Mord an Jacques Leutenegger verjährt war, jedes Jahr wieder vor dieser Tür stehen, in einem weiteren vergeblichen Versuch, Evelyne Anderhub der Tat zu überführen? Eine entmutigende Vorstellung. Wahrscheinlich war ohnehin niemand zu Hause. Weil sie befürchtete, unfähig zu sein, in naher Zukunft noch einmal die Energie aufzubringen, die Via ai Monti hochzugehen und vor dieser Tür zu stehen, klingelte sie dann doch noch einmal.

»Ich komme ja schon«, tönte es von innen. »Alois, hast du die Klingel nicht gehört?«, rief Evelyne Anderhub über ihre Schulter, als sie die Tür öffnete. »Ach, Sie sind es«, sagte sie zu der Commissaria.

»*Buongiorno*, darf ich eintreten?«

»Bitte sehr! Ich hoffe, es dauert nicht zu lange. Ich entrümple gerade die Kleiderschränke und möchte noch fertig werden damit, bevor wir zu *ICSA* gehen.«

»Es wird nicht lange dauern«, versprach die Commissaria.

Eine Tür ging auf, und Alois Anderhub betrat die Eingangshalle. »Ah, die Commissaria! Was bringt Sie her?

Haben Sie wieder ein interessantes Corpus Delicti für mich?«

Das brachte die Commissaria gegen ihren Willen zum Schmunzeln. Vor einem Jahr hatte Alois Anderhub als Experte für historische Waffen der Polizei Informationen über eine Tatwaffe geliefert. »Nein, nichts dergleichen. Ich habe Ihnen ja bereits angekündigt, dass wir die Ermittlungen im Fall Leutenegger wieder aufgenommen haben. Ich bin hier, um noch ein paar Sachen zu klären.«

»Ach ja. Diese endlose Geschichte. Sie haben das erwähnt. Leider habe ich vergessen, es meiner Frau auszurichten. – *scusa*, meine Liebe. – Wenn Sie nichts dagegen haben, ziehe ich mich wieder in mein Büro zurück.«

Die Commissaria zuckte die Schultern, und Alois Anderhub verschwand schnell wieder in seinem Arbeitszimmer.

»Gibt es denn neue Entwicklungen, die Sie bewogen haben, die Ermittlungen wieder aufzunehmen?«, fragte Evelyne Anderhub leicht gereizt.

»Ja, wir haben eine neue Spur«, sagte die Commissaria mit so viel Überzeugung, wie sie aufbringen konnte. »Ich möchte Sie bitten, mir eine Schriftprobe von all Ihren Druckern zu überlassen.«

»Wozu das denn? Hat es ein Bekennerschreiben gegeben?« Das klang spöttisch mit einem leicht hysterischen Unterton.

»Ich kann Ihnen keine Gründe nennen. Ich kann Sie auch nicht zwingen, mir die Proben auszuhändigen. Allerdings machen Sie sich dann natürlich verdächtig.«

»Ja, ja, ja. Das kennen wir ja. Die reinste Erpressung. Ich gebe Ihnen gar nichts, solange ich nicht weiß, wozu Sie es brauchen und was Sie damit machen. Wer weiß, was Sie mir da anhängen wollen.«

Die Commissaria atmete tief durch. »Wie Sie meinen. Aber machen Sie sich keine Hoffnungen, mich werden Sie nicht so einfach los.«

Nachdem Evelyne Anderhub die Tür hinter der Commissaria geschlossen hatte, verharrte sie kurz mit der Hand auf der Klinke. Dann schüttelte sie den Kopf, drehte sich um und rief nach ihrem Mann.

Er öffnete sofort die Tür seines Arbeitszimmers, als ob er dahinter gestanden und gelauscht hätte. »Was wollte Sie denn«, fragte er.

»Schriftproben von unseren Druckern, was ich verweigert habe.«

»Wieso das denn?«, fragte Alois besorgt.

»Sie sagte, es sei freiwillig. Keine Angst, wenn sie mit einer Befugnis zurückkommt, werde ich mich nicht weigern. Hör mal, ich habe den Kleiderschrank entrümpelt und dir alles rausgelegt, was du eine Weile nicht mehr getragen hast. Kannst du mir bitte sagen, was wegkann?«

Alois stieg hinter seiner Frau die Treppe hoch und bereitete sich darauf vor zu protestieren. Er liebte seine Kleider, je länger er sie trug, umso mehr, er würde für jedes einzelne Stück kämpfen.

Es stellte sich dann heraus, dass er sich umsonst gewappnet hatte. Der Haufen war sehr klein, und er musste zugeben, dass jedes Kleidungsstück darin einen Makel hatte. Entweder war der Blazer zu unbequem, das Hemd hatte eine zu grelle Farbe, die Hose war zu jugendlich geschnitten. Nur seine bewährte alte Freizeitjacke würde er sich nicht nehmen lassen. »Die ist doch noch gut!«, rief er empört.

»Du hast diese Jacke schon lange nicht mehr getragen«,

sagte Evelyne und sah zu, wie er sie trotzig anzog. »Wir haben doch vor zwei Jahren eine neue gekauft.«

Alois Anderhub steckte die Hände in die Taschen. Links fühlte er ein zerknülltes Taschentuch, rechts etwas Undefinierbares, leicht Raues. Er zog es heraus. Eine hellblaue Hygienemaske.

»Siehst du!«, sagte sie und riss ihm die Maske aus der Hand, »das ist der Beweis, dass du die Jacke mindestens zwei Jahre nicht mehr anhattest. Sie ging in die Küche und schmiss die Maske in den Abfall.«

Alois strich noch einmal liebevoll mit beiden Händen seitlich an der Jacke herunter, bevor er sie seufzend auszog und Evelyne überreichte. Man musste sich von Dingen trennen können, auch wenn das immer schwerer fiel, je älter man wurde.

Er ging zurück in sein Büro, um an dem Artikel für das Bulletin des Historischen Vereins weiterzumachen, konnte sich aber nicht mehr konzentrieren. Irgendetwas nagte in seinem Unterbewusstsein und störte den Gedankenfluss. Diese Hygienemaske, etwas stimmte nicht damit. Seiner Erinnerung nach hatten er und Evelyne nie solche Masken getragen. Oder höchstens ganz zu Beginn der Pandemie. Weil er mit über 70 zu einer Hochrisikogruppe gehörte, waren sie nur noch mit FFP2-Masken, diesen steifen Kappen, die mehr Schutz versprachen, unter Menschen gegangen. Wie war also ein leichter hellblauer Mundschutz in seine Tasche geraten?

Alois stand auf, ging zum Fenster, starrte in den Garten, drehte sich um, ging zurück zum Schreibtisch, setzte sich, blätterte in seinen Notizen. Dann erhob er sich, zackig für sein Alter, verließ sein Büro, ging in die Küche und fischte die Maske aus dem Abfall.

Er wusste jetzt, woher sie stammte. Aber er wusste nicht, was er damit machen sollte. Vorerst stopfte er sie in eine Sichthülle, die er in einem Ordner für Diverses ablegte.

18

Marta war eine gute Schwimmerin, aber gegen die starken Wellen war nichts auszurichten. Ferrari konnte sie auch nicht mehr sehen. *Maledizione*, was hatte sie sich nur dabei gedacht, sich in das aufgewühlte Meer zu stürzen. Kopflos. Sie war ausgebildete Rettungsschwimmerin und hatte gelernt, dass Selbstschutz erste Priorität hatte. Einen Ertrinkenden rettete man am besten, indem man ihm vom Ufer oder Boot aus etwas reichte, an dem er sich festhalten konnte. Aber Ferrari war nicht ein Ertrinkender, sondern ein Flüchtiger, die Polizistin in ihr hatte die Oberhand über die Rettungsschwimmerin gewonnen. *Cazzo, cazzo, cazzo!* Sie fühlte bereits, dass sie nicht mehr lange durchhalten würde. Sie musste umkehren. Nur wohin war zurück? *Porca miseria!*

Davì war zur Bar gerannt, wo die Angestellte gerade »zwei Personen sind im Wasser« ins Telefon rief. Offenbar hatte sie bereits die Notfallnummer der *Capitaneria di Porto* angerufen. Nun blieb nichts anderes übrig, als abzuwarten. Davì rannte zurück zu der Stelle, wo Martas Turnschuhe und ihre Regenjacke lagen. Verzweifelt schaute er auf die sich unerbittlich aufbäumenden Wellenkämme hinaus und kämpfte mit dem Verlangen, sich ebenfalls ins Wasser zu stürzen, um Marta zu retten.

Ein Ambulanzfahrzeug näherte sich auf der Uferpromenade mit blinkendem Blaulicht. Davì hatte plötzlich Mühe, sich aufrecht zu halten.

Marta holte tief Luft. Und holte noch einmal tief Luft. In Panik zu geraten war das beste Rezept, um zu ertrinken. Sie musste aufhören, gegen die Wellen zu kämpfen, sie musste Kräfte sparen. Sie ließ sich treiben und konzentrierte sich darauf, auf dem Wellenkamm Ausschau nach dem Ufer zu halten. So sah sie kurz das blinkende Blaulicht einer Ambulanz aufblitzen und schloss daraus, dass die Seerettung alarmiert worden war. Die Ambulanz stand wahrscheinlich dort, wo sie sich ins Wasser gestürzt hatte. Also war sie weit seitlich abgetrieben. Wenn sie mit der Strömung leicht seitwärts schwamm, könnte es ihr vielleicht gelingen, das Ufer zu erreichen. Sie legte sich kräftig ins Zeug, der Strand kam näher, vielleicht beruhigte sich auch das Meer langsam, aber schließlich fühlte sie Boden unter ihren Füßen und sie konnte sich an Land schleppen. Die ersten Badegäste waren gerade dabei, sich unter ihrem Sonnenschirm einzurichten, und starrten sie befremdet an. Nicht alle Tage entsteigt dem Meer eine junge Frau in einem klitschnassen Sommerkleid. Am liebsten hätte sie sich völlig erschöpft auf den Boden fallen lassen, aber die neugierigen Blicke hielten sie davon ab. Also schleppte sie sich weiter den Strand hoch bis zur Promenade, wo sie sich auf einer Bank niederließ. Sie musste Davì benachrichtigen, dass es ihr gut ging und dass er der Seerettung Bescheid sagte. Wie weit sie wohl abgetrieben war? Es konnten doch höchstens ein paar 100 Meter sein. Sie stemmte sich hoch und machte sich auf den Weg Richtung *Bau Bau Beach*.

Davì stand wie versteinert am Ufer, den Blick auf das schäumende Wasser geheftet. Endlich tauchte das Motorboot der Küstenwache auf. Wieso hatten die nur so lange gebraucht? Da hörte er hinter sich die Stimme einer Frau. Er drehte sich um. Es war die Angestellte aus der Bar mit dem Telefon in der Hand. Sie streckte ihm das Telefon entgegen: »Kannst du mit der Küstenwache reden? Ich habe dich mit dieser Frau zusammen gesehen, sie möchten wissen, was los ist.«

Während Davì aufgeregt und etwas konfus erklärte, dass sie nach einer Frau und einem Mann suchen müssten, weil sich der Mann ins Wasser gestürzt hatte, und die Frau sei hinter ihm her, um ihn zu retten, und sie sollten sich beeilen, warum sie denn so lange gebraucht hätten, erreichte Marta den Hundestrand. Sie rannte zu dem telefonierenden Davì, der beinahe das Handy ins Meer fallen ließ, als sie ihn am Arm packte.

»Sie müssen nur noch nach dem Mann suchen, die Frau konnte sich selbst retten, sie ist gerade wieder aufgetaucht«, sagte er überwältigt vor Erleichterung der Küstenwache.

Marta nahm ihm das Telefon aus der Hand. »Ich konnte mich etwa 500 Meter östlich von hier ans Ufer retten. Den Mann habe ich sofort aus den Augen verloren, aber er wird auch nach Osten abgetrieben sein.«

»Da hatten Sie enormes Glück. Machen Sie nie wieder so eine Dummheit«, konnte sich der Seeretter nicht verkneifen zu mahnen. »Wir haben einen Helikopter angefordert, er sollte gleich da sein.«

Wie auf Kommando hörte man das Knattern eines Helikopters, der sich schnell näherte. Dann ging alles Schlag auf Schlag. Die Besatzung des Helikopters machte Salvatore Ferrari ausfindig, dirigierte das Rettungsboot zu ihm, und der leblose Körper wurde aus dem Wasser gezogen.

19

Man könnte sagen, dass sich die Commissaria in einem Zustand glückseliger Unwissenheit bezüglich der dramatischen Ereignisse am Strand von Jesolo befand. Allerdings war »glückselig« der falsche Ausdruck. Sie hatte ihren Ärger über Evelyne Anderhubs Arroganz mit jedem Schritt, den sie die Via ai Monti hinab machte, symbolisch zertrampelt. Als sie auf der Piazza Grande anlangte, fühlte sie sich bereit, es mit Simone Falchetto aufzunehmen. Sie folgte der Via Serafino Balestra in der Neustadt, bis sie den Hochhausturm erreichte, wo die Übersetzerin im siebten Stock eine Wohnung in eine Art Bücherhöhle verwandelt hatte. Zu ihrem Erstaunen drückte Simone sofort auf den Türöffner, nachdem die Commissaria geklingelt und ihren Namen genannt hatte. Im Aufzug auf dem Weg in den siebten Stock fiel der Commissaria ein, dass Simone letztes Jahr ihre Mutter hier gepflegt hatte, die dann nach kurzer Zeit gestorben war. Also wappnete sie sich dafür, dass die Übersetzerin vielleicht noch immer trauerte oder noch menschenscheuer geworden war.

Aber Simone Falchetto erschien ihr dann wie immer. Etwas unwillig und steif, gab sie der Commissaria das Gefühl, ein unerwünschter Eindringling in der Bücherhöhle zu sein. Sie schlug das angebotene Glas Wasser aus. »Sie können sich denken, warum ich hier bin. Es gibt eine neue Entwicklung im Fall Leutenegger, und darum möchte ich Sie bitten, mir eine Schriftprobe von Ihrem Laserdrucker auszuhändigen.«

»Was? Eine Schriftprobe? Was soll es denn sein – muss ich einen bestimmten Text abtippen?«

Die Commissaria brauchte eine Augenblick, um diese Reaktion zu verdauen. Kein Widerstand, im Gegenteil, aber war diese Zuvorkommenheit nicht verdächtig? Erst später, als sie schon wieder im Büro war, fiel ihr ein, dass es sich wohl einfach um einen plumpen Versuch gehandelt hatte herauszufinden, mit was sie die Schriftprobe vergleichen wollten.

»Sie brauchen nichts abzutippen, drucken Sie einfach irgendeinen Text aus.«

Sie folgte Simone in ihr Arbeitszimmer, wo sich Papierstapel auf dem Boden türmten.

»Eine beliebige Seite, sagen Sie?«

Kurz darauf setzte sich der Drucker in Bewegung, und Simone händigte der Commissaria ein Blatt aus.

Es handelte sich um einen Ausschnitt aus einer komplizierten philosophischen Abhandlung, die Commissaria verstand kein Wort.

»Ja, kompliziertes, langweiliges Zeug. Das Einzige, was *ChatGPT* und *Google* noch nicht beherrschen. Ich kann froh sein, dass ich überhaupt noch Aufträge bekomme.«

»Was ist denn mit Ihrer schriftstellerischen Arbeit?«, die Commissaria deutete auf die Papierstapel, von denen sie annahm, dass es sich um Manuskripte handelte.

»Tja, scheint halt nicht gefragt zu sein. Heutzutage muss man Krimis oder Lebensbeichten schreiben. Krimis kann ich nicht, und für eine Lebensbeichte ist es noch zu früh. Wer weiß, vielleicht in ein paar Jahren. Allerdings habe ich nicht so spektakuläre Sachen erlebt wie diese Frau aus dem

Val Bavona. Die diesem Pseudo-Schamanen hörig war, den Sie letztes Jahr vor Gericht bringen konnten.«

»Sie meinen Valentina della Valle?« Vor gut einem Jahr war deren Bruder ermordet worden, und sie hatten auf der ganzen Welt nach dieser Frau gesucht. Aber das war eine andere Geschichte und ein erfolgreich abgeschlossener Fall.

»Ja, so heißt sie. Stellen Sie sich vor, sie hat sich hier im Haus eingenistet. Sie will ihre Memoiren schreiben und hat mich um Hilfe bei der Verlagssuche gebeten. Ich fürchte, ich werde nicht von großem Nutzen sein.«

20

Marta und Davì hatten gebannt der Bergung von Ferrari zugesehen. Dann verschwanden die Ambulanz, das Boot und der Helikopter, und Marta fühlte auf einmal die klamme Nässe ihres Kleides.

»Was machen wir denn jetzt«, fragte Davì.

»Ich weiß nicht. Ich brauche trockene Kleidung«, sagte Marta zerstreut. Sie musste unbedingt herausfinden, ob Ferrari überlebt hatte. Seine Flucht war doch so gut wie ein Schuldgeständnis. Allerdings hatte sie erstens keine Befugnis, nach Ferrari zu fragen, und zweitens fürchtete sie unangenehme Fragen, was ihren kopflosen Sprung ins Wasser anging. »Fahren wir noch einmal zu Staatsanwalt Bianchi, vielleicht kann er uns helfen.«

Davì sah sie entgeistert an. »Du denkst, er hat trockene Kleidung für dich?«

»Was? – Nein! *Scusa*, ich muss herausfinden, ob Ferrari überlebt hat. Wir können in einem der Geschäfte hier ein Badetuch kaufen und was zum Überziehen.«

Davì wollte etwas sagen, begnügte sich dann aber mit einem Kopfschütteln.

Eine Viertelstunde später saßen sie im Auto und fuhren zurück nach Treviso. Marta trug ein rosa Oma-Strandkleid aus Frottee mit einem durchgehenden Reißverschluss vorne. Sie hatte es in einem der Läden für Badebedarf, die die Straße säumten, ausgewählt, weil es das einzige Teil war, das nicht aus einem durchsichtigen Material war.

Gegen seinen Willen musste Davì schmunzeln, als sie die Umkleidekabine verließ.

Marta hatte beim Staatsanwalt ihre Ankunft angekündigt, sodass sie das Tor wieder offen vorfanden. Pudel Olga begrüßte sie freudig wie alte Bekannte, vielleicht konnte sie riechen, dass sie am Hundestrand gewesen waren.

Der Staatsanwalt wollte ihnen wieder etwas anbieten, aber Marta kam gleich zur Sache. Sie schilderte die morgendlichen Ereignisse am Strand von Jesolo und erwähnte, dass Ferrari so panisch vor ihr geflüchtet sei, dass sie vermute, er habe seinen ehemaligen Mit-Brigadisten umgebracht. Dabei verschwieg sie wohlweislich, dass sie sich als Polizistin zu erkennen gegeben hatte. Sie durfte in Italien ja nicht ermitteln. Aber jetzt musste sie unbedingt wissen, ob er sein Bad im Meer überhaupt überlebt hatte. Wenn er tot war, würden sie die Wahrheit vielleicht nie mehr herausfinden.

Der Staatsanwalt hörte geduldig zu und sagte schließlich: »Höchstwahrscheinlich haben sie ihn ins Krankenhaus von Jesolo gebracht.« Er nahm sein Handy, tippte darauf herum und hielt es sich dann ans Ohr. »*Buongiorno,* Sie sprechen mit Procuratore Bianchi. Ich brauche eine Auskunft. Es gab heute Morgen einen Badeunfall in Jesolo, der Verunfallte wurde bei Ihnen eingeliefert, ist das richtig?« Er nickte ihnen zu. »Ah, gut, besten Dank«, sagte er ins Telefon, und zu Marta und Davì: »Er wurde ins Krankenhaus von Treviso verlegt.« Er suchte nach der Nummer, stellte sich wieder als Staatsanwalt vor, ohne das »Ex« zu erwähnen, und wiederholte sein Anliegen. Nachdem er eine Weile zugehört hatte, sagte er, dass er morgen vorbeikommen werde, und beendete das Gespräch. »Sie wollten mir am Telefon nicht viel sagen. Ich hatte aber den

Eindruck, dass sie seinen Sprung ins stürmische Meer für einen Suizidversuch halten.«

»Suizid?«, wiederholte Marta nachdenklich. »Das könnte auf große Schuldgefühle hindeuten.«

»Ja, ich glaube, Ferrari ist euer Mann. Er hat seinen mutmaßlichen Verräter von anno dazumal umgebracht, und jetzt ist ihm aufgegangen, dass er erwischt werden könnte. Er will um keinen Preis zurück in den Knast, also versucht er, sich umzubringen.« Der Staatsanwalt deutete mit der Hand das Durchschneiden der Kehle an.

»Das klingt einleuchtend«, sagte Marta. »Und wie weiter?«

»Ich gehe morgen ins Krankenhaus und statte ihm einen Besuch ab. Mal schauen, was dabei herauskommt.«

Marta dankte ihm, und sie verabschiedeten sich von dem alten Herrn, der seine Freude an diesem Unternehmen nur schwer verbergen konnte. Als sie eingestiegen waren, kam er zum Auto und klopfte an die Scheibe der Beifahrertür. Marta ließ die Scheibe erwartungsvoll herunter.

»Schickes Kleid, wollte ich noch sagen. Freut mich, dass dieser Stil wieder in Mode ist«, strahlte der pensionierte Staatsanwalt.

21

Als die Commissaria das Hochhaus, wo Simone Falchetto wohnte, verließ und sich gegenüber dem Eingang der Physiotherapie *ICSA* wiederfand, beschloss sie, dort vorbeizuschauen. Einerseits hoffte sie, Leonardo Bevilaqua anzutreffen, um ihn nach seinem Drucker zu fragen, andererseits war ihr eingefallen, dass sie auch die Drucker in der Physiotherapie überprüfen lassen sollte. Man konnte nie wissen, ob sich jemand dazu Zugang verschafft hatte.

Davì war leider nicht da, er hätte ihr sicher ohne Probleme Schriftproben aller Drucker ausgehändigt. Aber als sie ihr Anliegen der Empfangssekretärin erklärt hatte, wurde es wie erwartet kompliziert. Während die Sekretärin die Besitzerin anrief, sah sich die Commissaria in der *Palestra* um. Leonardo war tatsächlich anwesend, allerdings wuchtete er nicht Gewichte, sondern saß auf einer Bank und sah miserabel aus. Er hatte nicht einmal mehr die Kraft zu schimpfen, als er die Commissaria sah.

»Was ist mit Ihnen, geht es Ihnen nicht gut?«, fragte sie erschrocken.

»Ich habe höllische Rückenschmerzen, und Davì ist nicht da. Er hat mich einfach im Stich gelassen.«

»Aber es gibt doch bestimmt jemanden, der für ihn einspringen kann. Soll ich mal fragen, ob jemand frei ist?«

Er schaute sie mit so jämmerlichen Ausdruck an, dass sie fast im Laufschritt zurück zum Empfang eilte. Dort stand nun die Besitzerin der Physiotherapie, sie war offenbar schon auf dem Weg gewesen, als die Sekretärin sie angerufen hatte.

»Leonardo hat starke Rückenschmerzen, jemand sollte sich um ihn kümmern«, rief die Commissaria.

»Ich komme«, sagte die Besitzerin.

Gemeinsam hasteten sie zu Leonardo, halfen ihm auf die Beine und führten ihn in den nächstbesten freien Behandlungsraum. Als er auf der Behandlungsliege lag, fiel der Commissaria ein, ihn nach seinem Drucker zu fragen.

»Ich habe keinen Drucker, brauche ich nicht«, sagte er kraftlos. Er musste wirklich starke Schmerzen haben, normalerweise hätte er sie jetzt nämlich angeblafft, warum sie das wissen wolle; es gehe sie nichts an.

Im Hinausgehen erhielt die Commissaria von der Sekretärin die Schriftproben von drei Druckern. Sie machte sich gleich damit auf den Weg zum Kriminaltechnischen Dienst, wo sie Ruggero völlig vertieft in eine Nachricht auf seinem Handy starrend vorfand.

»Was gibt's denn so Interessantes?«, fragte sie.

»Ciao, Roberta. Eine Journalistin vom *Messaggero* war gestern beim Capo. Sie hat ihn nach dem Toten im Wohnmobil gefragt. Ich lese gerade ihren Artikel.«

»Ach so«, sagte die Commissaria. Sie hatte keine Lust, etwas über Ermittlungen zu erfahren, von denen sie ausgeschlossen war.

»Ich habe hier Schriftproben für den Abgleich mit dem Drohbrief, den ich erhalten habe.«

»Apropos Drohbrief. Gerade ist noch einer reingekommen. Offenbar hat ihn jemand bei der Bushaltestelle deponiert, wo eine Frau ihn gefunden und zu uns gebracht hat. Es steht dein Name und die Adresse der Kriminalpolizei drauf. Wir schicken dir einen Scan, sobald wir den Umschlag untersucht und geöffnet haben.«

Am Nachmittag erhielt sie die Mail mit dem Drohbrief im Anhang. Sie druckte ihn aus.

> WENN DU NICHT AUFHÖRST HERUMZU-
> SCHNÜFFELN, WERDE ICH DICH TÖTEN.
> ICH HABE KEINE SKRUPEL, ES IST EINFA-
> CHER, ALS MAN MEINT.
> UNKRAUT GEHÖRT VERNICHTET!

Sie ging wieder ihre drei Verdächtigen durch und konnte sich nicht entscheiden, wem sie diesen Stil und die Wortwahl zuordnen sollte. Aber das schien ihr im Moment gar nicht so wichtig. Offenbar hatte sie, wenn auch unbewusst, einen Nerv getroffen und die Täterin oder den Täter zu dieser Reaktion verleitet. Eine unbedachte Handlung, wäre es doch viel geschickter stillzuhalten. Jede Reaktion verriet etwas und hinterließ Spuren.

M

Sie meint es wirklich ernst mit der Wiederaufnahme der Ermittlungen. Schriftproben sammelt sie ein. Ich habe davon gehört, dass man nachweisen kann, aus welchem Drucker ein Schriftstück stammt.

Von mir aus kann sie machen, was sie will.

Ich habe im Moment andere, drängendere Probleme.

Es nagt in mir, und ich weiß nicht, ob ich es noch lange aushalte. Es nagt in mir, und dieses Nagen ist mir mittlerweile nur allzu vertraut. Manchmal verschwindet es wieder, wie es gekommen ist. Aber wenn es zu stark nagt und zu lange, könnte es zur Katastrophe kommen.

Es könnte zur Katastrophe kommen.

22

Mitten in der Nacht wurde Marta von einem gequälten Aufschrei geweckt. Sie hatte Mühe, sich zu orientieren, Davì war offenbar von einem Albtraum geplagt, aber wo befanden sie sich?

Sie strich ihm beruhigend über den Rücken, alles klar, sie waren in seinem Elternhaus in Treviso. Aber dann fühlte sie, dass Davìs Körper bebte, erschrocken stellte sie fest, dass er schluchzte. »Davì! Was ist mit dir? Warum weinst du?«, flüsterte sie in sein Ohr und legte den Arm um ihn.

Eine Weile erhielt sie keine Antwort, bis die Schluchzer abebbten, dann sagte er: »Ich halte das nicht mehr aus. Ich hatte heute so tierische Angst um dich. Das ist schon das zweite Mal, dass ich um dein Leben fürchten musste. Ich kann das nicht, Marta. Es geht nicht.«

Marta hielt ihn voller Panik fest. Sie hatte bereits gespürt, dass Davì seit ihrem unfreiwilligen Bad im tosenden Meer ihr gegenüber sehr reserviert gegeben hatte. Aber sie war viel zu beschäftigt gewesen, um ernsthaft darüber nachzudenken. Was bedeutete dieser Gefühlsausbruch? War das das Ende? Wollte er Schluss machen? Sie hatten auch gar keine Gelegenheit gehabt, über das Geschehene zu sprechen. Kaum waren sie im Elternhaus angekommen, blieb Marta nur schnell Zeit, das rosa Frottee-Gewand aus- und etwas Vernünftiges anzuziehen, weil die Mutter darauf bestand, die *nonna* besuchen zu gehen. Die *nonna* wiederum telefonierte sogleich die ganze Verwandtschaft ab, mit der frohen Botschaft, dass Davì mit seiner *fidanzata svizzera*, seiner Schweizer Verlobten, zu Besuch sei. Bald füllte ein Dutzend Leute das kleine Häuschen der *nonna*, und alle wollten sie Marta kennenlernen. Das Ganze hatte in einer vorzüglich schmeckenden *Spaghettata* geendet, die nicht nur den Hunger stillte, sondern auch den Ohren guttat, weil das lautstarke Durcheinandergerede für die Dauer der Mahlzeit verstummte. Als sie kurz vor Mitternacht ins Bett kamen, war Marta sofort erschöpft eingeschlafen.

Obschon Davìs Albtraumschreie sie aus dem Tiefschlaf geholt hatten, war sie jetzt hellwach. Was sollte sie Davì sagen? Sie konnte ihm unmöglich versprechen, sich nie mehr in Gefahr zu begeben. Dafür hätte sie ihren geliebten Beruf aufgeben müssen.

»Können wir bitte, bitte später darüber sprechen. Ich verstehe dich, aber jetzt muss ich weitermachen. Wenn wir den Mörder von Banfi geschnappt haben, dann reden wir über alles.« Sie versuchte, Davìs Gesicht im spärlichen Straßenlampenlicht, das durch die Fensterläden drang, auszumachen und erschrak, wie bleich er aussah. Aber dann zog er sie zu sich heran, hielt sie fest und war schon bald wieder eingeschlafen. Marta dagegen lag wach. Nach einer Ewigkeit, in der sie sich nicht zu rühren wagte, um Davì nicht aufzuwecken, löste sie sich vorsichtig aus seinen Armen, stieg aus dem Bett und setzte sich schließlich mit ihrem Tablet in den Gamingstuhl, der vor Davìs kleinem Kinderschreibtisch monströs wirkte.

Sie suchte nach Informationen über die *Roten Brigaden*, gab Ferraris und Banfis Namen in die Suchmaschine ein und stieß schließlich auf einen Dokumentarfilm mit dem vielversprechenden Titel *Sie waren die Terroristen der Roten Brigaden.*

Seit sie angefangen hatte, in diesem Fall zu ermitteln, hatte sie versucht, sich in den Kopf eines Terroristen hineinzuversetzen, es war ihr nicht richtig gelungen. Sie hatte viel erfahren von den bewegten 60er- und 70er-Jahren, von den Studentenprotesten, der Frauenbewegung, der sexuellen Revolution, daran lag es nicht. Aber wieso man Politiker oder Staatsanwälte entführt und ermordet hatte oder, noch schlimmer, Attentate verübte, bei denen viele Unbeteiligte starben, konnte sie nicht nachvollziehen. Was waren denn überhaupt die Ziele dieser Organisation, und wieso glaubten sie, diese mit einer solchen Form von Gewalt zu erreichen?

Heutzutage protestierte die Jugend gegen die Klimakatastrophe, ein Kampf, mit dem sich Marta durchaus solidarisierte, wenn auch nicht mit der ihrer Ansicht nach lächerlichen und ungesetzlichen Klebeaktionen. Ob aus diesem Protest auch eine gewaltbereite Terrorgruppe hervorgehen könnte? Vielleicht schon, wenn nicht endlich wirksame Maßnahmen ergriffen wurden.

Sie suchte ihre Kopfhörer raus, startete den Film auf dem Tablet und war bald gefesselt.

Die Dokumentation drehte sich um die folgenreichste Tat der *Roten Brigaden*: die Entführung und anschließende Ermordung von Aldo Moro, ehemaliger italienischer Ministerpräsident und zum Zeitpunkt der Entführung Vorsitzender der Democrazia Cristiana, der seit dem Zweiten Weltkrieg stärksten Regierungspartei Italiens.

Marta, die eine weitere eher langweilige Geschichtslektion erwartet hatte, war überrascht davon, wie sehr sie die Berichte der verurteilten Terroristen faszinierte. Diese hatten ihre Haftstrafen inzwischen abgesessen oder befanden sich in Halbfreiheit und schauten zurück auf die sogenannten bleiernen Jahre. Das waren also die Monster, die so viele Menschen auf dem Gewissen hatten. Sie saßen am Küchentisch oder im Auto und erzählten mit aufreizender Gelassenheit von den damaligen Ereignissen. Ja, aufreizend gelassen und unbeteiligt schilderten sie, wie sich ihnen die gesellschaftliche und politische Situation damals darstellte. Ausgangspunkt waren die katastrophalen Bedingungen in den 1960er-Jahren, zu denen die Leute, die in den Mailänder oder Turiner Fabriken arbeiteten, ihr Leben fristen mussten. Die Arbeit war eintönig, in den Fabrikhallen war es unerträglich heiß und laut, die Bezahlung miserabel. Viele, besonders wenn sie aus dem Süden kamen, fanden keine bezahlbaren Wohnungen, einige waren sogar gezwungen, auf den Betonbänken im Hauptbahnhof zu übernachten.

Die Arbeitenden schlossen sich in sogenannten Fabrikbrigaden zusammen und kämpften um bessere Arbeitsbedingungen. Gleichzeitig fanden, wie fast überall auf der Welt, Studentenproteste statt. Damals herrschte ein Klima des Aufruhrs und der Revolte. In Italien formierten sich viele linksradikale Gruppen, eine davon sollte zu den *Roten Brigaden* werden.

Die vier im Film interviewten Brigadisten erklärten, wie es zu den jeweiligen Steigerungen der Gewaltanwendung kam. Auffallend war, dass alle die Eskalationen als unausweichlich bezeichneten. Ihre Anfänge als Teilnehmer von Protestkundgebungen führten alle vier zu der Einsicht, dass mit Protesten allein nichts zu erreichen sei. Sie waren außerdem enttäuscht von der Arbeit der Gewerkschaften, die ihre Aufgabe darin sahen, Kompromisse auszuhandeln.

Einen entscheidenden Einschnitt stellte das Attentat auf der Piazza Fontana in Mailand vom 12. Dezember

1969 dar. Durch eine Bombe in einer Bank starben 17 Menschen, über 80 wurden verletzt. Sogleich verdächtigte man linksextreme Anarchisten des Attentats und verhaftete sie. Einer von ihnen fiel während des Verhörs unter ungeklärten Umständen aus einem Fenster des Polizeigebäudes und starb. Tatsächlich war der Anschlag aber von Rechtsextremen begangen worden. Der Versuch, es den Linken in die Schuhe zu schieben, sollte die wachsende Sympathie für die Kommunisten im Volk eindämmen. Man befürchtete nämlich, dass bei der nächsten Wahl in Italien die Kommunisten an die Macht kommen könnten.

Einer der Rotbrigadisten sagte im Dokumentarfilm dazu, dass es dieser Propagandafeldzugs gegen die Linken war, der ihnen klarmachte, dass sie mit dem Rücken zur Wand stünden und es nicht mehr reichte, sich zu verteidigen. Eine Kriegserklärung war unausweichlich geworden.

Man war sich einig, dass nur eine Guerillakriegstaktik nach dem Vorbild der italienischen Resistenza zum Ziel führen konnte, das heißt die Zerschlagung der alten Macht. Sie fingen also an, die Autos vornehmlich von Firmenchefs anzuzünden oder mit Bomben in die Luft zu jagen.

Richtig bekannt wurden die *Roten Brigaden* 1972, als sie einen *Siemens*-Manager entführten und kurz darauf wieder freiließen. Ziel dieser Aktion: ein Bild vom gedemütigten Unterdrücker zu veröffentlichen mit dem Signet der *Roten Brigaden*.

Diese Taktik nannten sie »kurz zubeißen und wieder loslassen«.

Die nächste Eskalationsstufe wurde mit dem Putsch in Chile begründet. Am 11. September 1973 wurde der demokratisch gewählte sozialistische Präsident Chiles, Salvador Allende, vom Militär entmachtet und beging Suizid. Die

Roten Brigaden zogen daraus den Schluss, dass es ein Fehler sei, sich auf demokratische Wahlen zu verlassen, um Veränderungen herbeizuführen. Veränderungen könnten nur mit kriegerischer Gewalt erreicht werden.

Die *Roten Brigaden* entführten den Personalchef von *Fiat*, nachdem die Firma Personalstopps und Entlassungen verkündet hatte. Sie behielten ihn acht Tage in ihrer Gewalt und forderten die Rücknahme der Entlassungen. Darauf verloren sie allerdings die Unterstützung der Gewerkschaften, die sie als Nazibanditen beschimpften. Jetzt fühlten sich die Terroristen der *Roten Brigaden* von allen Seiten bekämpft. Es folgte die Entscheidung, das Herz des Staates anzugreifen.

Eine weitere Eskalationsstufe wurde durch folgendes Ereignis ausgelöst: Um eine andere Gruppe verhafteter Linksextremisten freizupressen, entführten die *Roten Brigaden* einen Genueser Staatsanwalt. Kuba erklärte sich bereit, die Linksextremisten aufzunehmen, wenn sie freigelassen würden. Die Regierung blieb hart, der Generalstaatsanwalt versprach aber, dafür zu sorgen, dass die Linksextremisten nach Kuba ausfliegen dürften. Nach 35 Tagen ließen sie den gefangenen Staatsanwalt frei, aber der Generalstaatsanwalt brach sein Wort, die Linksextremen blieben im Gefängnis.

Man merkte den vier Brigadisten im Film an, wie sehr sie dieser Verrat getroffen hatte. Ihre Logik: noch mehr Gewalt. Der wortbrüchige Generalstaatsanwalt wurde von den *Roten Brigaden* ermordet.

Danach gab es kein Halten mehr. Es folgte ein Mordanschlag gegen den Präsidenten der Turiner Anwaltskammer, und auch der Vizedirektor der Zeitung *La Stampa* wurde ermordet. Die Presse war zum Angriffsziel geworden, weil sie sich nicht mehr neutral äußerte, sondern die Aktionen der *Roten Brigaden* scharf verurteilte.

Außerdem sorgte man für Aufmerksamkeit in der Öffentlichkeit, indem man Vertretern der feindlichen Staatsmacht in die Beine schoss. »*Gambizzare*« abgeleitet von *gamba*, Bein, nannte sich das.

»Innerlich wurden wir durch die Radikalisierung gefestigt«, lautete das Urteil eines der ehemaligen Brigadisten. »Wir wurden gereinigt von den Mitläufern. Die Salonkommunisten wollten nicht mehr mitmachen. Sie begriffen, dass die Revolution kein Galadinner ist.«

Der größte Coup war dann die Entführung und Ermordung von Aldo Moro. Er hatte sich im Vorfeld für eine Beteiligung der Kommunisten an der Regierung eingesetzt. Am 16. März 1978 wurde er auf dem Weg ins Parlament in seinem Wagen überfallen. Seine fünf Leibwächter wurden dabei erschossen, Aldo Moro wurde von den *Roten Brigaden* gefangen genommen.

Die Brigadisten im Film erzählten bis ins Detail, wie sie über Monate diese Tat vorbereiteten.

Marta schnappte nach Luft, als einer von ihnen erklärte, es sei ihnen immer wichtig gewesen, dass keine Unbeteiligten zu Schaden kamen. Was war denn mit den Polizisten, die abgeknallt wurden, als ob sie bloße Mannscheiben wären? Diese zählten offensichtlich nicht, sie waren ja Teil des zu bekämpfenden Systems.

Obschon die Berichte der Männer sehr auffallend emotionslos daherkamen, spürte man den Stolz, mit dem einer von ihnen erzählte, wie sie bei der Planung festgestellt hätten, dass an der Kreuzung, an der Aldo Moros Konvoi überfallen werden sollte, immer der Verkaufswagen eines Blumenhändlers parkte. Daher wurden einige Genossen damit beauftragt, in der Nacht vor dem Attentat zu dem Blumenhändler nach Hause zu fahren und bei seinem Wagen die Reifen zu zerstechen, damit er am Morgen nicht losfahren und an der üblichen Ecke parken konnte. »Ich denke, das hat ihm das Leben gerettet«, schloss der Rotbrigadist nicht ohne Stolz seine Schilderung.

Die Botschaft dabei war deutlich: Seht her, wir sind keine Unmenschen. Allerdings wurde die Wirkung dieser Rechtfertigung stark durch die Begründung geschmälert. Diese Rücksichtnahme auf Unbeteiligte sei nämlich nicht aus reiner Menschenliebe erfolgt, sondern weil solche Opfer im Volk auf Unverständnis stoßen würden.

Das fiel Marta am meisten auf, die absolute Uneinsichtigkeit der im Film vorkommenden Brigadisten. Alles drehte sich damals einzig und allein um das höhere Ziel: die Zerschlagung der Macht des Staates. Um es zu erreichen waren alle Mittel gerechtfertigt. Und die Eskalation der Gewalt stellten sie als unausweichlich dar. Die Rotbrigadisten hatten keine Wahl, es waren die Reaktionen ihrer Gegner, die sie zu den jeweiligen Schritten zwangen. Kein Wort der Reue, kein Wort der Entschuldigung gegenüber den Opfern. Nur die Einsicht, gescheitert zu sein.

Überhaupt kamen Marta diese emotionslosen Typen seltsam vor. Sie waren mehrfache Mörder, aber eine Art Mörder, die ihr noch nie begegnet war. Keine Psychopathen, nicht einmal Soziopathen, sie hatten nicht aus Bereicherung oder gar sexuellen Motiven getötet, schienen psychisch nicht auffällig, aber überdurchschnittlich intelligent und eloquent. Klar, da war ihre politische Überzeugung, aber fanatisch konnte man sie auch nicht nennen. Dafür begründeten sie ihre Vorgehensweise mit zu großer

Rationalität. Halt, dachte Marta, folgten nicht auch die religiösen Fanatiker ihrer Rationalität? Im Unterschied zu den Attentaten der Islamisten wollten die *Roten Brigaden* jedoch nicht das Volk treffen, sondern das System. Es war kompliziert. Gewalt ließ sich nicht rechtfertigen, außer zum Selbstschutz, aber auch das würden vielleicht nicht alle gelten lassen. Gewalt gegen Menschen wurde immer damit gerechtfertigt, dass die Täter den Opfern die Menschlichkeit absprachen. Die Islamisten sprachen den Ungläubigen die Daseinsberechtigung ab, die *Roten Brigaden* hatten dasselbe mit den Vertretern des Systems gemacht. Marta fiel auch auf, dass viel von Krieg gesprochen wurde. Eine Kriegserklärung schien die moralischen Regeln außer Kraft zu setzen: Sie haben uns den Krieg erklärt, jetzt müssen wir uns wehren, und alle Mittel sind erlaubt.

Was sollte sie also morgen von diesem Ferrari erwarten? Er war keiner der Anführer gewesen, nur ein kleines Rädchen im Getriebe. Vielleicht hatte er geholfen, die Reifen des Blumenhändlers zu durchstechen in der Nacht vor der Entführung Aldo Moros.

Aldo Moro wurde 55 Tage festgehalten, und nachdem die politische Führung Italiens sich nicht bereit erklärte, Konzessionen einzugehen und unklare Forderungen zu erfüllen, wurde er erschossen.

Die *Roten Brigaden* feierten seine Ermordung als Beweis ihrer Stärke. Danach wurde ihr Kampf noch gewalttätiger.

Marta rieb sich die Augen und legte sich zu Davì ins Bett, um noch ein paar Stunden Schlaf zu bekommen.

Am nächsten Morgen fuhr Marta allein zum Staatsanwalt.

Davì hatte beim Frühstück gesagt, er komme nicht mit. Er wolle sich Sportschuhe kaufen und bei ein paar Freunden vorbeischauen. Marta hatte das durchaus als Botschaft verstanden. Er zog sich zurück, um zu betonen, dass es ihm ernst war mit dem, was er in der Nacht gesagt hatte. Er war nicht bereit, weitere Situationen durchzustehen, in denen er um Martas Leben fürchten musste. Sie schob die aufsteigende Panik energisch weg, weil jetzt einfach keine Zeit war, sich damit auseinanderzusetzen. Außerdem war ihr Kopf noch voller widersprüchlicher Eindrücke von diesen Rotbrigadisten aus dem Dokumentarfilm. Sie konnte nicht alle Problem auf einmal lösen. Davì würde warten müssen, bis der Fall Banfi gelöst war.

Ex-Procuratore Bianchi erwartete sie wie beim ersten Mal mit Olga an seiner Seite. Die Hündin begrüßte sie mit heftigem Schwanzwedeln, und Marta konnte nicht widerstehen, sie ausgiebig zu streicheln und zu tätscheln, bevor sie den Staatsanwalt begrüßte.

»Wie war der Besuch bei Ferrari? Denken Sie, dass er Banfi umgebracht hat?«, fragte Marta erwartungsvoll, nachdem sie im Wohnzimmer Platz genommen und vom Staatsanwalt mit einem Glas Wasser versorgt worden war.

Er zuckte die Schultern. »Ferrari hat behauptet, er sei mit sich im Reinen. Er habe den Knast hinter sich und wolle nur noch in Ruhe gelassen werden. An Banfi habe er schon Jahre nicht mehr gedacht. Ehrlich gesagt, wirkte er sehr überzeugend. Mich hat er nicht einmal mehr wiedererkannt. Er schien mir total entspannt.«

Marta trank durstig das halbe Glas leer. »Aber wenn sein Gewissen so rein ist, wie er sagt, warum ist er dann ins Meer gesprungen, als ich ihn angesprochen habe?«

»Das habe ich ihn auch gefragt. Er hat gemeint, er habe

den Kopf verloren, als er ›Kriminalpolizei‹ gehört habe. Du weißt schon, dass du hier nicht ermitteln darfst?«

»Ja, es ist mir rausgerutscht. Er hat sich so aufgespielt, dass ich automatisch meinen Rang genannt habe. Kann ich deswegen Ärger bekommen?«

»Nicht, solange es niemand erfährt. Was Ferrari angeht, finde ich es im Moment falsch, wenn wir uns ausschließlich auf ihn konzentrieren. Wir dürfen andere Möglichkeiten nicht ausschließen. Was das Ganze so schwierig macht, ist, dass dieser Banfi unter dem Radar geflogen ist. Er hat es offenbar geschafft, nie verhaftet zu werden. Was die italienische Justiz angeht, hat er nicht existiert. Und dann hat er in Frankreich offenbar sogenanntes Asyl bekommen.« Der Ex-Procuratore spuckte das Wort Asyl aus, als ob es sich um eine faule Kirsche handelte. Marta sah ihn fragend an.

»Mitterrand, der sozialistische Staatspräsident von Frankreich, hat sich damals nicht entblödet, den Terroristen Asyl zu gewähren. Er behauptete, die Bürgerrechte der linksextremen Aktivisten in Italien seien nicht gewährleistet, weshalb sie in Frankreich Unterschlupf bekommen sollten. Als ob Italien kein Rechtsstaat wäre! Ich weiß nicht, wie vielen es damals gelang, nach Frankreich zu fliehen und ihrer gerechten Strafe zu entgehen. Da sitzen sie bis heute unbehelligt und sind wahrscheinlich immer noch stolz auf das Blutbad, das sie angerichtet haben. Es ist eine Schande und eine Verhöhnung der Opfer und deren Angehörigen.«

»Und Banfi war einer von denen?«, fragte Marta.

»Muss man annehmen. – Das bringt mich auf eine Idee. Vielleicht wurde Banfi von einem der Angehörigen gerächt? Hast du daran schon gedacht?«

»Ja, das war eine der Hypothesen, bevor uns Ferrari

als Hauptverdächtiger genannt wurde. Nur müssten wir dazu wissen, an welchen Attentaten Banfi beteiligt war.«

»Von wann bis wann genau hat er sich in Italien aufgehalten?«

Marta holte ihr Notizbuch aus ihrer Umhängetasche und blätterte darin. »Er ist 1978 von zu Hause verschwunden, kurz nach der Ermordung von Aldo Moro. Danach haben sie über zwei Jahre nichts mehr von ihm gehört. Bis 1980 plötzlich die Polizei vor der Tür stand und die Eltern Banfi wissen ließ, dass ihr Sohn wegen Mitgliedschaft bei den *Roten Brigaden* gesucht werde.«

»Das würde heißen, dass er doch nicht ganz unter dem Radar blieb. Aber wir können die Teilnahme am Moro-Attentat ausschließen. 1980 wurden die Antiterrorgesetze noch einmal verschärft. Wenn er damals gesucht wurde, dann gab es für ihn in ganz Italien keinen Ort mehr, wo er hätte sicher sein können. Vielleicht ist er gleich, nachdem er zur Fahndung ausgeschrieben wurde, nach Frankreich geflohen? Mitterrand hat aber erst 1985 die italienischen Terroristen zu sich eingeladen. Allerdings war Banfi Schweizer, vielleicht hätte ihn Frankreich trotz der Mitterrand-Doktrin ausgewiesen.«

»Wahrscheinlich hatte er sich deshalb falsche französische Papiere beschafft.«

»*Ecco!*«, rief Staatsanwalt Bianchi, als ob mit dieser Erklärung etwas gewonnen wäre. Sein Ausruf hatte den Effekt, dass Olga, die bis jetzt lang gestreckt unter dem gläsernen Salontisch geschlafen hatte, aufschrak. Damit schien der Eifer der Nachforschungen und Mutmaßungen, in dem sich die beiden befunden hatten, gebrochen.

»Ich glaube, Olga muss mal raus«, sagte der Staatsanwalt.

»Ich muss auch mal weiter«, sagte Marta, obschon sie

nichts vorhatte. Aber jetzt, wo die Konzentration auf den Fall nachließ, wurde sie unruhig. Sie musste sich mit Davì aussprechen. Oder zumindest sich versichern, dass er ihre Beziehung nicht ernsthaft in Gefahr sah.

»Die Jahre nach dem Aldo Moro-Attentat waren heftig. Ich weiß nicht, wie viele Menschen die *Roten Brigaden* zwischen 1978 und 1980 umgebracht haben. Aber bestimmt so viele, dass wir nicht jedem Fall nachgehen können. Ich werde mich dahinter setzen, vielleicht finde ich etwas heraus«, sagte der Ex-Procuratore zu Marta, als sie ins Auto stieg. Im Hinausfahren sah sie aus dem Augenwinkel einen braunroten Fleck im grünen Rasen. Es war Olga, die ihre Blase leerte.

23

Roberta öffnete die Augen und schloss sie sofort wieder. Die Sonne stach ihr durch einen Vorhangspalt ins Gesicht und entzündete eine schmerzhafte Explosion in ihrem Hinterkopf. *Cazzo*, dachte sie, das fühlt sich an wie ein Kater.

Dann fiel ihr der gestrige Abend wieder ein. Was sich wie ein Kater anfühlte, war ein Kater.

Beschämt öffnete sie noch einmal vorsichtig die Augen. Sie war allein im Bett, Julia musste schon aufgestanden sein. Roberta vergrub ihren Kopf unter dem Kissen, atmete langsam ein und aus, in der Hoffnung, der Kopfschmerz würde verschwinden.

Dann stand plötzlich Julia an ihrem Bett mit einem Glas Wasser in der Hand, in dem irgendeine Tablette vor sich hin sprudelte.

Roberta trank dankbar, sagte, sie brauche noch einen Moment und schloss die Augen.

Als sie gestern gegen Abend mit Julia und Laura vom Strandbad nach Hause gekommen war, hatte ihre Mutter sie in die Küche gerufen: »Roberta, schau mal, wer hier ist!«

Nichts Böses ahnend hatte sie die Küche betreten und hätte beinahe einen Schreckensschrei ausgestoßen. Ihre Tante Elisabetta saß am Tisch und lächelte säuerlich. Zwar konnte sie sich gerade noch beherrschen, aber ihr »*Ciao, zia*«, klang ziemlich bestürzt.

»Elisabetta ist hier, um die Beerdigung zu besprechen«, sagte ihre Mutter.

»Eigentlich hat Valerio sich das Recht auf ein christliches Begräbnis verwirkt. Früher hat man Menschen wie ihn außerhalb der Friedhofsmauern verscharrt«, sagte *zia* Elisabetta und schien es ernst zu meinen. Roberta schaute von ihr zur Mutter, sah die Bestürzung und Trauer in ihrem Gesicht und konnte nicht anders als zu denken, dass ihre Tante mit »Menschen wie ihn« auch sie, Roberta, gemeint hatte. Gerne hätte sie gleich wieder kehrtgemacht, aber sie musste ihrer Mutter beistehen. Bevor ihr jedoch eine passende Entgegnung, Zurechtweisung, was auch immer einfiel, machte Elisabetta ihrerseits eine Kehrtwendung. »Entschuldigt bitte, das ist mir rausgerutscht. Valerio hat so viel Unglück über unsere Familie gebracht. Aber wir sollten ihm vergeben. Deshalb bin ich ja hier. Aber ich denke, wir sollten auch dem Menschen vergeben, der ihn zu Tode gebracht hat. Setz dich doch zu uns, Roberta. Wie laufen denn die Ermittlungen? Habt ihr schon eine heiße Spur?«

Roberta blieb stehen, überwältigt von der Abneigung, die sie gegen ihre Tante empfand, und die sich Luft machen wollte. Aber letztendlich obsiegte die Rücksicht auf ihre Mutter. »Ich kann nicht über laufende Ermittlungen sprechen, das solltest du doch wissen«, sagte sie, und war selbst irritiert über die falsche Höflichkeit in ihrer Stimme.

»Ach, komm. Die Angehörigen werden doch wissen dürfen, ob der Gerechtigkeit bald Genüge getan wird.«

Du falsche Kuh, dachte die Commissaria und beschloss, ihre Tante mit ihren eigenen Mitteln zu schlagen. »Ehrlich gesagt glaube ich, dass in diesem Fall das Interesse nicht so groß ist, der Gerechtigkeit Genüge zu tun, wie du das nennst. Du hast selbst gesagt, dass Menschen wie Onkel Valerio aus der Gesellschaft ausgeschlossen gehören.«

Das musste Tante Elisabetta erst mal verdauen. Roberta wollte die Gelegenheit nützen und sich verabschieden, aber die Tante erholte sich schnell und sagte: »Ich habe gehört, du wohnst mit einer Freundin hier im Haus.«

Roberta sah entsetzt zu ihrer Mutter, die ihrem Blick auswich. Von wegen Beistehen, wenn ihre Mutter erwartete, dass sie bei dieser erbärmlichen Heuchelei mitmachen würde, hatte sie sich getäuscht. Sie setzte dazu an, ihrer Tante zu erklären, dass Julia nicht ihre »Freundin«, sondern ihre Frau war, und sie, Tante Elisabetta, eine Großnichte namens Laura habe. Aber dann stand plötzlich Julia in der Tür mit Laura auf dem Arm, und Roberta fühlte sich außerstande, die beiden in Gehässigkeiten zu verwickeln, für die sie nichts konnten und die sie nicht verdient hatten. Sie drehte sich um, küsste Julia auf den Mund, und sagte: »Ich muss gehen, das Abendessen ist bereit.«

Sie hatten sich eine Flasche Wein zum Essen geteilt. Später war ihre Mutter gekommen, um sich zu erklären. Roberta hatte gesagt: »Schon gut, ich verstehe«, und sie weggescheucht. Dann waren Wut und Elend über sie hereingebrochen, und sie hatte angefangen, Whiskey zu trinken.

Es dauerte eine Weile, bis die Medizin ihre Wirkung entfaltete und Roberta sich imstande sah, aus dem Bett zu steigen. Als sie jedoch das Wohnzimmer betrat, wäre sie am liebsten gleich wieder umgekehrt. Laura wackelte ihr freudig kreischend entgegen und zog sie an der Hand zu einem wacklig aussehenden Turm aus Bauklötzen, den sie sogleich unter ohrenbetäubendem Klackern umstieß.

Roberta fühlte sich elend. Und Julias schadenfrohes Grinsen trug nicht dazu bei, ihren Zustand zu verbessern.

Erst als sie ein paar Tässchen Espresso getrunken und zwei *Cornetti* gegessen hatte, war sie bereit, sich diesem Sonntag mit dem obligatorischen Essen bei den Eltern und dem anschließenden Spaziergang zum Spielplatz im Isolino-Wäldchen zu stellen. Vielleicht hatte sie sogar Kraft für eine Runde Minigolf in der Anlage neben dem Spielplatz.

24

Marta erwachte an diesem Sonntagmorgen mit einem zufriedenen Lächeln im Gesicht. Ermittlungen hin oder her, sie hatte es nicht ausgehalten, den Konflikt mit Davì zwischen ihnen stehen zu lassen. Sie hatte ihn gestern Abend um eine Aussprache gebeten, worauf sie sich auf einen Spaziergang entlang des Sile begaben und ihr Leben neu ordneten.

Sie waren sich einig, dass sie sich liebten und sich eine Lösung finden würde. Mehr brauchten sie im Moment nicht. Dass sie keine Ahnung hatte, wie diese Lösung aussehen sollte, konnte Marta jetzt gut verdrängen.

Nach dem Spaziergang gingen sie eine Pizza essen und gönnten sich auf dem Nachhauseweg ein Eis.

Die Eltern saßen vor dem Fernseher. Es lief irgendeine schrille Show, in der sich selbstgerechte Leute über das skandalöse Betragen anderer Leute ausließen. Marta und Davì setzten sich anstandshalber dazu, aber Davì stand schon bald wieder auf und wünschte den Eltern eine gute Nacht.

Dann schliefen sie so leise wie möglich und unter unterdrücktem Kichern miteinander, weil ständig der Absturz aus Davìs schmalem Kinderbett drohte.

Marta war also guter Dinge, als sie aufstand, was ihr half, einen anstrengenden Tag zu bewältigen. Bis dahin hatte sie noch nicht viel Zeit mit Davìs Eltern verbracht. Jetzt war Sonntag, beide waren zu Hause, und obschon Davì und Marta bis 10 Uhr geschlafen hatten, blieb noch ein großes Stück vom Tag übrig. Die Mutter werkelte bereits in der Küche, und Marta fühlte sich verpflichtet zu fragen, ob sie helfen könne.

So sah sie sich bald mit einer Küchenschürze heiße Kartoffeln schälen, wobei ihr Davìs Mutter genau auf die Finger schaute. Die geschälten Kartoffeln wurden durch eine Passiermühle gepresst und dann mit Mehl und Ei vermengt. Aus dieser Masse wurden dann Rollen geformt, die in Stücke geschnitten wurden. Marta wurde mit der Aufgabe betraut, den Gnocchi-Stücken mithilfe einer Gabel Rillen aufzudrücken.

Davì saß derweil am Küchentisch und las Zeitung.

Die Gnocchi schmeckten mit der Tomatensoße aus dem selbst eingemachten Vorrat vorzüglich. Als *secondo* gab es eine riesige *bistecca alla fiorentina*, die der Vater auf dem Gartengrill zubereitete.

Nach dem Mittagessen zogen sich die Eltern zum Mittagsschlaf zurück, während Marta und Davì den Abwasch erledigten.

»*Senti*«, sagte Marta auf einmal. »Sind deine Eltern immer so zurückhaltend? Oder liegt es daran, dass sie mich nicht mögen?«

Davì sah sie erschrocken an. »Es sind halt einfache Leute. Du bist an andere Verhältnisse gewöhnt. Ich denke schon, dass sie dich mögen.«

Das war ja nun alles andere als logisch. Als ob sogenannte einfache Leute weniger herzlich wären als komplizierte oder bessergestellte, dachte Marta. Außerdem wusste Davì genau, dass die anderen Verhältnisse bei ihr zu Hause, wie Davì das nannte, nicht gerade von besonderer Herzlichkeit geprägt waren. Ihr Vater war ziemlich egozentrisch und die Mutter ein wenig versnobt. Für die Herzlichkeit war die Großmutter zuständig. Davìs Mutter hatte gleich am ersten Tag gefragt, was Martas Eltern von Beruf seien. Die Antwort »Künstler und Rechtsanwältin« ließ sie sofort verstummen. Das waren Welten, in denen sie sich nicht auskannte. Marta fühlte sich verunsichert. Es wäre ihr nie im Leben in den Sinn gekommen, dass Davìs Eltern sie nicht mit offenen Armen und großer Begeisterung empfangen könnten. »*Così piccolina*« hatte Davìs Mutter als Erstes zu ihr gesagt, das hatte Marta ihr noch nicht verziehen. Sie fragte sich, ob die sozialen Unterschiede zwischen ihr und Davì irgendwann zum Problem werden könnten. Der Stallgeruch. Aber sie hatten eine gleichwertige Bildung, liebten dieselben Filme, lachten über die gleichen Sachen. Davì hatte eine umfangreiche Comic-Sammlung, und Marta hatte von ihrem Vater die Liebe zu den frankobelgischen Klassikern wie *Gaston*, *Asterix* und *Tintin* geerbt. Sie hatten doch so viel gemeinsam. Marta stellte sich hinter Davì, der gerade das Spülbecken auswischte, und umarmte ihn. Es fühlte sich sehr gut an.

Den Nachmittag verbrachten sie mit einem zähen, weil sehr langsamen Spaziergang durch Treviso. Nichts gegen die Stadt, die war wunderschön, durchzogen von zwei Flüssen, gespickt mit Geschichte. Die Piazza dei Signori konnte sich beinahe mit derjenigen von Siena messen. Malerische Arkaden schützten die Fußgänger vor Regen und Sonne. Auch der Fontana delle Tette, dem Tittenbrunnen statteten sie einen Besuch ab. Es handelte sich um die kitschige Kopie einer weiblichen Brunnenfigur aus dem Jahr 1559. An besonderen Festtagen ließ damals die Republik Venedig, zu der Treviso gehörte, aus den Brüsten der originalen Statue je weißen und roten Wein statt Wasser fließen. Auf diese Schlaraffenland-Geschichte war man naturgemäß sehr stolz in der Stadt.

Aber Marta war nicht als Touristin hier. Sonntage machten sie immer nervös, wenn man mitten in Ermittlungen war. Sonntage blockierten den Arbeitseifer.

Außerdem ging Marta langsam der Gesprächsstoff aus. Die Mutter interessierte sich nicht für Polizeiarbeit, und Martas Wissen über die Zubereitung von Lebensmitteln war erbärmlich. Sie konnte weder Auskunft geben, wie sie *Scaloppine al Marsala* noch *Piccata Milanese* zubereitete, weil sie kaum kochte. Dafür war Davì zuständig.

Des Vaters Beiträge zur Konversation beschränkten sich darauf, bei verschiedenen Gebäuden darauf hinzuweisen, dass irgendwelche Personen darin wohnten oder früher einmal darin gewohnt hatten. Dabei fiel es Marta schwer zu unterscheiden, ob er von Verwandten oder Fernsehprominenten sprach.

Es war eine große Erleichterung, als plötzlich ihr Telefon klingelte. »Ex-Procuratore Bianchi« stand auf dem Display. »Da muss ich rangehen«, sagte Marta voller Genugtuung und zog sich hinter einen Arkadenpfeiler zurück.

»Ich glaube, ich habe etwas gefunden.« Der Staatsanwalt klang aufgeregt. »Am besten, ihr kommt morgen früh zu mir, dann schauen wir uns das gemeinsam an. *D'accordo?*«

Marta war nur zu gerne einverstanden.

25

Alois Anderhub hatte sich den ganzen Sonntag immer wieder Gedanken gemacht. Zweimal hatte er den Ordner mit der Aufschrift »Diverses« hervorgezogen, um sich den hellblauen Mundschutz anzusehen, der vergessen in seiner alten Jacke gesteckt hatte. Seiner Frau Evelyne hatte er nichts davon gesagt.

Als sie am Montagmorgen zum Joggen aufbrach, fasste er einen Entschluss. Er nahm die Sichtmappe mit dem Mundschutz aus dem Ordner und machte sich auf den Weg zum Polizeiposten.

Commissaria Casanova war gerade in ihrem Büro angekommen und hatte sich einen Espresso gemacht, als ihr der Besuch von Herrn Anderhub gemeldet wurde.

Verblüfft und neugierig bat sie ihn, auf einem der Besucherstühle vor ihrem Schreibtisch Platz zu nehmen.

»Wie kann ich Ihnen helfen, Signor Anderhub?«, fragte sie den aufgeregt wirkenden alten Mann.

»Meine Frau hat die Kleiderschränke ausgeräumt. An dem Tag waren Sie ja bei uns, wenn Sie sich erinnern.«

Die Commissaria nickte etwas enttäuscht über die unspektakuläre Eröffnung.

»Sie wollte mein Einverständnis, dass sie eine alte Jacke von mir wegschmeißen dürfe, ich trenne mich nicht gern von alten Sachen, aber egal. Ich habe eingewilligt und danach noch die Taschen kontrolliert. Und da habe ich das hier gefunden.« Er öffnete das Steckschloss seiner abgegriffenen Ledermappe und zog die Sichtmappe mit dem Mundschutz hervor.

Die Commissaria bemühte sich um einen neutralen Gesichtsausdruck.

»Diese Hygienemaske gehört nicht mir. Meine Frau und ich haben nur FFP2-Masken getragen. Darum kam es mir seltsam vor, als ich sie in meiner Tasche fand. Ich habe darüber nachgedacht, und dann ist es mir eingefallen. Sie wissen, dass ich am Tag, als Leutenegger ermordet wurde, einen Physio-Termin hatte. Ich glaube, ich war einer der Ersten, der am Tatort aufgetaucht ist.«

Jetzt konnte man den Gesichtsausdruck der Commissaria nicht mehr neutral nennen. Sie hatte die Augen weit aufgerissen.

»Ich nehme immer die Treppe. Sind ja nur zwei Etagen, und Treppensteigen ist gesund. An diesem Morgen bin ich auch die Treppe hoch, und dann sehe ich auf dem ersten Treppenabsatz diese Maske liegen. Ich habe mich geärgert, weil die Leute überall ihre Masken liegen ließen. Darum habe ich sie eingesteckt und dann natürlich in dem ganzen Trubel, der folgte, vergessen. Jetzt, wo sie wieder aufgetaucht ist, habe ich mich gefragt, ob sie nicht vielleicht ein wichtiges Beweisstück sein könnte. Vielleicht hat der Täter sie beim Verlassen des Gebäudes verloren? Ich weiß, dass das Gebäude am Abend vorher geputzt wurde, das war noch Gesprächsthema unter uns Patienten. Das Putzpersonal hätte diese Maske bestimmt nicht liegen gelassen. Also muss sie jemand verloren haben, der am Morgen vor mir das Treppenhaus betreten hat. Marco war damals als Erster vor Ort, er hatte einen Behandlungs-Termin mit einem Kind. Die Mutter war dabei. Dann waren da noch Davì und der Leutenegger. Wenn die DNA auf dieser Maske mit niemandem von diesen Leuten übereinstimmt, dann stammt sie doch mit großer Wahrscheinlichkeit vom Täter. Denken Sie nicht auch?«

Die Commissaria hatte ihm mit ernster Miene zugehört und ließ sich nicht anmerken, dass sich ihre Gedanken überschlugen.

»Hat außer Ihnen noch jemand den Mundschutz angefasst?«

»Ja. Meine Frau.«

»Okay. Wir werden dem nachgehen. Das ist unglaublich aufmerksam, an Ihnen ist ein Detektiv verlorengegangen.«

»Ja. Allmählich glaube ich auch, dass ich möglicherweise den Beruf verfehlt habe. Allerdings braucht man als Historiker auch detektivische Fähigkeiten. Es hat wohl alles seine Richtigkeit, so wie es ist.«

26

Marta brauchte keine große Überredungskunst, Davì dazu zu bringen, sie zum Staatsanwalt zu begleiten. Was sie als gutes Zeichen für ihre Beziehung wertete.

Ex-Procuratore Bianchi versorgte sie mit Espresso und Brioches, aber Marta konnte das Gebäck nicht richtig genießen, weil Olga sich vor sie hinsetzte, sie beim Essen nicht aus den Augen ließ, dabei immer leer schluckte, die Lefzen leckte und ihr offensichtlich jeden Bissen missgönnte.

»*Avanti*, machen wir uns an die Arbeit«, sagte der Staatsanwalt, als er mit dem Brioche fertig war. »Ich habe mir die Attentate nach der Ermordung von Aldo Moro bis 1980 angesehen. Ich habe mir gesagt, wenn Banfi polizeilich gesucht wurde, dann muss es irgendwo Aufzeichnungen über ihn geben. Also habe ich herumtelefoniert, bis ich jemanden gefunden habe, der sich an ihn erinnert. Es gab nicht viele Schweizer, die sich den *Roten Brigaden* anschlossen, darum war diesem Polizisten in Erinnerung geblieben, dass er damals wegen Banfi die Tessiner Polizei informiert hatte. Banfi wurde in Zusammenhang mit einem Attentat auf einen Richter gesucht. Die italienische Polizei vermutete zu Recht, er sei außer Landes geflohen. Allerdings konnten sie nicht wissen, dass er Frankreich seinem Heimatland vorgezogen hatte. Bei diesem Attentat war ein junger Polizist aus der Leibwache des Richters getötet worden. Er hinterließ seine Frau und eine zweijährige Tochter namens Alessandra. Man muss wohl sagen, dass deren Leben von diesem Anschlag zerstört wurden. Die Mutter verfiel in Depressionen und konnte sich nicht mehr um die Tochter kümmern. Also wurde diese in der wohl nicht besonders liebevollen Verwandtschaft herumgereicht. In den Teenagerjahren entwickelte sie eine Essstörung, an der sie fast gestorben wäre. Darauf wurde sie nacheinander in verschiedenen Einrichtungen untergebracht, konnte schließlich sogar die Schule abschließen und ein Studium anfangen. Aber schon bald geriet sie wegen Drogenkonsums mit dem Gesetz in Konflikt. Therapeutische Maßnahmen wurden angeordnet, die auch eine Weile Wirkung zeigten, bis Alessandra wieder mit einer großen Menge Kokain erwischt wurde. Danach landete sie immer wieder mal im Gefängnis. Heute ist sie 45 Jahre alt und lebt von Invaliditätsbeihilfe und einem Teilzeitjob in einem Supermarkt. Sie ist seit Jahren nicht mehr polizeilich aufgefallen, aber etwas hat mich stutzig gemacht. Einen Monat, bevor Banfi getötet worden ist, hat Alessandras Mutter Suizid begangen. Es ist nicht auszuschließen, dass Alessandra all die Jahre einen Groll gegen Banfi hegte, und die Selbsttötung der Mutter war dann der Tropfen, der das Fass zum Überlaufen brachte. Er war ja letztendlich schuld an ihrem verpfuschten Leben und dem Unglück ihrer Mutter. Außerdem sagt die Statistik, dass Frauen, wenn sie töten, am ehesten mit Gift töten. Ihr solltet also unbedingt mit ihr sprechen.«

Davì machte Anstalten, etwas einzuwenden, aber Marta kam ihm zuvor: »Das machen wir. Wo wohnt sie denn?«

»Sie hat mit ihrer Mutter eine Wohnung in der Nähe der Porta Altinia geteilt.«

27

Roberta schaute zu, wie Laura versuchte, Sandkuchen zu backen. Wieder und wieder füllte sie das grüne Plastikteil in Form eines Gugelhupfs mit großer Sorgfalt mit Sand, drehte es um und schüttelte enttäuscht den Kopf. Statt eines festen Kuchens kam immer nur ein unansehnlicher Sandhaufen heraus. Zwar hatte Roberta ihr gezeigt, dass die Sache nur mit nassem Sand funktionierte, aber mit dem kleinkindertypischen Eigensinn bestand Laura auf dem gelben, fein rieselnden Sand.

Roberta hatte sich den Nachmittag freigenommen, da sie ohnehin nicht viel tun konnte, bis die Auswertung der DNA-Spuren auf dem Mundschutz vorlagen.

Sie hatten beschlossen, wie immer bei dieser Hitze, ein paar Stunden im *Bagno pubblico* zu verbringen, ein familiäres Strandbad beim Kamelienpark, für das die Locarneser keinen Eintritt bezahlen mussten. Julia lag neben ihr auf dem Bauch, in die Lektüre eines Krimis vertieft. Roberta las keine Krimis. Erstens wollte sie sich nicht auch noch in der Freizeit mit Gewalttaten beschäftigen, und zweitens hatte sie bis jetzt jeden Krimi nach ein paar Seiten weglegen müssen, weil die Darstellung der Polizeiarbeit einfach haarsträubend unrealistisch war.

Während Roberta Lauras Geduld bei ihrem hoffnungslosen Unternehmen bewunderte, kam ihr der Gedanke, dass ihre Tochter das von ihr haben könnte. Genau wie Laura immer wieder das Förmchen füllte, umdrehte und enttäuscht wurde, genauso war sie immer wieder einer neuen Spur im Fall Leutenegger nachgegangen und genauso hatte jedes Mal statt einem soliden, makellosen Indizienkuchen ein bröselnder Sandhaufen herausgeschaut. Aber das war natürlich absurd. Laura war ja nicht ihre leibliche Tochter.

»Sollten wir vielleicht über ein Geschwisterchen für Laura nachdenken?«, zielte Julia, die sich, von Roberta unbemerkt, zur Seite gedreht und die Beobachterin beobachtet hatte, mitten in ihre Gedanken.

»Was? Jetzt schon?«, rief Roberta erschrocken.

Julia lachte, klemmte ein Lesezeichen in ihr Buch und erhob sich. Sie nahm die kleine Gießkanne, die zu dem Strandspielzeugset gehörte, füllte sie mit Seewasser und begoss das Förmchen, das Laura gerade wieder gefüllt hatte. Diesmal blieb nach dem Stürzen der Form ein nahezu makelloser Gugelhupf stehen. Laura hieb entzückt mit dem Schäufelchen auf ihn ein.

Abends waren sie bei den Eltern zum Essen eingeladen. Es gab *Orata* vom Grill und für Julia einen Salat mit frischen Borlotti-Bohnen, dazu Rosmarin-Kartoffeln und gedämpften Spinat.

Während Bruno Casanova den Grill eingeheizt hatte, stand Roberta neben ihm und erzählte von den neusten Entwicklungen im Fall Leutenegger. Im Gegensatz zu ihrer Mutter war er ein sehr verschwiegener Mensch. Roberta konnte sich darauf verlassen, dass, wenn sie mit ihm über ihre Arbeit sprach, er nichts weitererzählen würde.

Sie sprachen auch über Froda. Der Vater machte sich Sorgen, weil dem Wolfshund die Hitze zu schaffen machte.

Das Essen schmeckte vorzüglich, aber Laura fing an zu quengeln. Sie war nach dem Nachmittag im *Bagno pub-*

blico müde, was nur zu verständlich war, wenn man den Eifer und die Ausdauer bedachte, mit denen sie Sandkuchen gebacken hatte. Roberta wollte sie ins Bett bringen, aber Julia kam ihr zuvor. »Iss deine Dorade fertig, mein Bohnensalat wird nicht kalt«, sagte sie und verschwand mit Laura.

Sie aßen schweigend weiter. Zwischen Roberta und ihrer Mutter blockierte der Besuch von *zia* Elisabetta die Kommunikation, und der Vater redete ohnehin ungern beim Essen. Roberta war erleichtert, als sie Schritte auf der Treppe hörte und Julia wieder in der Küche der Erdgeschosswohnung erschien. »Laura ist zum Glück sofort eingeschlafen«, sagte sie und machte sich über ihren Bohnensalat her.

»Wann fängst du wieder an zu arbeiten?«, fragte die Mutter Julia.

»Anfang September. Ich freue mich, auch wenn ich mich in der ersten Zeit wohl mit langweiligem Zeug herumschlagen muss.«

»Wieso das denn?«, fragte Roberta. »Du bist doch nicht eine Praktikantin, die sich beweisen muss.«

»Nein, das nicht. Aber es kann gut sein, dass bis dahin noch Sommerflaute herrscht. Das bedeutet, es passiert nichts, und wir müssen die Zeitung trotzdem füllen. Über die sensationelle Geschichte des vergifteten Rotbrigadisten werde ich wohl auch nicht schreiben dürfen?« Sie schaute Roberta hoffnungsvoll an.

»Das weißt du ganz genau. Mitten in den Ermittlungen dürfen keine Informationen an die Öffentlichkeit gelangen. Das ist ja nicht eine Schikane, um den Medien zu schaden, wie ihr es gerne darstellt. Es geht darum, dass Täterwissen nicht allgemein bekannt wird. Es sind schon viele Verdächtige überführt worden, weil sie über Tatumstände Bescheid wussten, die nur dem Täter bekannt sein konnten.«

Die Mutter nickte verständig. »Seit ich dich bei der Arbeit sehe, Roberta, denke ich immer wieder, dass ich auch gerne Polizistin geworden wäre. Das hat mir damals niemand nahegelegt.«

»Vielleicht auch besser so«, sagte Roberta. »Damals wärst du nämlich sogenannte Politesse geworden und hättest mit einem doofen Rock und albernem Hütchen auf dem Kopf Parkbußen verteilen müssen. Außerdem ist das Leben bei der Polizei auch nicht immer aufregend. Neulich habe ich einen Kollegen von der Polizia Comunale getroffen, der hat sich beklagt, dass er sich um einen Hundemäntelchen-Dieb kümmern müsse.«

»Was?«, sagten Julia und Elena gleichzeitig.

Roberta erklärte, dass jemand an der Maggia die Hunde von den Besitzern weglocke, um dann ihre Mäntelchen zu stehlen. »Ich habe keine Ahnung, warum man so etwas macht. Es muss ein Verrückter sein.«

»Das ist ganz und gar nicht verrückt. Die Leute, die ihren Hunden das antun, sind verrückt.« Die drei Frauen starrten Bruno Casanova ob dieses Ausbruches überrascht an. »Was schaut ihr so? Ist doch wahr. Hunde brauchen keinen Schutz, sie haben ein Fell. Sie in irgendwelche albernen Klamotten zu stecken, ist Tierquälerei.« Wie um seiner Aussage Nachdruck zu verleihen, stand er vom Tisch auf. »So – ich drehe jetzt noch eine Runde mit Froda.« Er verließ die Küche, und Roberta schaute ihm verblüfft hinterher. War es möglich, dass er – aber Papà würde doch nicht so weit gehen, Hundemäntelchen zu klauen?

28

Marta und Davì hatten am frühen Morgen die Adresse, die ihnen der Staatsanwalt von Alessandra, der Tochter des von den *Roten Brigaden* getöteten Polizisten, gegeben hatte, aufgesucht. Marta klingelte, während Davì sich in der Straße umsah. Auf das Klingeln rührte sich nichts, aber Davì hatte ein paar Häuser weiter eine Kaffeebar entdeckt. »Du musst den Barista fragen, der kennt bestimmt alle Leute in dieser Straße, außerdem könnte ich einen Kaffee vertragen«, sagte Davì und machte sich auf den Weg zur Bar. Sie einigten sich darauf, dass Davì sich draußen hinsetzte, während Marta hineinging und zwei Kaffees bestellte.

»Kennen Sie zufällig Alessandra Galli? Sie wohnt drei Häuser weiter, ich habe vorher bei ihr geklingelt, aber sie war nicht zu Hause«, fragte sie den Barista. Dieser unterbrach seine Arbeit an der Kaffeemaschine und schaute Marta misstrauisch an. »Was willst du denn von ihr?«

Cavolo, cavolo, cavolo, dachte Marta. Außer der Polizei klingelte niemand am frühen Morgen einfach so an fremden Türen. »Ich bin ihre neue Sozialarbeiterin«, fiel ihr als erstbeste Erklärung ein, die jedoch den Barista offenbar zufriedenstellte. »Du hast Glück, Ale wird gleich hier auftauchen. Sie trinkt jeden Morgen vor der Arbeit hier einen Kaffee.«

Er lag richtig. Kaum waren Martas Espressi fertig, betrat eine magere Frau mittleren Alters mit schwarz gefärbten von neonblauen Strähnen durchzogenen langen Haaren, Nasenpiercing und einem von Alkohol- und Drogenmissbrauch gezeichneten Gesicht die Bar. Der Barista warf Marta einen bedeutungsvollen Blick zu und sagte: »*Ciao, Ale! Tutto bene?*«

Die Frau zuckte die Schultern, kramte ein paar Münzen aus ihrem Portemonnaie und legte sie bei der Kasse auf den Tresen.

Um Zeit zu gewinnen nahm Marta eines der beiden Tässchen, dass der Barista vor sie hingestellt hatte und trank dessen köstlich duftenden Inhalt in zwei kleinen genüsslichen Schlucken, während sie die mutmaßliche Alessandra beobachtete, deren Kaffee zubereitet wurde, ohne dass sie eine Bestellung aufgeben musste. Offenbar hatte sie ihr Interesse nicht gut getarnt oder die Frau war besonders gereizt, jedenfalls zischte sie Marta unvermittelt wütend an: »*Cosa vuoi?*«

Marta machte eine defensive Handbewegung, und der Barista, der gerade dabei war, ihre Tasse auf den Tresen zu stellen, griff beschwichtigend ein: »Ale, lass es gut sein.«

»Ich muss mich nicht angaffen lassen«, begehrte sie auf.

»*Scusa*, du gleichst meine Tante«, improvisierte Marta, worauf sie ihrerseits von Ale gemustert wurde. »*Cazzo*, noch lange kein Grund, mich deswegen anzustarren.«

Das läuft ja sehr gut, dachte Marta und suchte hektisch nach einem Anknüpfungspunkt für ein Gespräch. Aber bevor ihr etwas einfiel, hatte Alessandra ihren Kaffee getrunken und sich grußlos entfernt.

Immerhin blieb noch der Barista.

»Das war nicht gerade eine tolle erste Begegnung«, sagte Marta zu ihm, währenddessen noch beide zur Tür starrten, durch die Alessandra verschwunden war.

»Ach, Alessandra hat ein schweres Leben. Der Vater wurde von den *Roten Brigaden* erschossen, als sie noch ein Baby war, und ihre Mutter hat sich vor ein paar Wochen umgebracht. Wie du ja bestimmt bereits weißt. Seither ist sie fast nicht mehr ansprechbar. Ich hoffe nur, sie hat nicht wieder mit Drogen angefangen.«

Staatsanwalt Bianchi hatte offenbar den richtigen Riecher gehabt. Der Tod der Mutter hatte Alessandra in eine Krise gestürzt. Marta nahm die Espressotasse, die für Davì bestimmt war, und verließ die Bar.

29

Als die Commissaria an diesem Morgen zur Arbeit ging, fand sie zu ihrer Überraschung eine kleine Menschenansammlung vor dem Gebäude in der Via Luini vor. »Was ist denn hier los?«, fragte sie eine Frau, die sie kannte, weil sie im Erdgeschoss in einer Apotheke arbeitete.

»Ich glaube, es hat eine Bombendrohung gegeben. Das Gebäude wurde evakuiert. Zum Glück ist es noch früh am Morgen, es sind noch nicht viele zur Arbeit gekommen.

Der Polizeiposten befand sich in einem großen elfstöckigen Klotz, der neben der Polizei viele verschiedene Unternehmen beherbergte. Die Commissaria ließ die Frau stehen und ging zu den beiden uniformierten Polizisten, die am Eingang standen und die Leute am Betreten des Gebäudes hinderten. »*Ciao, ragazzi!* Was ist denn los?«

Die beiden grüßten und schauten sich um, ob niemand in der Nähe mithören konnte.

»Wir haben einen mutmaßlichen *Anthrax*-Anschlag«, sagte der eine fast flüsternd.

»Was?«, rief die Commissaria so laut, dass die beiden zusammenzuckten. »Wo ist Comandante Soldini?«

» Wissen wir nicht. Alle mussten das Gebäude verlassen. Wir haben Anweisung, niemanden reinzulassen.«

Die Commissaria nickte, zückte ihr Handy und rief den Comandante an. Es stellte sich heraus, dass er im Café gegenüber Stellung bezogen hatte. Zwar war es zu dieser frühen Stunde noch geschlossen, aber der Comandante hatte den Besitzer, der bereits anwesend gewesen war, um die Getränke aufzufüllen und die Kaffeemaschine zu reinigen, davon überzeugt, ihn reinzulassen und eine Art provisorischer Einsatzzentrale einzurichten.

»Commissaria! Gut, dass Sie schon da sind«, begrüßte er sie. »Wir haben einen mutmaßlichen *Anthrax*-Anschlag.«

»Das habe ich schon von den Agenti am Eingang gehört.«

»Leider musste sich Agente Bernasconi in Spitalspflege begeben.«

»Was? Ruggero wurde vergiftet?«

»Das steht noch nicht fest. Es ist eine vorsorgliche Maßnahme. Man hat am frühen Morgen einen an Sie adressierten Umschlag gefunden. Agente Bernasconi hatte Anweisung gegeben, diese Briefe direkt zu ihm zu bringen. Er hat erwartet, wieder eine an Sie gerichtete Drohung zu finden, aber dann war nur weißes Pulver im Umschlag, mit dem er leider in Kontakt gekommen ist.«

»*Porca miseria*«, sagte die Commissaria entgeistert.

»Genau«, bestätigte der Comandante. »Wir müssen zwar noch abwarten, was die Analyse ergibt. Der Umschlag mit dem Pulver ist ja bereits im Labor in Bellinzona angekommen. Aber das hier ist eine äußerst beunruhigende Entwicklung. Wir haben diesen Drohbriefen zu wenig Aufmerksamkeit geschenkt. Dieser Pulver-Anschlag kann nicht mehr als Lausbubenstreich durchgehen.«

Es dauerte nicht lange, bis die Entwarnung aus Bellinzona kam. Das weiße Pulver hatte sich als harmlose Pfeifenerde herausgestellt, ein Steinmehl, das im Haushalt zum Entfernen von Fettflecken Anwendung fand. Sie würden versuchen festzustellen, woher es stammte, aber das

Labor wies darauf hin, dass Pfeifenerde überall im Handel erhältlich war und daher ermittlungstechnisch keine großen Erkenntnisse zu erwarten seien.

Die Commissaria, die am Morgen ausführlich durch den Capo befragt worden war, wer ihrer Meinung nach für die Drohbriefe und den Pulver-Anschlag infrage komme, hatte sich zwar pro forma Mühe gegeben, mögliche Kandidaten zu nennen, aber eigentlich hatte sie nur eine Hauptverdächtige: Die Person, die Jacques Leutenegger erdrosselt hatte. Sie musste sie unbedingt dingfest machen. Es hätte der Warnung vom Capo nicht bedurft. Auch wenn er sich als harmlos herausgestellt hatte, bedeutete der Pulver-Anschlag, dass die Briefe keine leeren Drohungen waren. Es war ein erster Eskalations-Schritt, den man ernst nehmen musste.

Die nächste Nachricht aus dem Labor von Bellinzona war sensationell und erwartete die Commissaria vor dem Mittagessen. Auf der Hygienemaske, die Alois Anderhub am Morgen der Ermordung von Jacques Leutenegger eingesteckt hatte, waren drei verschiedene DNA-Spuren identifiziert worden. Die Spuren hatten drei Treffer ergeben.

Der Puls der Commissaria raste, während sie die Mail nach Namen absuchte, ohne sich um die technischen Erklärungen zu kümmern.

Alois Anderhub, Evelyne Anderhub und Simone Falchetto, stand da. Deutlich, schwarz auf weiß.

Sie war es also. Simone Falchetto, die verschrobene, gescheiterte Schriftstellerin. Sie fragte sich, ob sie nicht schon früher hätte draufkommen müssen. Und ob sie sich vielleicht zu sehr von ihrer Abneigung gegen Evelyne Anderhub hatte ablenken lassen.

Egal, Simone Falchetto war überführt.

Dem Triumphgefühl folgte sofort die Ernüchterung. Die Spuren auf der Maske waren zwar ein starkes Indiz für ihre Schuld, aber noch lange kein Beweis. Wer sagte, dass Simone Falchetto die Maske wirklich an diesem Morgen verloren hatte? Vielleicht hatten die Anderhubs das nur erfunden? Zwar traute sie es Evelyne Anderhub ohne Weiteres zu, dass sie Simone skrupellos in Verdacht bringen würde, aber nicht Evelyne, sondern Alois war mit der Maske zu ihr gekommen. Er würde niemals bei so etwas mitmachen. Die Commissaria war sich sicher, dass er die Wahrheit sagte.

M

Jetzt aber.

Die Commissaria war heute bei mir. Sie haben meine Maske gefunden. Wenn ich etwas nennen müsste, das mich ein wenig beunruhigt hat, dann war es diese Maske. Ich habe vermutet, dass ich sie irgendwo verloren hatte, nachdem ich diesen Widerling um die Ecke gebracht habe. Das klingt nach Groschenroman.

Nachdem ich die Person, die mich sehr herablassend behandelt hat, mit einem Springseil, das zufällig zur Hand war, erdrosselt habe.

Polizeiprotokoll.

Nachdem ich Jacques Leutenegger, der mich seit der Schulzeit gemobbt und später meine vielversprechend beginnende Karriere als Schriftstellerin und damit mein Leben ruiniert hat, überwältigt von Frustration und Hass, erdrosselt habe.

Zeitungsinterview, wenn denn jemand eines mit mir machen würde.

Aus meinem Tagebuch:

Die entsetzlichsten Minuten meines Lebens! Ich habe die Kontrolle verloren, das Seil um seinen Hals geschlungen, und dann gab es keinen Weg mehr zurück. Bis er endlich Ruhe gab, bis er aufhörte, zu strampeln und zu röcheln!

Mir blieb keine Wahl, ich musste es zu Ende bringen. Das meine ich nicht als Rechtfertigung, es gibt keine Rechtfertigung für meine schändliche Tat. Ich will nur sagen, es wäre völlig unlogisch gewesen, dem Großkotz das Springseil um den Hals zu legen, ihn ein bisschen zu würgen und dann einfach wieder zu gehen. Wenn ich schon die Kontrolle über meine Impulse verliere, dann mache ich nicht auf halbem Weg halt.

Als es dann vorbei war, bin ich in Panik davongerannt. Ich habe niemanden gesehen, ich bin raus, kann mich noch erinnern, dass ich Marco gehört habe, wie er im Therapieraum einem Kind Anweisungen gab – die Türen stehen seit dem Beginn der Pandemie überall offen – die Treppe hinuntergestolpert, aus dem Haus geflohen, die Straße entlanggehetzt, völlig kopflos, bis ich einer alten Frau begegnete, die selbst schon unsicher auf den Beinen einen behinderten Mann mittleren Alters an der Hand führte. Dieser riss sich von ihr los, als er mich sah, fing an zu klatschen und schrie: »*Dai, dai, dai! Forza!*«

Meine kopflose Flucht in Trainingskleidung wirkte also auf unvoreingenommene Beobachter, als ob ich leicht überfordert an einem Volkslauf teilnehmen würde. Ich nahm diese Rolle bereitwillig an, trabte weiter und weiter, gab mich der Illusion hin, meine schreckliche Tat hinter mir lassen zu können, weiter und weiter, bis ich ans Ufer der Maggia gelangte, wo ich anfing, mich an die Hoffnung zu klammern, dass ich mir alles nur eingebildet hatte. Ich folgte dem Fluss laufaufwärts, überholte und kreuzte die Hundehalter, die ihre übliche Gassiroutine absolvierten und mir nicht die geringste Aufmerksamkeit schenkten. Als ich nach Luft japsend bei der neu gebauten Fußgängerbrücke anlangte, glaubte ich schon fast, das Erwürgen des Großkotzes sei nur ein übler Albtraum gewesen. Bis ich die Sirenen der Polizeiautos hörte, die von allen Seiten in die Richtung rasten, aus der ich gerade geflohen war. Jetzt erst fühlte ich, wie mir der Schweiß aus den Gummi-Einweghandschuhen lief, die ich vor dem Besuch des Fitnesscenters auf Empfehlung irgendeines Corona-Experten angezogen hatte. Ich zog sie aus und stopfte sie in den nächstbesten Abfallkübel, der vor allem für Säckchen mit Hundekot gedacht war. Meine nassen und aufgeweichten Hände wischte ich an meiner Trainingshose ab.

Scheint mir jetzt im Rückblick übertrieben emotional. Aber es war das erste Mal, dass ich einen Menschen umgebracht habe. Und ich war nicht darauf vorbereitet.

Zurück zu der Maske.

Ich fürchtete die ganze Zeit, dass mich das noch einholen könnte.

Die Maske mit Anhaftungen meiner DNA.

Schöne Ausdrucksweise!

Die Commissaria: Haben Sie dafür eine Erklärung?

Ich: Ja, ich habe sie wohl im Treppenhaus verloren.

Sie: Am Morgen, an dem Jacques Leutenegger ermordet wurde? Sie haben angegeben, dass sie an diesem Morgen zu Hause waren.

Ich: Das stimmt. Aber ich nehme immer die Treppe und ich war am Abend zuvor im Training. Da muss ich die Maske verloren haben.

Sie: An diesem Abend wurde geputzt, nachdem die *Palestra* geschlossen war. Die Leute vom Putzteam haben wohl kaum eine Hygienemaske im Treppenhaus übersehen.

Ich: Schulterzucken.

30

In Treviso konnte Marta nichts von den aufregenden Entwicklungen in Locarno ahnen. Sie verließ die Bar, um Davì, der draußen gewartet hatte, seinen Kaffee zu bringen, nur war dieser verschwunden. Marta sah sich um, trank den Kaffee, weil es viel zu schade war, ihn kalt werden zu lassen, setzte sich dann an einen der Tische und schrieb Davì eine Nachricht: »Wo bist du?«

Es dauerte ein paar Minuten, in denen sie erst auf das Handy starrte, sich dann besann und die leere Kaffeetasse dem Barista brachte. Als sie überlegte, ob sie noch einen Kaffee vertragen würde, kam Davìs Antwort: »Bin ihr gefolgt. Sie arbeitet in dem Supermarkt, am rechten Sile-Ufer entlang, über die Fußgängerbrücke, dann geradeaus.«

Marta machte sich sofort auf den Weg. Davì erwartete sie vor dem Supermarkt, der so diskret in den Arkaden verborgen war, dass sie ihn wahrscheinlich übersehen hätte.

»Er ist noch geschlossen. Öffnet erst um 8 Uhr«, sagte er.

Marta trat an eine der Glastüren heran und spähte in das Innere des Ladens. Sie sah einen Verkäufer in einem grünen Kittel, der Chipstüten in einem Regal auffüllte, und fragte sich, wie sie ihn unauffällig über Alessandra ausfragen könnte, nachdem sich in der Bar herausgestellt hatte, dass es unmöglich sein würde, sie selbst in ein Gespräch zu verwickeln.

Es war jetzt kurz vor 8 Uhr, und langsam scharten sich

ein paar Leute vor dem Supermarkt, in der Erwartung, dass die Tür bald geöffnet würde.

Während Marta noch überlegte und Möglichkeiten verwarf, tauchte Alessandra hinter einem Gestell hervor, ihr Kollege im grünen Kittel sprach sie an, sie antwortete und näherte sich der Tür, um aufzuschließen. Auf halbem Weg blieb sie jedoch abrupt stehen, offensichtlich erschrocken, kehrte um, sagte etwas zu ihrem erstaunten Kollegen und verschwand. Er rief ihr etwas hinterher, verwarf die Hände und öffnete darauf selbst die Tür.

»Sie hat dich gesehen und wiedererkannt«, sagte Davì verdattert. »Ist das möglich?«

»Ich hatte auch den Eindruck. Schon in der Bar hat sie mich angeblafft, weil ich sie offenbar zu lange angeschaut habe. Entweder sie leidet unter Verfolgungswahn oder sie hat Banfi umgebracht und fürchtet jetzt, verdächtigt zu werden. Jetzt reicht es mir mit dem Detektivspielen. Ich rufe den Comandante an, um ihm zu sagen, dass ich hier nicht mehr weiterkomme. Wir müssen wohl oder übel abwarten, dass die italienische Polizei unserem Gesuch um Rechtshilfe nachkommt. Sein Freund, der Ex-Procuratore, wird natürlich enttäuscht sein, ihm hat die Sache ja offensichtlich großen Spaß gemacht.«

Sie waren ein paar Schritte in Richtung des Flusses gegangen. Davì wollte ihr erleichtert beipflichten, wurde aber vom Klingeln von Martas Handy unterbrochen. Marta schaute auf das Display: »*Parli del diavolo!*« Sie hielt sich das Handy ans Ohr, sagte »*Buongiorno, procuratore!*« und musste es dann schnell eine Armlänge weghalten, weil die Stimme des Staatsanwalt sich vor Erregung fast überschlug.

Ex-Procuratore Bianchi hatte eine unruhige Nacht hinter sich, weil ihn der Gedanke plagte, dass er Ferrari zu schnell geglaubt hatte. Dieser hatte leidend im Spitalbett gelegen, unter Tränen beteuert, dass er Banfi nicht mehr die Schuld gebe, dass er sowieso eine Läuterung durchgemacht und allen verziehen habe, die vermeintlich an seinem Unglück schuld seien, und er war prompt darauf hereingefallen.

Wach liegend am frühen Morgen war ihm plötzlich eingefallen, dass man Ferrari im Krankenhaus bestimmt Psychopharmaka verabreicht hatte. Schließlich war sein Sprung ins Meer als Suizid gedeutet worden. War es möglich, dass seine zur Schau gestellte Reue vor allem dem Einfluss von Medikamenten geschuldet war?

Nach dieser Erkenntnis hatte sich Ex-Staatsanwalt Bianchi gefragt, ob er seinen Biss verloren habe.

Wie sagte man dazu? Altersmilde? Na ja. Es gab dafür noch andere weniger schmeichelhafte Bezeichnungen.

Zu allermindest hätte er das Alibi von Ferrari überprüfen müssen. Es war erst kurz nach 6 Uhr, aber er stieg sofort aus dem Bett, packte, nach einer verkürzten Morgentoilette und einem schnellen Kaffee im Stehen, Olga ins Auto und fuhr zum *Bau Bau Beach* am Strand von Jesolo. Während sich Olga am Wasser mit den anderen Hunden vergnügte und er die noch angenehme Temperatur vor dem Einsetzen der Tageshitze genoss, beobachtete er die benachbarte Bar. Als endlich ein Mann auftauchte, der die Tür aufschloss und sich hinter dem Tresen zu schaffen machte, rief er Olga zu sich, leinte sie an und folgte dem Mann in die Bar.

»Wir haben noch geschlossen«, rief dieser ärgerlich dem Ex-Staatsanwalt zu.

»*Scusi*, ich will nichts trinken, ich hätte nur gerne eine Auskunft von Ihnen. Es geht um Ihren Angestellten, Salvatore Ferrari.«

»Salvi? Sind Sie von der Polizei?«

»Mein Name ist Bianchi, ich bin Staatsanwalt«, sagte der Ex-Procuratore und unterschlug wieder einmal das Ex. »Sind Sie Ferraris Chef?«

»Ja, er arbeitet, seit Anfang der Saison bei mir.«

»Kommt er heute zur Arbeit?«

»Er hat sich freigenommen, ich muss für ihn einspringen. Das geht eigentlich nicht. Ich habe ihm das auch deutlichgemacht. In der Saison wird durchgearbeitet, er kann sich dann im Winter ausruhen.«

»Und wieso haben Sie ihm trotzdem freigegeben?«

»Ich habe ihm gekündigt. Erst landet er im Krankenhaus, weil er sich warum auch immer ins Meer stürzt, dann behauptet er, seine Freundin habe einen Herzinfarkt erlitten, und er müsse sich um ihre Katze kümmern.«

»Sie glauben ihm nicht?«

»Vor zwei Wochen musste er auch dringend übers Wochenende weg. Diese Freundin von ihm hat sich angeblich ein Bein gebrochen, wie viel Pech kann ein Mensch denn haben? Oder würden Sie das glauben?«

»Kennen Sie seine Freundin?«

»Ja, sie hat ihn Ende Juni besucht, da war sie ein paar Tage hier am Strand. Sah gesund und munter aus.«

»Ihn besucht? Wo wohnt sie denn?«

»In Chiasso, in der Schweiz. Sie ist Italienerin, wohnt aber schon viele Jahre in der Schweiz.«

»Was? In Chiasso? Im Kanton Tessin? Wann genau hat sich Ferrari das letzte Mal freigenommen?«

»Das Wochenende vor zwei Wochen, Freitag bis Sonntag. Hat er etwas ausgefressen? Mich würde es ja nicht wundern.«

»Ich brauche unbedingt Name und Adresse dieser Freundin.«

»Ich kenne nur ihren Vornamen: Sara.«

»Ferrari war in der Tatzeit im Tessin. Ihr müsst nach ihm fahnden«, schrie der Staatsanwalt so laut, dass Marta das Handy in Abstand vom Ohr halten musste.

»Er hat eine Freundin in Chiasso, die er vor zwei Wochen besucht hat. Das habe ich von seinem Chef in Jesolo erfahren. Ferrari wollte sich freinehmen, weil sie angeblich einen Herzinfarkt erlitten hat. Leider kennen wir nur ihren Vornamen, Sara. Sie ist um die 50, dunkelhaarig und hat eine Katze auf einem Schulterblatt tätowiert. Ferrari ist bestimmt auf dem Weg nach Chiasso. Vielleicht können Sie ihn beim Grenzübertritt schnappen.«

Nach dem Gespräch mit dem Ex-Procuratore hatte Marta den Comandante angerufen, und sie waren sich schnell einig geworden, dass sie zurück in die Schweiz kommen sollte. Also eilten sie zum Haus von Davìs Eltern, packten ihre Sachen und hinterließen eine Nachricht auf dem Küchentisch. Davì würde seine Mutter von unterwegs anrufen.

Ex-Procuratore Bianchi hatte eine Personenbeschreibung mit dem Bild von Ferrari aus den 80er-Jahren nach Locarno geschickt, zusammen mit der Angabe, dass er einen zehn Jahre alten silberfarbenen Toyota Yaris fuhr. Marta war zuversichtlich, dass sie ihn an der Grenze erwischen würden. Außerdem hatte Bianchi Ferraris Handy-

Nummer von seinem Chef erfahren. Sie würden ihn also auf Schweizer Gebiet orten können.

Während sie Davìs Alfa Romeo in Richtung Schweizer Grenze steuerte, überlegte Marta, wie sie Ferrari überführen konnten. DNA-Spuren? Vielleicht.

Ein Geständnis? Nicht unwahrscheinlich, wenn sie etwas herausfanden, um ihn unter Druck zu setzen. Offensichtlich war er ja sehr nervös.

Vielleicht fanden sich Zeugen, die Ferrari am Tatwochenende in Locarno gesehen hatten.

Wie hatte er wissen können, dass Banfi in Locarno war? Man müsste die Lebensgefährtin von Banfi befragen können, wenn sie denn nicht verschwunden wäre.

Marta seufzte.

»Soll ich fahren?«, fragte Davì, obschon er wusste, dass sie es hasste, das Steuer aus der Hand zu geben.

»Nein, geht schon«, war ihre erwartete Antwort. »Sag mir mal, was du über den Fall denkst. Wie bringen wir Ferrari dazu zu gestehen?«

»Was? Wollt ihr ihn foltern?«

»Ja, genau. Wir haben auf dem Polizeiposten eine geheime Folterkammer«. Marta lachte. »Physische Folter hat noch nie der Wahrheitsfindung gedient. Das war und ist einfach eine Form von Machtmissbrauch und ein Tummelfeld für Sadisten. Nein, im Ernst. Ich habe keine Ahnung wie wir Ferrari überführen können, wenn wir ihn schnappen.«

»Kommt Zeit, kommt Rat«, sagte Davì. »Zuerst müsst ihr ihn mal finden.«

31

Als die Commissaria das Haus an der Via Nessi verließ und in Richtung Polizeiposten ging, genoss sie die frühmorgendliche Ruhe und die noch sanften ersten Strahlen der Sonne. Es war so ruhig und friedlich, dass sie sich für einmal nicht mit Simone Falchetto oder dem Tod ihres Onkels beschäftigte und ihre Gedanken sich um die geplanten Ferien im August drehten. Sie durchquerte die amphitheaterähnliche Rotonda, wo ein paar leere Bierdosen von einem nächtlichen Gelage zeugten. Ein junger Mann mit einem Mops an der Leine kreuzte ihren Weg. Der Mops war in ein entwürdigendes rosa Mäntelchen gekleidet, weshalb ihr wieder die Geschichte mit den gestohlenen Hundemäntelchen einfiel. Sie nahm sich vor, ihren Vater in dieser Sache zu befragen. Es ging ja hier nicht um das Delikt, dessen Rechtfertigung sie durchaus verstehen konnte, sondern darum, dass seine Tochter, die Commissaria, ziemlich lächerlich dastehen würde, wenn das an die Öffentlichkeit geriet. Und das würde es, wenn man ihn erwischte. Falls er es war, dann musste er sofort damit aufhören.

Auf diese Weise abgelenkt, nahm sie einen kleinen Umweg über die Piazza Grande, was sie sogleich bereute, weil dort zu dieser frühen Stunde bereits die lärmenden Abbauarbeiten der Tribüne vom Musikfestival *Moon & Stars* im Gange waren. Also verließ sie die Piazza gleich wieder beim Durchgang neben dem *PalaCinema*, dem ehemaligen Schulhaus, das in ein schickes, dem Film gewidmeten Kulturzentrum verwandelt worden war. Als sie an der Via Serafino Balestra ankam, wo sie sich nach links in die Via Luini hätte wenden müssen, fiel ihr ein, dass ein paar 100 Meter geradeaus das Hochhaus lag, wo Simone Falchetto wohnte. Sie entschloss sich, ihr einen Überraschungsbesuch abzustatten. Sie würde ihr deutlich machen, dass sie sich nicht einschüchtern ließ von ein paar Drohbriefen, nicht einmal von dem lächerlichen Pfeifenerde-Attentat.

Die Commissaria musste mehrmals klingeln, bis ihr aus der Gegensprechanlage eine wütende Stimme entgegenkrächzte: »*Che cazzo vuoi?*«

»Commissaria Casanova, bitte öffnen Sie die Tür«, befahl sie ungerührt von der ordinären Unhöflichkeit, und gleich darauf surrte der Türöffner.

Offenbar hatte sie die Schriftstellerin aus dem Bett geholt. Sie steckte nämlich in einem Bademantel, und ihre halb langen Haare standen nach allen Seiten ab.

»Was wollen Sie schon wieder?«, begrüßte sie die Commissaria.

»Ich wollte nur sehen, was Sie so treiben. Ob Sie etwa schon wieder einen Mord planen.«

»Muss ich Sie hereinbitten? Dürfen Sie das überhaupt, mich aus dem Bett klingeln? Ich könnte Sie wegen Belästigung oder wie das heißt anzeigen.«

»Gegen Sie wird ermittelt, haben Sie das nicht verstanden? Ich weiß, Sie fühlen sich grenzenlos überlegen und unverwundbar. Aber als eine Frau der Literatur sollten Sie wissen, dass Hybris vor dem Fall kommt. Wir werden uns nicht ewig an der Nase herumführen lassen.«

»Kommen Sie mir jetzt wieder mit dieser Hygienemaske? Ich habe Ihnen doch gesagt, dass ich sie am Abend vorher verloren habe. Beweisen Sie mir doch das Gegenteil.«

»Das werde ich, da können Sie sicher sein. Ich werde nicht lockerlassen.« Das waren gute Schlussworte, die Commissaria drehte sich um und wollte zum Aufzug gehen, als ihr noch etwas einfiel. Wie der Kult-Kommissar *Columbo* drehte sie sich wieder um und sagte: »Übrigens, wenn Sie denken, Sie können die Polizei mit Ihren Kindereien einschüchtern, dann haben Sie sich geirrt. Außerdem machen Sie sich strafbar, das sollte Ihnen klar sein.«

Dann drehte sie sich endgültig um und betätigte den Aufzugsknopf.

M

Jetzt brauche ich erst mal einen Kaffee.

Die Commissaria hat mich aus dem Bett geklingelt, um mir eine Art Kriegserklärung zu überreichen. Was soll ich sagen? Ich nehme die Einladung an.

Allerdings muss ich zugeben, dass die zwei – wie soll ich es nennen – Vorwürfe?, die sie mir ins Gesicht geschleudert hat, höchst irritierend sind.

Erstens. Was sind das für Kindereien, mit denen ich mich strafbar machen soll? Ich bin mir keiner Schuld bewusst.

Der zweite – drei Mal dürfen Sie raten – ist *Hybris*.

Ich muss zugeben, sie hat recht, ich fühle mich überlegen. Aber doch nur, weil ich auch überlegen *bin*. Mein erster Mord war ein stümperhaftes Werk, von Emotionen diktiert, begangen mit vernebelten Sinnen. Darum habe ich auch diese verdammte Maske im Treppenhaus verloren.

Inzwischen habe ich mich jedoch gründlich über das älteste Verbrechen der Menschheit informiert. Dank all den *True Crime*-Serien, Podcasts, Gerichtsberichterstattungen und natürlich sehr viel Fachliteratur kann ich jetzt mit Fug und Recht behaupten, mich auszukennen.

Was ich daraus gelernt habe?

Erstens, die meisten Gewalttäter sind strohdumm. Sie handeln triebgesteuert. Die Justiz qualifiziert die Tötung eines Menschen als Mord, wenn die Tat eines oder mehrere der sogenannten Mordmerkale erfüllt. Als da sind zum Beispiel: Mordlust, Befriedigung des Geschlechtstriebs, Habgier, niedrige Beweggründe, Heimtücke, Grausamkeit oder wenn die Tat zur Verdeckung einer andern Straftat begangen wurde.

Also ich würde sagen, das Meiste davon könnte man als mangelnde Selbstbeherrschung bezeichnen.

Ja, ich weiß. Genau daran hat auch mein erster Mord gekrankt. Aber auch bei etwas, was ich mal die schwarzen Künste nennen würde gilt: Es fällt kein Meister einfach so vom Himmel.

Mein zweiter Mord war da schon viel raffinierter. Halt! Hybris! Raffiniert ist zu viel gesagt. Mein zweiter Mord war einfach und beruhte auf Überlegung. Niemand hat ihn bemerkt, das müsste auch das höchste Ziel einer Mörderin sein.

Und apropos einfach, die zweite Sache, die ich aus meinen Mörderstudien gelernt habe, lautet: Für einen erfolgreichen Mord, das heißt erfolgreich im Sinn von dabei nicht erwischt zu werden, gibt es nur ein Rezept: KISS.

Vor vielen Jahren, als ich eine Weile bei einem internationalen Konzern als Übersetzerin angestellt war, wurden alle regelmäßig zu den verschiedensten Weiterbildungsseminaren verknurrt. Bei mir ist nicht viel hängen geblieben außer KISS: keep it stupid simple. Das fand ich so stupid wie simpel.

Aber es gibt kein bessere Anleitung für einen erfolgreichen Mord.

32

Als die Commissaria immer noch wütend auf dem Polizeiposten eintraf, rief sie als Erstes Staatsanwalt Franscini an, um mit ihm eine mögliche Überwachung von Simone Falchetto zu besprechen. Allerdings stellte er schnell die Frage von Aufwand und Ertrag. Eine Überwachung ihres Handys würde vielleicht genehmigt werden, aber was sollte das bringen? Es sei doch äußerst unwahrscheinlich, dass man sie dabei ertappen würde, wie sie am Telefon jemandem den Mord gestand. Eine Personenüberwachung wäre dagegen nur sinnvoll, wenn der Verdacht bestünde, dass sie eine weitere Straftat plante. Das sei jedoch völlig ungewiss.

Die Commissaria wies darauf hin, dass sie Drohbriefe erhalten, und die Gefahr eines Angriffs auf ihr Leben bestand. Worauf Staatsanwalt Franscini in nachdenkliches Schweigen verfiel. »Haben wir Beweise, dass die Drohungen von ihr stammen?«, fragte er schließlich.

»Nicht direkt Beweise, aber in den Briefen steht, ich solle sofort meine Ermittlungen einstellen. Das kann doch nur sie geschrieben haben.«

»Mmh, könnte zutreffen oder auch nicht. Vorsicht ist besser als Nachsicht. Vielleicht ist eine Personenüberwachung doch angemessen. – Seien Sie vorsichtig, Commissaria. Sie wissen selbst, wie unberechenbar diese psychisch auffälligen Personen sind.«

Danach starrte die Commissaria eine Weile nachdenklich auf ihre Schreibtischplatte.

Simone Falchetto hielt sich für überlegen. Und sie hatte sich bis jetzt auch sehr geschickt angestellt, daran gab es nichts zu rütteln.

Natürlich musste man befürchten, dass sie eine Überwachung einkalkulieren und sich somit nicht beim Ausliefern von weiteren Drohungen erwischen lassen würde.

Aber im Moment konnte man nichts anderes tun.

Die Commissaria seufzte.

33

Comandante Soldini hatte keine gute Nachrichten für Marta, als sie am späten Nachmittag auf dem Polizeiposten in Locarno eintraf Ferrari war bis jetzt nicht an der Grenze aufgetaucht, und sein Handy war nach verschiedenen Anrufversuchen ausgeschaltet worden.

»Wieso haben Sie ihn angerufen, das hat ihn doch bestimmt gewarnt? Jetzt hat er sein Handy weggeworfen, und wir können es vergessen, ihn zu orten«, sagte Marta mit etwas zu wenig Respekt vor ihrem Vorgesetzten.

Dieser runzelte auch die Stirn, wies sie aber nicht zurecht. »Wir haben ihn selbstverständlich mit einer neutralen italienischen Nummer angerufen. Es hätte sein können, dass er antwortet, und wir hätten unter einem Vorwand seinen Aufenthalt erfahren können.«

Marta nickte. »Dieser Typ benimmt sich sehr verdächtig. Wir müssen ihn finden. Sein Auto ist wohl auch keine große Hilfe?«

»Silbergraue Toyota Yaris gibt's wie Sand am Meer. Es kann auch sein, dass er das Auto in Como hat stehen lassen und mit dem Zug über die Grenze ist. Wie auch immer, wir müssen uns etwas einfallen lassen.«

Das war genau, was Marta tat. Sie ließ sich etwas einfallen.

Eine halbe Stunde später war sie wieder beim Comandante. »Ex-Procuratore Bianchi hat mir erzählt, dass Ferrari sich freinehmen wollte, weil seine Schweizer Freundin einen Herzinfarkt erlitten habe. Wir müssen die Krankenhäuser befragen, ob in den letzten paar Tagen eine Frau, die der Beschreibung des Bademeisters entspricht, mit einem Herzinfarkt eingeliefert wurde.«

Auch die Commissaria musste sich etwas einfallen lassen.

Sie war zum Mittagessen nach Hause gefahren und hatte danach ihren Vater auf einem langen Spaziergang an der Maggia begleitet. Sie überquerten den Fluss auf der Fußgängerbrücke und stiegen vom Damm hinunter zur Hundefreilaufzone. Die Sommerhitze zwang sie zu gemäßigtem Tempo, während Froda munter hin und her trabte, schnüffelte und markierte. Auf dieser Strecke war der Hund früher jeden Abend mit seinem vormaligen Besitzer unterwegs gewesen. Bis dieser ermordet worden war, und Bruno Casanova ihn übernommen hatte.

Bei der Hitze waren nur wenige Leute unterwegs, und sie gingen eine Weile, beide in Gedanken versunken, wortlos nebeneinander her. Roberta überlegte sich, ob sie ihren Vater geradeheraus fragen sollte, ob er für den Diebstahl der Hundemäntelchen verantwortlich war, ließ es dann aber bleiben.

»Wie kommst du denn weiter bei diesem *Cold Case*?«, fragte er schließlich. »Ich habe mir nämlich gedacht, dass es doch keinen Sinn macht, wenn sie dich diesen Fall weiterverfolgen lassen. Eigentlich wäre es doch viel effektiver, wenn ein frisches Paar Augen mit einem neuen Ansatz ihn sich ansehen würde.«

»Ich weiß, aber der Comandante hat wohl gedacht, er will mir eine zweite Chance geben. Aber das ist jetzt nicht mehr das Problem. Ich weiß, wer es getan hat.«

Roberta erzählte ihrem Vater von der Maske und dass sie von Simone Falchettos Schuld überzeugt war.

»Nur weiß ich nicht, wie ich es ihr beweisen soll. Wir werden sie überwachen, aber ich glaube nicht, dass wir damit etwas bewirken. Nur wenn ich sie dazu bringen kann, einen Fehler zu machen. Das ist jedoch schwierig. Sie hat die besseren Karten. Sie kann einfach stillhalten und nichts machen, dann hat sie gewonnen.«

»Mhm«, brummte ihr Vater.

»Ich kann ihr das Leben schwer machen, sie unter Druck setzen. Aber ich fürchte, meine Möglichkeiten werden schnell erschöpft sein.«

»Sie hat einen Menschen erdrosselt, das bedeutet doch, dass sie sich nicht unter Kontrolle hat.«

»Ja, vielleicht. Aber du hast sie nicht erlebt. Sie ist völlig ungerührt. Sie hat den Mord nicht einmal abgestritten, so sicher ist sie sich, dass ich ihr nichts beweisen kann.«

»Jeder Mensch hat Schwächen. Du musst herausfinden, welche ihre sind.«

»Das weiß ich bereits. Sie hält sich für hochintelligent. Auf jeden Fall viel cleverer als die Polizei.«

»Siehst du! Ihre Achillesferse ist die Selbstüberschätzung. Da musst du sie packen.«

34

Die Enttäuschung wartete auf Marta schon am frühen Morgen des nächsten Tages. Keines der Krankenhäuser im Südtessin und in der grenznahen Lombardei hatte eine Patientin mit Herzinfarkt behandelt, auf die die Beschreibung von Ferraris Freundin zutraf. Und die Fahndung nach ihm selbst hatte keine Ergebnisse erzielt. Wahrscheinlich hatte er den Herzinfarkt seiner Freundin nur erfunden, um sich freinehmen zu können. Frustriert machte sich Marta auf zur Kaffeemaschine, wo sie auf die Commissaria stieß. Die beiden hatten sich nicht mehr gesprochen, seit Marta nach Treviso gefahren war.

»Wie weit seid ihr denn? Hast du in Treviso etwas herausgefunden?«, fragte die Commissaria vorsichtig, schließlich wusste sie nicht, ob und wie viel Marta ihr erzählen durfte.

»Ja. Wir fahnden nach einem ehemaligen Mitglied der *Roten Brigaden*, der lange Zeit im Knast war und Banfi die Schuld für seine Verurteilung gab. Ein Italiener mit einer Freundin in Chiasso. Wir vermuten, dass er zu ihr gefahren ist, aber bis jetzt gibt es noch keine Spur von ihm. Und von der Freundin kennen wir bis jetzt nur den Vornamen und eine vage Beschreibung.«

»Besser, du erzählst mir nichts weiter. Ich halte es kaum aus, nichts tun zu können. Aber hast du schon von Simone Falchetto gehört?«

»Nein? Was denn? Ich bin ja gerade erst zurückgekommen.«

Die Commissaria erzählte auch ihr von den DNA-Spuren auf der Maske. »Sie behauptet, sie habe die Maske am Abend vorher verloren, und ich weiß noch nicht, wie ich ihr das Gegenteil beweisen soll.«

»Aber das ist ja fantastisch! Ich fasse es nicht, endlich ein Resultat. Ich möchte jetzt gerne sagen, dass ich die ganze Zeit gewusst habe, dass sie es war. Aber das stimmt nicht. Wenn ich hätte wetten müssen, hätte ich wahrscheinlich mein Geld auf Evelyne Anderhub gesetzt.«

»Wenn ich ganz ehrlich bin, hätte ich mir sogar gewünscht, dass sie es ist. Sie war mir von den Dreien am unsympathischsten. Den Sportfanatiker Leonardo habe ich zuletzt eigentlich als Täter ausgeschieden. Er hätte nie die Geduld und Kaltblütigkeit aufgebracht, einen Mord zu begehen und sich dann jahrelang nicht zu verraten. Dafür war er viel zu unbeherrscht.«

»Dir wird schon einfallen, wie du Simone aus der Deckung scheuchen kannst.«

»Mal sehen. Du kennst sie ja. Sie ist eine unglaublich harte Nuss. Wenigstens hält sie mich auf Trab, und ich habe nicht so viel Zeit, über meinen Onkel nachzudenken.«

»Wie geht es denn deiner Mutter? Es muss doch extrem schwierig sein für sie.«

»Sie ist eigentlich total gelassen. Sie hat ja Valerio schon lange – wie soll ich sagen – verabschiedet? Das Einzige, was sie wirklich nervös macht, sind die Besuche ihrer Schwester Elisabetta. Und wahrscheinlich bin ich daran schuld. Ich kann diese homophobe Kuh nicht ausstehen.«

»Hoffentlich ist das alles bald vorbei.«

»Ja. Ich wünsche dir auf jeden Fall viel Glück bei der Fahndung nach diesem Rotbrigadisten.«

»Dir auch viel Glück – da fällt mir gerade etwas ein: Frag doch Simone mal, wie ihre Mutter gestorben ist.«

Wieder stand die Commissaria vor dem Hochhaus in der Via Balestra, konnte sich aber das Klingeln sparen, weil gerade jemand das Haus verließ.

Als sie im siebenten Stock aus dem Aufzug trat, war sie überrascht, eine andere Person vor der Tür von Simone Falchetto zu sehen. Valentina della Valle, eine Frau, die fast zehn Jahre vom Mörder ihrer Eltern gejagt worden war, einem Psychopathen, der letztes Jahr ihren Bruder umgebracht hatte. Die Commissaria hatte ihn aus dem Verkehr ziehen und vor Gericht bringen können. Während sie sich begrüßten, erinnerte sich die Commissaria daran, dass sie von irgendwoher gehört hatte, Valentina sei in dieses Hochhaus eingezogen und schreibe an ihren Memoiren.

Valentina hatte bereits geklingelt. Als Simone Falchetto öffnete und sie auch die Commissaria vor der Tür stehen sah, gelang es ihr für den Bruchteil einer Sekunde nicht zu verbergen, wie sehr deren Anwesenheit sie erschreckte. »Was wollen Sie schon wieder?«, fragte sie unwirsch, ohne Valentina zu beachten.

»Ich muss nur noch ein paar Fragen stellen, dann sind Sie mich für heute wieder los.«

Valentina stand eingeschüchtert zwischen den beiden Frauen.

»Bitte sehr, schießen Sie los«, sagte Simone zu der Commissaria.

Die Commissaria zögerte. Die Gegenwart von Valentina kam äußerst ungelegen. Diese merkte es und sagte: »Entschuldigen Sie, ich bin gleich wieder weg. Es ist nur so, dass ich super gute Neuigkeiten habe und diese unbedingt mit jemandem teilen muss. Simone, stell dir vor: Sie wollen eine *Netflix*-Serie aus meiner Geschichte machen. Ich habe gerade eben die Nachricht bekommen. Ist das nicht der reine Wahnsinn!«

Die Commissaria bekam ein leichtes Zucken in Simones Gesicht mit, bevor diese etwas überrascht und bemüht sagte, dass das wirklich großartig sei. »Fantastisch«, fügte sie hinzu.

»Dann bin ich also wieder weg«, sagte Valentina übermütig vor Glück und öffnete die Tür nebenan.

Sie wohnt im gleichen Stock, Tür an Tür, dachte die Commissaria, bevor sie sich wieder Simone Falchetto zuwandte. »Wollen Sie mich nicht hereinbitten?«

M

Ich muss mich jetzt erst mal sammeln.

Sie hat mich doch tatsächlich nach dem Tod meiner Mutter gefragt. Was für eine Todesursache festgestellt worden sei und von wem. Ob eine Autopsie vorgenommen wurde, ob sie kremiert worden sei.

Das kam jetzt ein wenig unerwartet.

Verdammt!

Ich fürchte, ich habe keinen optimalen Eindruck gemacht. Zu meiner Rechtfertigung muss ich sagen, dass das Kummerhäufchen Valentina mich mit ihrer Erfolgsmeldung etwas aus dem Gleichgewicht gebracht hat.

Eine *Netflix*-Serie! Ich habe *Netflix* abonniert, wegen der *True Crime*-Serien. Eine *Netflix*-Verfilmung ist wohl im Moment der Goldstandard des literarischen Erfolgs.

Als Valentina hier eingezogen ist, hat sie sich bei mir vorgestellt und so erfahren, dass ich Schriftstellerin bin. Es hat auch nicht lange gedauert, bis sie mit ihrem Buchprojekt zu mir gekommen ist. Memoiren, Autofiktion, das machen ja im Moment alle. Mit meiner langjährigen Erfahrung im Buchgewerbe habe ich Valentina gewarnt. Die Wahrscheinlichkeit, einen Verlag zu finden, sei gleich null. Ich spreche wirklich aus bitterer Erfahrung. Ich habe ihr auch angeboten, meine Beziehungen spielen zu lassen, was sie sehr gerne in Anspruch genommen hat. Es ist mir gelungen, sie davon zu überzeugen, dass sie es eher mal in einem Kleinverlag mit Kurzgeschichten oder Lyrik versuchen solle. Wie ich vorausgesagt habe, kamen dann die Absagen im Tagestakt.

Ich habe sie jedoch ermuntert weiterzuschreiben, es weiter zu versuchen, wie man das halt so macht. Es braucht ein dickes Fell und die Geduld einer Trichterspinne, um im Literaturbetrieb zu reüssieren.

Außerdem habe ich sie getröstet und immer wieder aufgerichtet, was mir viel abverlangt hat, ich brauche meine Ruhe, um zu arbeiten.

Vor ein paar Wochen ist sie plötzlich vor der Tür gestanden, ich habe mich auf weiteres selbstmitleidiges Gejammer eingestellt, stattdessen rief sie mir triumphierend zu, sie habe einen Verlag gefunden. Ich konnte es nicht glauben. Und schnell stellte sich heraus, dass sie entgegen meinem Rat heimlich ihre Lebensgeschichte an einen großen deutschen Verlag geschickt und nicht nur genommen wurde, sondern auch einen sechsstelligen Vorschuss bekommen hatte.

Was soll ich sagen? Sie wird schon sehen, was sie davon hat.

Eine *Netflix*-Verfilmung.

Ich glaube nicht, dass sie psychisch stabil genug ist, um mit diesem Erfolg umgehen zu können.

Aber zurück zur Commissaria.

Ich durchschaue natürlich ihre Einschüchterungsversuche. Auch wenn ich vielleicht nicht ganz auf der Höhe war mit meiner Reaktion, gibt es keinen Grund, beunruhigt zu sein. Meine Mutter ist nach einem langen Herzleiden gestorben, der Hausarzt hat den Totenschein ausgestellt, eine Obduktion war nicht notwendig, sie wurde kremiert.

Basta.

35

Marta machte sich bereit, dem Comandante zu berichten. Viel gab es allerdings nicht vorzubereiten, da bis jetzt weder von Ferrari noch von seiner Freundin eine Spur auszumachen war.

Sie hatte gerade das Büro vom Chef betreten, als ihr Telefon anfing zu klingeln: »Ex-Procuratore Bianchi« stand auf dem Display. Marta hob entschuldigend die Hand in Richtung des Comandante und nahm den Anruf an. »Kann ich Sie auf Lautsprecher stellen, Procuratore? Ich bin nämlich gerade im Büro von Comandante Soldini.«

Bianchi bejahte, und Marta legte ihr Handy auf den Schreibtisch vor den Comandante.

»*Buongiorno*, Comandante! Ich war heute früh am Strand von Jesolo, um mich noch einmal mit Ferraris Chef zu unterhalten. Ich fragte ihn, ob er sich nicht doch noch an etwas erinnere, das helfen könnte, die Freundin von Ferrari zu finden. Ich habe ihn dann ein bisschen grübeln lassen, habe für Olga ein paar Stöckchen geworfen, und dann hatte er tatsächlich einen Heureka-Moment. Ihm ist eingefallen, dass sie gesagt hatte, sie arbeite als Verkäuferin in einem großen Einkaufscenter. Das ist vielleicht noch nicht so besonders hilfreich. Der zweite Hinweis ist möglicherweise vielversprechender. Nach Feierabend betätige sie sich als Seherin. Das heißt, sie berate Menschen, die Probleme hätten oder wissen wollten, wie ihre Zukunft aussehe und so weiter. Da er sich nicht für solchen Quatsch interessiere, habe er es gleich wieder vergessen. Es sei daher nicht das Erste gewesen, das ihm in den Sinn gekommen sei im Zusammenhang mit dieser Sara. Ich weiß nicht, ob das weiterhilft, aber man kann ja nie wissen.«

»Vielen Dank, Procuratore. Jede Information kann uns im Moment weiterhelfen«, sagte Marta.

»Gern geschehen. In meinem Alter ist es schön zu wissen, dass man noch zu etwas gut ist. *Arrivederci*, Comandante, ciao, Marta, Grüße an den Kollegen.«

»Was meinte er mit Kollegen?«, fragte Comandante Soldini.

»Keine Ahnung«, sagte Marta. Er musste ja nicht wissen, dass der Staatsanwalt Davì für einen Polizisten gehalten hatte.

»Immerhin, ein bisschen mehr wissen wir jetzt. Sie ist Verkäuferin in einem Einkaufscenter. Wir sollten mit *Foxtown* anfangen.«

Marta hatte ebenfalls als Erstes an *Foxtown* gedacht. Ein riesiges Outlet-Center in Mendrisio, ein paar Autominuten von Chiasso entfernt. Ein beliebtes Ziel für Touristen, aber auch Einheimische kauften dort gerne Markenkleidung zum Schnäppchenpreis. Marta selbst hatte sich vor Kurzem neue Joggingschuhe im *Foxtown* gekauft.

»Am besten fahre ich gleich nach Mendrisio und höre mich dort um. Sie bezeichnet sich als Seherin, das könnte sich herumgesprochen haben«, schlug Marta dem Comandante vor.

Kurze Zeit später saß Marta im Auto und raste nach Süden. Der Comandante hatte zwar skeptisch reagiert, aber gemeint, ein Versuch könne wohl nicht schaden. Das Shoppingcenter würde in zwei Stunden schließen, sie schaffte die Fahrt in einer Stunde, weil sie die Geschwindigkeitsbegrenzungen großzügig auslegte.

Nachdem sie den unübersichtlichen Gebäudekomplex betreten hatte, ging sie von Laden zu Laden und bemerkte, dass es große Unterschiede bezüglich der Beliebtheit gab. Während sich in einigen Geschäften die Kunden drängten und an der Kasse Schlange standen, herrschte in anderen gähnende Leere, und das Verkaufspersonal stand sich die Beine in den Bauch.

Marta hatte sich während der Autofahrt einen, wie sie fand, raffinierten Vorwand ausgedacht, warum sie diese Sara unbedingt sprechen müsse. Sie wählte einen der Läden aus, dessen Angebot aus exzentrisch geformten Vasen in knalligen Farben, Karaffen aus Kristallglas und eleganten und teuren Weingläsern offenbar nicht viele Kunden anzog. Als sie ihn betrat, wehrte sie den Ansturm der beiden Verkäuferinnen ab, indem sie sagte, dass sie sich umsehen wolle, drehte eine Runde und fragte dann, ob sie mit Sara sprechen könne.

»Hier gibt's keine Sara«, lautete die Antwort wie erwartet.

»Aber sie hat mir doch gesagt, sie arbeite hier«, sagte Marta, die die beiden bereits auf ihrem Rundgang unauffällig gemustert hatte. In ihren cremefarbenen Seidenblusen, die in schwarzen Bleistiftröcken steckten, waren sie elegant wie die Weingläser, die sie verkauften.

Marta bemühte sich enttäuscht, fast schon gestresst zu wirken. Sie erntete Schulterzucken, aber nicht direkte Ablehnung. Das ließ hoffen.

»Sie hat mir gesagt, ich kann sie hier vor Ladenschluss treffen, sie würde mir dann sagen, ob sie in der Stimmung für eine Sitzung sei.«

Die beiden schauten sich zweifelnd an, während Marta hoffte, dass ihre Neugier stärker als ihre Trägheit war.

»Was denn für eine Sitzung?«, sagte die eine, »für *Botox* bist du wirklich noch zu jung.«

»Nein, doch kein *Botox*!«, rief Marta mit echter Überraschung aus, fühlte aber, dass sie das Interesse der zwei Frauen geweckt hatte. »Ich weiß nicht, ich möchte lieber nicht darüber sprechen, es ist privat.«

»Geht es um Drogen?« Sie tauschten einen wissend missbilligenden Blick.

»Nein! Nein, auf keinen Fall.« Marta machte eine Kunstpause und seufzte. »Es ist wirklich eine sehr persönliche Sache.« Marta vergewisserte sich, dass die beiden begriffen, dass es um ein ernstes Thema ging. *Scusa, Mamma,* dachte sie und machte mit der rechten Hand hinter ihrem Rücken die nach unten gerichtete *mano cornuta* zur Abwehr von Unheil. »Meine Mutter leidet an einer unheilbaren degenerativen Krankheit und wird bald sterben. Die Krankheit ist vererbbar, ich habe eine 50-prozentige Chance ebenfalls zu erkranken. Ich kann mich testen lassen, aber mir fehlt der Mut. Ich weiß nicht, was besser ist, und kann mich weder dafür noch dagegen entscheiden. Meine Freundin hat gesagt, ich solle zu Sara gehen. Sie soll so eine Art Medium sein und in die Zukunft sehen können. Vielleicht kann sie mir helfen, mich zu entscheiden.«

Jetzt tauschten sie mitfühlende, bestürzte Blicke, schürzten dann die Lippen und dachten nach.

»Rosa hat doch neulich etwas von einer Seherin erzählt.«

»Ja, stimmt.«

»Vielleicht kann sie dir weiterhelfen?«

»Warte einen Moment, wir rufen sie an.«

Nach dem Telefongespräch wurde Marta in einen Laden einen Stock höher zu Rosa geschickt, die tatsächlich gehört hatte, dass eine der Verkäuferinnen ein Medium sei. Von Rosa ging es noch über einen anderen Laden weiter, bis sie in einem Herrenbekleidungsgeschäft landete, wo sie bereits erwartet und von einem Verkäufer überschwänglich begrüßt wurde. »Sara hat heute frei, sie hat Herzprobleme, hoffen wir, dass es nichts Schlimmes ist. Aber hier ist ihre Karte, am besten rufst du sie an. Sie ist großartig und hat mir schon oft geholfen.«

»Ich bin überzeugt, dass sie auch mir helfen wird«, sagte Marta und nahm die Karte.

Der sechsstöckige Wohnblock in der Via Antonio Chiesa in Chiasso war ein Plattenbau, der Trostlosigkeit in die Welt hinausschrie. Die mit Waschbeton verkleideten Balkone schmückten keine Pflanzen, nur hie und da war eine Satellitenschüssel an das Geländer geklammert.

Marta ging zum Eingang und suchte den Namen von Sara der Seherin auf dem Klingelbrett. Eigentlich hätte sie dem Comandante berichten sollen, nachdem sie das Einkaufszentrum verlassen hatte. Stattdessen hatte sie die Nummer auf der Karte, die ihr der Kollege von Sara gegeben hatte, angerufen. Marta holte tief Luft und drückte auf die Klingel. Gleich darauf schnarrte ein Geräusch aus der Gegensprechanlage, das Marta als *»chi è?«* interpretierte. Sie sagte ihren Namen, und die Eingangstür wurde entsperrt.

Sara erwartete sie auf dem Treppenabsatz vor ihrer Wohnungstür. Sie entsprach im Großen und Ganzen den Schilderungen des Bademeisters: dunkle Kurzhaarfrisur, klein und schlank, um die 50. Sie trug ein kurzes T-Shirt-

Kleid mit dem Schriftzug »Streetfighter«, was Marta als seltsame Botschaft erschien, bis ihr einfiel, dass es sich nur um einen Markennamen handelte. Offensichtlich hatte sich Sara auf einen gemütlichen Abend zu Hause eingestellt. Wobei Marta sich nicht helfen konnte, sie war ein bisschen enttäuscht. Eine Seherin hatte sie sich anders vorgestellt, nicht so profan. Sie wurde ihrerseits von Sara gemustert und fühlte sich augenblicklich unbehaglich. Die Geschichte, die sie im Einkaufszentrum erzählt hatte, von wegen Erbkrankheit und dass sie sich nicht entscheiden könne, ob sie einen Test machen solle oder nicht, hatte das Interesse und Mitleid der Verkäuferinnen geweckt. Aber jetzt zweifelte sie daran, unter dem kritischen Blick der Seherin diesen Schwindel aufrecht erhalten zu können. Während sie hinter Sara die winzige Einzimmerwohnung betrat, überlegte sie panisch, ob sie nicht auf ein einfacheres Problem zurückgreifen sollte, unerfüllte Liebe oder einen möglichen Berufswechsel. Aber dann fiel ihr ein, dass auf der Polizeischule ein Ausbilder gesagt hatte, dass man niemals in letzter Minute den Plan ändern solle. Wenn man sich einmal zu etwas entschieden habe, müsse man konsequent dabeibleiben. Alles andere führe zur Katastrophe.

Saras äußere Erscheinung hatte Marta zwar enttäuscht, dafür erfüllte das Innere der Wohnung alle klischeehaften Erwartungen. Kerzen brannten, Tarotkarten lagen auf einem Tischchen bereit, und auf dem Bett in der Ecke schlief eine schwarze Katze.

Sara rückte für Marta den Stuhl gegenüber den Tarotkarten zurecht, bevor sie sich setzte. Wieder musterte sie Marta und sagte dann: »Ich fühle etwas Außergewöhnliches. Du kommst nicht wegen Liebeskummer zu mir, ist das richtig?«

»Ja«, sagte Marta überrascht.

Sara lächelte wissend. »Also, schieß mal los.«

Marta erzählte die Geschichte von der Erbkrankheit und versuchte, so glaubwürdig wie möglich zu wirken.

»Das ist wirklich ein ungewöhnliches und schwieriges Problem. Ich weiß nicht, ob ich dir helfen kann. So etwas hatte ich noch nie. Ich glaube, ich brauche noch etwas Zeit, ich muss deine Energie besser fühlen, du wirkst ein bisschen schwammig auf mich und gleichzeitig sehr angespannt.«

Schwammig?, dachte Marta und war noch angespannter.

»Erzähl mir von einem anderen Problem, etwas Alltäglichem. Hast du vielleicht Beziehungsstress?

Marta überlegte, wollte schon den Kopf schütteln, sagte aber dann, dass sie seit fast drei Jahren mit einem Italiener zusammen sei, er arbeite in der Schweiz, sei in Treviso aufgewachsen.

Sara merkte bei der Erwähnung der norditalienischen Stadt sichtlich auf. Sie musterte Marta prüfend, bevor sie sich ihren Karten zuwandte. Sie mischte sie, ließ Marta abheben, nahm eine Karte vom Stapel und drehte sie um. »Der Teufel«, sagte Sara mit einer gewissen Genugtuung. Dann legte sie eine zweite und eine dritte Karte. »Das ist ziemlich eindeutig. Du steckst in Schwierigkeiten, vielleicht weißt du es noch nicht, aber deine Beziehung wird eine Prüfung erfahren. Ich muss dir dringend raten, aufrichtig zu sein. Die zweite Karte, die für deinen Freund steht, ist die Gerechtigkeit. Das bedeutet, dein Freund wird auf der Wahrheit bestehen. Er stellt Ehrlichkeit über alles. Aber die gute Nachricht liegt bei der Karte hier in der Mitte: Die Liebenden. Ein ganz starkes Signal, das mir sagt, dass alles gut gehen wird mit eurer Beziehung. Es ist selten, dass das so klar herauskommt. Ich spüre jetzt dein Energie ein bisschen stärker, vielleicht könntest du mir noch ein Frage stellen, über etwas, das dich noch mehr beschäftigt, vielleicht die Arbeit?«

Arbeit? Marta, die sich fest darauf konzentriert hatte, sich nicht von Saras Ausführungen beeinflussen zu lassen, schreckte auf. War es möglich, dass diese sogenannte Seherin tatsächlich fühlte, dass sie beruflich hier war? Konnte sie doch irgendwie Gedanken lesen? Hätte sie Treviso nicht erwähnen sollen?

Dann plumpste aus dem Nirgendwo ein schwarzer Klumpen auf das Tischchen zwischen ihnen, und Marta schrie auf.

»Das ist Artù, er spürt deine Energie, sie ist noch stärker geworden.«

Artù rieb seinen Kopf an Martas Arm und stupste sie an, als sie nicht gleich reagierte. Marta streichelte die Katze und kaufte sich so ein wenig Zeit, um sich ein Arbeitsproblem auszudenken, das Sara überzeugen würde.

»Also mein größtes Problem bei der Arbeit ist im Moment, dass man mir eine große Aufgabe übertragen hat, und ich nicht sicher bin, ob ich sie erfüllen kann.«

»Gut«, sagte Sara und klang zufrieden. »Dann schauen wir mal.« Sie mischte die Tarotkarten, ließ Marta wieder abheben, aber bevor sie die Karten legen konnte, ertönte ein Rattern auf dem Couchtisch aus Messing. Ein vibrierendes Handy bewegte sich auf den Tischrand zu und drohte abzustürzen. Sara entschuldigte sich und stand auf, um einen Blick darauf zu werfen. »Oh, tut mir leid. Auf diesen Anruf habe ich schon ewig gewartet, da muss ich schnell rangehen.« Sie drehte Marta den Rücken zu und sagte *»ciao, amore«* ins Telefon, dann hörte sie eine Weile zu. Die Katze verlor das Interesse an Marta, sprang vom Tisch und strich Sara um die Beine. »Hör mal, Salvi, ich habe eine Kundin hier. Kann ich dich nachher anrufen?«

Als Marta diesen Namen hörte, wäre sie am liebsten sofort aufgesprungen und rausgeeilt. Der genannte Salvi musste der gesuchte Salvatore Ferrari sein, die Bestätigung, dass sie auf der richtigen Spur war. Es fiel ihr unglaublich schwer, sich zu gedulden und ihre Rolle weiterzuspielen, da sie vor Tatendrang fast platzte.

Sara beendete das Gespräch und wandte sich wieder Marta zu. »Tut mir wirklich leid. Fahren wir fort.« Sie mischte die Karten noch einmal, Marta hob wieder ab, Sara nahm die oberste Karte und drehte sie um. Es war wieder der Teufel, was sie total zu verunsichern schien. Sie stutzte, musterte Marta, hielt sich beide Hände an die Schläfe. »Das ist heftig. Zweimal die gleiche Karte. Zweimal der Teufel. Ich glaube – ich muss – ich muss jetzt aufhören. Deine Energie ist mir jetzt viel zu stark.«

Ein paar Minuten später stand Marta wieder vor dem trostlosen Wohnblock und telefonierte nun ihrerseits.

36

Am nächsten Morgen trafen sich die Commissaria und Marta zufällig vor dem Aufzug. Auf der kurzen Fahrt in den vierten Stock erzählte Marta von ihrem Besuch bei der Seherin, die nun überwacht wurde, und dass sie kurz davor waren, den Tatverdächtigen zu schnappen. Danach verschwand sie in ihrem Büro und bekam daher die Aufregung nicht mit, die ein weiterer weißer Umschlag, wie man ihn in jedem Supermarkt kaufen konnte, adressiert an die Commissaria, auf dem Polizeiposten verursachte. Der Brief hatte unfrankiert im Briefkasten gelegen, weshalb sofort jemand damit beauftragt wurde, die Aufnahmen der Überwachungskameras zu prüfen, um festzustellen, wer ihn eingeworfen hatte.

Ruggero zog diesmal Schutzkleidung an, bevor er ihn öffnete, was sich allerdings als unnötig herausstellte. Kein weißes oder wie auch immer gefärbtes Pulver, nur ein schlichtes Blatt mit einer Botschaft aus dem Laserdrucker kam zum Vorschein. Bevor er dieses einer genaueren Untersuchung unterzog, fotografierte er es und schickte das Bild der Commissaria.

Als Roberta Casanova den Anhang von Ruggeros E-Mail öffnete, warf sie nur einen Blick auf das Foto, sprang auf, ohne zu lesen, was da stand, und ging ins Sekretariat, um sich zu erkundigen, wer gerade Simone Falchetto überwachte. Sie erfuhr, dass Simone das Haus nicht verlassen hatte, und somit auch keinen Brief hatte einwerfen können.

Als sie etwas enttäuscht und ratlos wieder an ihrem Schreibtisch saß, kam ihr die Idee, dass Simone auch jemanden beauftragt haben könnte, diesen Brief zu verfassen und einzuwerfen. So etwas war ihr ohne Weiteres zuzutrauen. Nun, die Auswertung der Überwachungskamera würde vielleicht neue Erkenntnisse bringen. Es galt, sich in Geduld zu üben und abzuwarten.

Jetzt erst machte sich die Commissaria daran, den Brief zu lesen.

> EIN BISSCHEN WEISSES PULVER UND IHR ZIEHT DEN SCHWANZ EIN. PARDON, DU MAGST JA KEINE SCHWÄNZE.
> ABER ES IST VERNÜNFTIG VON EUCH, DASS IHR MEINE FINGERZEIGE ERNST NEHMT, ES WAREN WARNUNGEN! ICH BIN EIN SEHR KONSEQUENTER MENSCH, SCHON IMMER GEWESEN. WENN ICH ETWAS SAGE, DANN MEINE ICH ES AUCH SO. UND ICH BIN IM RECHT.

Was sollte das bedeuten?

37

Marta brauchte nicht lange auf die erlösende Nachricht zu warten: Salvatore Ferrari war noch in der Nacht in der Wohnung von Sara in Chiasso festgenommen worden.

Marta machte sich am Morgen sofort auf den Weg nach Süden.

Als sie auf dem Polizeiposten ankam, wurde sie vom zuständigen Polizisten vorgewarnt. Ferrari habe sehr aufbrausend auf die Verhaftung reagiert. Er schreie herum, sei völlig außer sich.

Als Marta dann das Verhörzimmer betrat, wo die Einvernahme schon begonnen hatte, flippte er völlig aus. Er schien sie sofort wiederzuerkennen und beschimpfte sie mit allen Bezeichnungen – und das sind viele – die die italienische Sprache für die Verunglimpfung von Frauen bereitstellt.

Als Marta Anstalten machte, ihrerseits Fragen zu stellen, erinnerte Ferraris Anwalt ihn sofort daran, dass er nicht verpflichtet sei, sich zu äußern.

Marta versuchte es dennoch.

»Ich bin Ispettrice Ravelli von der Kriminalpolizei Locarno«, sagte sie, Ferraris Beschimpfungen ignorierend. »Wie man Sie bestimmt schon informiert hat, stehen Sie im Verdacht, den Schweizer Staatsbürger Valerio Banfi getötet zu haben. Ich möchte gerne von Ihnen wissen, wann Sie Valerio Banfi das letzte Mal gesehen haben.«

»Banfi? – Darum geht es hier?« Zu Martas Überraschung wirkte Ferrari selbst so überrascht, dass er die Weisung seines Anwalts, nichts zu sagen, vergaß. Sie schaute fragend zum Kollegen aus Chiasso, der die Schultern zuckte. »Wir haben noch keinen Namen genannt.«

»Banfi ist ein ehemaliger Rotbrigadist«, fuhr Marta fort, »er ist in Frankreich untergetaucht und hat dort unter falschem Namen gelebt. Er wurde in seinem Wohnmobil auf einem Stellplatz in Locarno tot aufgefunden. Die Autopsie hat ergeben, dass er um den 16. Juli herum getötet wurde. Unseren Ermittlungen zufolge haben Sie sich in dieser Zeit in der Schweiz aufgehalten.«

»Sie sollten nicht antworten«, sagte der Anwalt, kam aber nicht gegen Ferraris Empörung an. »Rotbrigadist?«, er spuckte das Wort mit blankem Hass aus. »Diese Schweine haben mein Leben ruiniert. Wenn Banfi ermordet wurde, wird es bestimmt seine Gründe haben. Aber damit habe ich nichts zu tun. Ich habe meine Vergangenheit hinter mir gelassen und lebe als ehrlicher Bürger.«

Der Anwalt ermahnte Ferrari noch einmal zu schweigen.

Marta bezweifelte zwar Ferraris Beteuerung, ein ehrlicher Bürger zu sein, aber es passte einfach nicht. Dieser Choleriker hätte Banfi vielleicht zu Tode geprügelt, wenn er ihm begegnet wäre, aber eine minuziös geplante Vergiftung, die einiges an Überlegung und Vorbereitung verlangte?

»Kennen Sie sich mit Giftpilzen aus?«, fragte ihn Marta mehr der Vollständigkeit halber, als eine wirkliche Erkenntnis erwartend.

»Giftpilze? Wieso das denn? Was stellen Sie für komische Fragen?«

»Ganz einfach, ich möchte wissen, ob Sie sich mit Giftpilzen auskennen.«

Wieder versuchte der Anwalt, Ferrari zu Zurückhaltung zu mahnen, dieser ließ sich jedoch nicht abhalten.

»Giftpilze? Keine Ahnung. Wie heißt der rote mit den weißen Tupfen? Der soll giftig sein. Aber mehr weiß ich nicht. Was soll das hier eigentlich?« Er klang auf einmal mehr empört als panisch.

Auch der Anwalt wollte wissen, was die Giftpilze für eine Rolle spielten. Marta erklärte, dass der Tote mit Knollenblätterpilzen vergiftet worden sei und dass Ferrari vorerst in Haft bleiben würde. Sie bat den Kollegen, die Einvernahme abzuschließen.

Plötzlich erschien es ihr dringend, Sara die Seherin zu befragen.

Auf Martas Erscheinen im Vernehmungsraum reagierte Sara genauso emotional wie ihr Partner, nur dass sie nicht rumschrie, sondern erst zusammenzuckte und dann wütend zischte: »Zweimal der Teufel, die Karten lügen nie.« Dabei griff sie nach dem Anhänger ihrer Kette, als ob sie sich dessen Schutzes vergewissern wollte.

»Sie sind hier als Auskunftsperson, das hat man Ihnen bestimmt schon erklärt«, sagte Marta.

»Aha, wir sind jetzt per Sie, ich verstehe.«

Marta ignorierte diese Bemerkung. »Wie lange kennen Sie Salvatore Ferrari schon?«

»Muss ich antworten?«, fragte Sara schnippisch.

»Wenn Sie Ihrem Partner helfen wollen, seine Unschuld zu beweisen, sollten Sie dies tun. Es ist doch richtig, dass er am Wochenende vom 15. und 16. Juli mit Ihnen zusammen war?«

Sie überlegte. »Das stimmt. Nachdem er die Bademeister-Stelle angetreten hat, war er Mitte Juli das erste Mal wieder in Chiasso.«

»Waren Sie die ganze Zeit zusammen?«

»Ja, klar. Wir hatten uns ja lange nicht gesehen.«

»Wir werden das überprüfen müssen. Kennen Sie sich mit Pilzen aus?«

»Was? Wieso denn? Natürlich kenne ich mich mit Pilzen aus. Pilze sind magisch, und das gilt nicht nur für die *Magic Mushrooms*. Außerdem kann ich meine seherischen Fähigkeiten unglaublich verstärken mit einer kleinen Dosis Zauberpilz.«

»Aber Pilze sind gefährlich. Man muss sich sehr gut auskennen. Haben Sie keine Angst davor, sich zu vergiften?«

»Wie oft soll ich noch sagen, dass ich mich auskenne. Was soll das überhaupt? Warum reden wir über Pilze? Ich will nach Hause. Und was ist mit Salvi? Können wir endlich gehen?«

»Salvatore Ferrari wird in Haft genommen. Sie können gehen. Wir werden Ihre Angaben jedoch überprüfen. Und wenn Sie uns nicht die Wahrheit gesagt haben, wird das Konsequenzen haben.«

Sara stand auf, ging ein paar Schritte Richtung Ausgang, drehte sich um und starrte Marta so intensiv an, dass sich deren Finger unter dem Tisch unwillkürlich zur *mano cornuta* gegen den bösen Blick formten.

38

Die Auswertung der Überwachungskamera hatte ergeben, dass der Brief morgens um 5 Uhr von einer kleinen Person in Jeans, hellen Sneakers und einem Hoodie, dessen Kapuze Kopf und Gesicht verbarg, eingeworfen worden war.

Die Commissaria sah augenblicklich ihre Vermutung, dass Simone jemanden angeheuert hatte, bestätigt. Aber, verdammt noch mal, wie sollte sie es ihr beweisen?

Kurz entschlossen verließ sie ihr Büro, bestieg den Bus Richtung Ascona und stieg bei der Station Fiume Maggia wieder aus. Mit schnellen Schritten lief sie die Rampe zum Maggia-Ufer hinunter und machte sich auf dem sandigen Boden, umgeben von Hunden und ihren Besitzern, auf den Weg flussaufwärts.

Sie musste nachdenken.

Sie ging bis kurz vor die Mündung der Melezza in die Maggia, wo der Uferweg endete und kehrte um.

Es war bald Mittag, ihr Magen knurrte, was sie auf die Idee brachte, auf dem Rückweg bei ihrer Mutter vorbeizuschauen. Sie hatte bestimmt etwas Feines gekocht. Julia war mit Laura bei ihren Eltern zu Besuch, und ihr eigener Kühlschrank müsste erst gefüllt werden.

Ihre Schritte beschleunigten sich, und eine halbe Stunde später öffnete sie die Wohnungstür ihrer Eltern und rief: »Mamma?«

»Roberta, komm rein, wir haben Besuch!«, antwortete es aus der Küche.

Zu Robertas Schrecken saß schon wieder ihre Tante Elisabetta am Küchentisch und lächelte noch säuerlicher als beim letzten Mal.

Roberta wollte gleich wieder kehrtmachen, aber die Mutter warf ihr einen Hilfe suchenden Blick zu, den sie nicht ignorieren konnte.

»Komm, setz dich doch zu uns«, sagte Elisabetta.

»Ich habe leider überhaupt gar keine Zeit, ich wollte nur schnell *Ciao* sagen«, log Roberta.

»Elena und ich hatten ein sehr interessantes Gespräch«, sagte Elisabetta, und das Gesicht ihrer Mutter nahm einen derart gequälten Ausdruck an, dass sich Roberta unwillkürlich setzte.

»Du weißt, dass ich deinen Lebenswandel als gläubige Christin nicht gutheißen kann. Aber Jesus hat gesagt: ›Wenn ihr den Menschen ihre Verfehlungen vergebt, so wird euch euer himmlischer Vater auch vergeben.‹ Du lebst in großer Sünde, aber ich denke, die Zeit wird kommen, und du wirst alles einsehen und Buße tun.«

Roberta sah augenblicklich rot, schnappte nach Luft, dann sah sie, dass ihre Mutter die Schultern zuckte.

Die Alte war offensichtlich verrückt.

Mit Verrückten ließ sich nicht streiten. Dieser Gedanke verhalf Roberta zu der Größe, alles, was sie ihr gerne an den Kopf geworfen hätte, runterzuschlucken und einfach »Danke« zu sagen. Sogleich fühlte sie sich, als ob sie einen Fuß in die Parallelwelt ihrer Tante gesetzt hätte. Wie zur Bestätigung warf Elisabetta ihrer Schwester einen triumphierenden Blick zu.

»Du bist auf dem richtigen Weg, das fühle ich. Auch wenn deine Mutter anderer Meinung ist.« Sie stand auf. »Ich muss jetzt noch ein Haus weiter. Roberta, ich würde mich freuen, wenn du mich in Giornico besuchen würdest.«

Ja, dachte Roberta, am Sankt-Nimmerleins-Tag, und ließ die Abschiedsküsse ihrer Tante widerwillig über sich ergehen.

Kaum war sie verschwunden, sagte ihre Mutter: »Sie ist einfach plötzlich hier aufgetaucht. Ich hoffe, das wird nicht zur Gewohnheit. Ich muss zugeben, am Anfang habe ich gehofft, dass Valerios Tod uns wieder zusammenbringt. Aber jetzt wird es mir schon wieder zu viel. Wenn ich es recht bedenke, könnte ich sie auch einfach rausschmeißen. Zumindest wenn die Beerdigung vorbei ist. Diese Frau hat sie nicht alle. Als ob wir Geschwister etwas dafür könnten, dass sie so frustriert ist vom Leben.«

»Wieso denn frustriert? Soweit ich weiß, hatte sie doch einen gut bezahlten Job und dieses Häuschen in Giornico.«

»Na ja«, sagte die Mutter und schaute bedeutungsvoll. »Sie hat nie geheiratet.«

Roberta brauchte einen Moment. »Du willst sagen, sie ist lesbisch?«, rief sie schließlich.

»Habe ich immer vermutet. Natürlich war es damals nicht leicht, dazu zu stehen. Und unsere Eltern hätten sie buchstäblich zum Teufel gejagt. Aber sie hätte mit einer Frau zusammenleben können. Das haben viele gemacht, und meistens hat es niemanden gekümmert. Zwei ledige Frauen, die keinen Mann abgekriegt haben, tun sich zusammen, daran war nichts Besonderes.«

»Ach, die Arme«, sagte Roberta.

»Mein Mitleid hält sich in Grenzen. Dafür habe ich zu viel von ihrem Frust und ihrer Bigotterie zu spüren bekommen.«

39

In Chiasso wurde nun intensiv ermittelt. Ferraris ursprüngliches Handy war weg, er behauptete, es verloren zu haben. Das, welches die Polizei bei ihm sichergestellt hatte, war ein neu erworbenes Prepaid, auf dem sich nur ein paar Anrufe zwischen ihm und seiner Freundin fanden. Aber sie hatten Saras Handy, das ausgewertet werden musste. Die Italiener würden sich um Ferraris Wohnung in Treviso kümmern. Alles würde seinen geordneten Lauf nehmen, und am Ende würde Ferrari des Mordes verurteilt werden.

Auf der Rückfahrt von Chiasso nach Locarno hatte Marta allen Grund, optimistisch zu sein. Ferrari war zwar nicht der Typ für einen Giftmord, seine Freundin jedoch, diese Bilderbuchhexe, kannte sich mit Pilzen aus. Sara musste der Kopf hinter diesem Plan sein. Den beiden war als mörderischem Duo die Tat durchaus zuzutrauen.

Marta fragte sich, warum sie dennoch kleine Zweifel plagten. Nichts Benennbares, kleine Nadelstiche.

Dann fiel es ihr ein. Das Motiv. Es war einfach zu schwach. Warum sollte ein jahrzehntealter Groll plötzlich wieder aufgeflammt sein? Und eine Geschichte, die verdaut und vergessen sein könnte, plötzlich wieder Mordlust auslösen?

Zurück im Büro machte sich Marta daran, noch einmal zu überprüfen, ob es nicht doch einen Hinweis auf ein Zusammentreffen von Banfi und Ferrari geben könnte.

Der Ermordete hatte zwar ein Handy bei sich gehabt, es aber nur zum Navigieren benutzt. Er war von Nizza über Ventimiglia am Mittelmeer entlanggefahren, um dann auf die E25 nach Norden abzubiegen, links an Alessandria vorbei zum Lago Maggiore, dessen rechtem Ufer er gefolgt war über Verbania, Cannobio, die Schweizer Grenze, an Brissago und Ascona vorbei direkt auf den Stellplatz in Locarno. Wenn er über Chiasso gefahren wäre, hätte die Möglichkeit bestanden, dass er sich mit Ferrari getroffen hatte. Aber er war nie im Sottoceneri gewesen, dem südlichen Teil des Tessins, wo sich die Grenzstadt Chiasso befand. Stattdessen war er im Locarnese herumgefahren, hatte Abstecher ins Verzasca- und ins Maggiatal gemacht. Am Sonntag, an dem er mutmaßlich die Giftmahlzeit eingenommen hatte, fuhr er frühmorgens zu einem Waldrand an einem Berghang über Intragna. Hatten sie dort vielleicht ein konspiratives Treffen abgehalten?

Nach einigem Nachdenken beschloss Marta, sich dort umzusehen.

Nachdem Roberta ihr Elternhaus verlassen hatte, kaufte sie sich einen Kebab und setzte sich auf eine der Bänke im Kieskreis der Rotonda, um ihn zu essen. Sie hatte keine Lust, weiter über ihre Tante Elisabetta nachzudenken, und vor allem wollte sie das Gefühl abschütteln, dass sie an der komplizierten Situation, in der sich die beiden Schwestern befanden, schuld war. Wenn sie ein normales heterosexuelles Leben mit Mann und Kind führen könnte, gäbe es vielleicht keinen Anlass zum offenen Konflikt für die beiden. Das war Unsinn, aber dieser Unsinn nagte an ihr. Sie rief sich in Erinnerung, dass ihre Mutter erwachsen war, sie konnte sich gegen ihre Schwester behaupten.

Es funktionierte nicht richtig. Nach den ersten hungrigen Bissen verlor sie bereits den Appetit. Probleme schlugen ihr oft auf den Magen. Sie stand auf und stopfte mit schlechtem Gewissen den Rest des Kebabs in einen Papierkorb und ging Richtung Polizeiposten.

Marta traf auf Roberta, als sie gerade ihr Büro verließ, um sich den Waldrand über Intragna anzusehen. »Wie geht's?«, fragte sie ein wenig zerstreut.

»Ich warte auf ein Wunder«, sagte Roberta.

»Ich muss etwas überprüfen. Willst du nicht mitkommen? Vier Augen sehen mehr als zwei, und auf das Wunder kannst du trotzdem warten.«

Roberta, der die Ablenkung gelegen kam, musste sich nicht lange überreden lassen. Unterwegs erklärte ihr Marta, wie sie auf die Idee gekommen war, sich besagten Waldrand anzusehen.

Als sie nach Intragna von der Kantonsstraße in die Nebenstraße abbogen, die sich in Haarnadelkurven den Hang hinaufwand, sagte Roberta: »Seltsam.«

»Was?«, fragte Marta.

»Wenn mich nicht alles täuscht, fahren wir zu einem der Lieblingspilzplätze meiner Mutter.«

»Deine Mutter kennt sich mit Pilzen aus?«, rief Marta überrascht und bereute es sofort.

»Ja, mein Großvater soll ein leidenschaftlicher Pilzsammler gewesen sein. Sie hat mich früher ein paar Mal mitgenommen, aber ich habe mich nur gelangweilt.«

Marta, die Hände ans Steuer geklammert und den Blick auf die Straße konzentriert, hoffte, dass Roberta ihr nicht ansehen konnte, was sie dachte.

Der Waldrand war dann eine Enttäuschung, sie konnten nichts Besonderes entdecken.

»Was hast du dir denn überhaupt vorgestellt, hier zu finden«, fragte die Commissaria.

Marta lachte. »Ich habe mir gedacht, wenn sich Ferrari mit Banfi an diesem Waldrand verabredet hat, könnte es Spuren von ihrem Treffen geben. Plötzlich habe ich mir vorgestellt, wie die zwei hier rauffahren, aus dem Auto steigen, miteinander reden oder streiten oder was auch immer und dabei Zigaretten rauchen. Ich hätte Zigarettenstummel finden können mit der jeweiligen DNA der beiden. Ich musste einfach nachsehen.«

Nun musste auch die Commissaria lachen. »Das kenne ich.«

Auf der Rückfahrt war sie dann auffallend still, bis sie plötzlich fragte: »Seid ihr sicher, dass Banfi am Sonntagmorgen hier oben war?«

»Ganz sicher kann man sich nie sein. Aber er hat sein Handy als Navi benutzt. Offenbar war er nicht besonders geübt im Umgang und hat eine Tracking-Funktion aktiviert. Dabei wurde auch diese Fahrt am Sonntagmorgen aufgezeichnet.«

»Es ist nur …«, die Commissaria rang sichtlich mit sich, »meine Mutter hat am Sonntag früh Pilze gesammelt. Es könnte sein, dass sie auch da war.«

Marta und die Commissaria hatten umgehend Elena Casanova aufgesucht. Sowohl ihre Überraschung als auch die Beteuerung, dass sie am Sonntagmorgen niemanden gesehen habe, schon gar nicht ihren verschollenen Bruder, überzeugten Marta. Auch weil Elena nach der Pilzsuche die ganze Zeit mit ihrer Familie zusammen gewesen war, wie die Commissaria bezeugen konnte. Es wäre ihr schlicht nicht möglich gewesen, eine Pilzmahlzeit zuzubereiten und ihren Bruder dazu einzuladen, ohne dass ihre Angehörigen es bemerkt hätten.

Während für Marta die Sache damit erledigt war, nagte der Zweifel an der Commissaria. Ihre Mutter hatte am Sonntag nämlich tatsächlich eine Pilzmahlzeit zubereitet. *Tagliatelle ai funghi porcini.* Sie hätte die Reste mit Knollenblätterpilzen würzen und ihrem Bruder vorbeibringen können. Allerdings hatte es keine Reste gegeben.

Und wenn sie einen Teil der Pilze vorher abgezweigt hatte?

Um sich abzulenken schaute sich die Commissaria die Aufnahme der Überwachungskamera an. Unzählige Male, ohne zu irgendeiner Erkenntnis zu kommen. Jemand huschte zielgerichtet zum Briefkasten, ohne sich umzusehen, ohne Zögern oder Suchen, warf den Brief ein und entfernte sich zügig. Irgendetwas musste doch herauszulesen sein. Die Person war ziemlich klein, war es etwa ein Kind? Wie sollte Simone Falchetto ein Kind dazu bringen, um 5 Uhr morgens einen Brief einzuwerfen? Der Gang war ein bisschen merkwürdig, etwas abgehackt. Mit einer Bewegungsanalyse könnte man die Person identifizieren. Aber dazu bräuchte man eine überschaubare Anzahl von Verdächtigen zum Vergleich.

Kurz entschlossen lud sich die Commissaria die Videosequenz auf ihr Handy und machte sich auf, Simone Falchetto zu besuchen.

Diesmal brauchte sie nicht einmal zu klingeln. Simone

Falchetto kam gerade aus dem Haus, im Trainingsanzug, offensichtlich auf dem Weg in die Physiotherapie gegenüber.

Sie reagierte verärgert, als die Commissaria sie ansprach, schaute sich dann aber den Film des Briefkasteneinwurfs interessiert an. »Was soll das sein? Also ich sehe einen Jungen, der einen Brief einwirft. Ist das irgendein Verbrechen? Und wieso zeigen Sie mir das?«

»Kommt Ihnen diese Person bekannt vor?«, fragte die Commissaria ungerührt.

»Solche Jungs laufen zu Dutzenden herum. Keine Ahnung. Was wollen Sie mir jetzt anhängen?«

»Gar nichts will ich Ihnen anhängen. Aber ich will, dass Sie bestraft werden für das, was Sie getan haben.«

»Ja, ich weiß, aber mir reicht es jetzt. *Addio*, Commissaria, ich muss trainieren.« Sie ging schnurstracks auf die Eingangstür von *ICSA* zu, und die Commissaria konnte sie nicht aufhalten.

Kaum war Simone Falchetto verschwunden, die Commissaria stand noch ratlos und auch wütend da, ging die Eingangstür des Hochhauses auf, und Valentina della Valle kam heraus. Sie ging an der Commissaria vorbei, ohne sie zu bemerken.

»Valentina! Wie geht es Ihnen?«, rief ihr die Commissaria nach. Diese drehte sich um, und die Commissaria erschrak. Valentina sah bleich aus, hatte dunkle Ringe unter den Augen, so ganz und gar nicht wie die glückliche, erfolgreiche Autorin, die sie letztes Mal angetroffen hatte. »*Tutto bene?*«, fragte sie deshalb besorgt.

»Ja, ja, alles gut. Ich bin nur etwas müde. Diese ganze Geschichte ist doch sehr anstrengend. Zum Glück hilft mir Simone. Sie hat mir die Augen geöffnet, ohne sie hätte ich wahrscheinlich alles falsch gemacht.« Valentina schaute nervös zum Hauseingang. »Ich muss jetzt los, muss noch einkaufen.« Sie ging in Richtung *Migros*, ohne sich zu verabschieden.

Seltsam, dachte die Commissaria. Ob Valentinas psychische Probleme trotz ihres Bucherfolgs und der bevorstehenden Verfilmung sie wieder eingeholt hatten? Sie musste sie fragen, ob sie in Behandlung war, irgendjemand musste sich doch um dieses fragile Geschöpf kümmern.

M

Nachdem ich die Karrieren von so vielen Serienmördern studiert habe und feststellen musste, dass die meisten nicht nur Psychopathen sind (und männlich) habe ich mich gefragt, bin ich ein Mann? Haha, kleiner Scherz. Natürlich: Bin ich eine Psychopathin?

Diese Frage muss ich entschieden verneinen.

Nehmen wir einmal Ted Bundy. Er wird unter den zehn produktivsten Serienmörder des 20. Jahrhunderts gelistet. Er hat die Ermordung von 30 Frauen gestanden, seine wahre Opferzahl wird doppelt so hoch geschätzt. Er hielt sich für besonders schlau. Und ich bitte Sie zu beachten, dass ich schlau geschrieben habe, nicht intelligent. Oder war es etwa intelligent, dass er sich erwischen ließ und sich selbst verteidigt hat, nur weil er ein paar Semester Jura studiert hatte? Aber es hätte ja sowieso keinen Unterschied gemacht. Er hat in kurzen Abständen Frauen zusammengeschlagen, gewürgt, vergewaltig, zerstückelt und sich dabei erwischen lassen. Auch mit dem besten Verteidiger hätte er keinen Freispruch bekommen.

Mordlust, Befriedigung des Geschlechtstriebs, Heimtücke (er hat die Frauen dazu gebracht, ihm zu vertrauen), Grausamkeit: Dieser Mensch verkörpert mit seinen Taten alle Mordmerkmale auf einmal. Und was habe ich vorher zu den Mordmerkmalen gesagt?

Triebgesteuert!

Ich würde nie durch Locarno streunen auf der Suche nach dem nächsten Opfer, getrieben von Mordlust oder sexuellem Verlangen. Ich morde nur, wenn es unumgänglich ist. Und darum bin ich keine Psychopathin.

Vorhin habe ich die Commissaria unten in der Straße angetroffen. Sie zeigte mir eine Videoaufnahme von einer Überwachungskamera. Eine Person wirft im Dunkeln einen Brief ein. Ich habe keine Ahnung, was sie damit bezwecken wollte. Sie hat mir offensichtlich nicht geglaubt, dass ich diese Person nicht kenne. Ich weiß nicht, ob es sich überhaupt lohnt, darüber nachzudenken.

Viel interessanter ist mein nächstes Projekt.

Valentina hat mich ja heftig genervt in letzter Zeit. Buchvertrag mit Vorschuss! *Netflix*-Verfilmung. Hallo? Was erwartet sie eigentlich von mir? Dass ich mitjuble und klatsche? Pirouetten drehe und das Rad schlage?

Sie kann mich mal.

40

Marta war gestresst. Der Ausflug an den Waldrand oberhalb von Intragna hatte nichts gebracht. Aber Salvatore Ferrari hatte eindeutig Dreck am Stecken. Sein ganzes Benehmen deutete auf ein schlechtes Gewissen, und sie musste herausfinden, warum. Er hatte sein Handy »verloren«, sich ein neues beschafft, war unerkannt über die Grenze gekommen und wollte der Polizei weismachen, das sei alles Zufall, er habe nichts zu verbergen. Es blieb nicht mehr viel Zeit. Sie konnten ihn nur 48 Stunden festhalten. Aufgrund der mangelnden Beweise fürchtete sie, dass der Staatsanwalt keine Untersuchungshaft für Ferrari bewilligen würde.

Sie würde sich an Sara halten, sie war das schwache Glied in Ferraris Geschichte. Marta glaubte nicht, dass er den Giftmord ohne ihre Hilfe hatte bewerkstelligen können. Sie hatte Saras Überwachung angeordnet, aber in den paar Stunden, seit sie den Polizeiposten in Chiasso verlassen hatte, war nichts geschehen. Sara war in ihre Wohnung gegangen, und seither hatte sie sich nicht gerührt.

Nachdem Marta eine Weile unruhig auf und ab gegangen war, hielt sie es nicht mehr aus. Sie verließ ihr Büro, stieg ins Auto und fuhr Richtung Chiasso. Sie musste noch einmal mit Sara sprechen.

Sie hatte gerade den Ceneri-Tunnel durchquert, als ihr Handy klingelte. Es war der Agente, der vor Saras Wohnblock postiert war. »Sie hat Besuch von Ferraris Anwalt bekommen«, informierte er Marta. Endlich eine Entwicklung. Ließ Ferrari ihr durch seinen Anwalt etwas mitteilen?

Marta drückte aufs Gas.

Als sie in Chiasso ankam, informierte sie der Agente, dass der Anwalt bereits wieder gegangen sei.

Während Marta noch überlegte, ob sie Sara gleich einen Besuch abstatten oder noch warten sollte, öffnete sich die Haustür, und Sara trat heraus. Sie ging zu einem roten Kleinwagen, setzte sich hinein und fuhr los.

Marta und der Agente folgten ihr. Sie nahm die Via Interlenghi, die das Bahnhofsareal überquerte, bog links ab und hielt vor einem Gebäude mit einer Tankstelle und Snackbar im Erdgeschoss. Weil Marta befürchtete, dass Sara sie erkennen könnte, fuhr sie weiter und fand einen Parkplatz auf der anderen Straßenseite vor einem Autohaus.

Der Agente hatte bei der Tankstelle geparkt. Als Marta bei ihm anlangte, war Sara verschwunden.

»Sie ist hinter das Haus gegangen, dort hat es einen Nebeneingang. Er führt wahrscheinlich zu den Räumen in den oberen Stockwerken.«

Im zweiten und dritten Stock des Gebäudes machten die Fensterreihen mit geschlossenen Rollläden einen verlassenen Eindruck.

»Was kann sie hier nur wollen?«, fragte Marta, ohne eine Antwort zu erwarten. »Wir fragen in der Bar, ob man sie kennt. Aber erst, wenn sie wieder weg ist. Nicht dass die Leute ihr nachher verraten, dass wir nach ihr gefragt haben.«

Es hieß also abwarten.

Marta ging zurück zu ihrem Auto, entschuldigte sich

beim Autohändler, dass sie den Parkplatz benutzt hatte, gab sich als Polizistin zu erkennen und fragte ihn, was das für Räumlichkeiten über der Tankstelle gegenüber seien.

»Einzimmerwohnungen«, lautete die Antwort. Es sei ursprünglich mal so eine Art Motel gewesen, das zu der Snackbar gehört habe, aber jetzt seien die Zimmer dauervermietet. Hauptsächlich wohl an Prostituierte.

Marta setzte sich wieder in ihr Auto und überlegte. Arbeitete Sara nebenbei als Prostituierte? War Ferrari gar ihr Zuhälter? Ihr Telefon wurde überwacht, aber wenn sie ein zweites Handy hatte, konnte sie unbemerkt mit einem Freier telefoniert haben. Es war sogar sehr wahrscheinlich, dass sie in diesem Fall ein zweites Handy hatte. Aber wie auch immer, was konnte das mit dem ermordeten Banfi zu tun haben?

Martas Handy summte. Es war eine Textnachricht vom Agente, dass Sara das Haus wieder verlassen habe.

Marta startete den Motor und folgte Sara hinter dem Auto des Agente. Sie fuhr direkt zurück zu ihrer Wohnung in der Via Antonio Chiesa.

Marta wartete eine Weile, als sie das Gefühl hatte, Sara werde ihr Haus nicht mehr verlassen, fuhr sie zurück zur Snackbar.

Der Mann hinter dem Tresen war nicht sehr auskunftsfreudig. Er habe die Snackbar gepachtet und nichts zu tun mit den Wohnungen im Haus. Ab und zu gebe es Ärger mit besoffenen Freiern, und die Polizei habe schon zweimal eine Razzia gemacht. Aber er wisse nicht, was dort oben vorgehe. Den Frauen habe er klargemacht, dass er sie nicht in der Bar sehen wolle. Er habe ganz normale Kundschaft, Familien und junge Leute, die würden sofort wegbleiben, wenn Nutten bei ihm verkehrten.

Marta fragte, ob sie sich mal umsehen könne in den beiden oberen Etagen, aber der Snackbar-Pächter sagte, er habe keinen Schlüssel. Sie glaubte ihm nicht und fürchtete auch, dass sie keinen Durchsuchungsbeschluss bekommen würde. Falls Sara einen Freier bedient hatte, war das ihr gutes Recht. Freiwillige Prostitution war nicht illegal.

Hatte das überhaupt etwas mit Ferrari zu tun? War sie etwa völlig auf dem Holzweg?

Ein Anruf vom Agente, der Sara überwachte, riss Marta aus den unergiebigen Überlegungen.

»Sie ist noch einmal aus dem Haus gegangen. Ich bin ihr in einen Supermarkt gefolgt, wo sie Hundefutter gekauft hat.«

»Hundefutter?«

»Ja, einen großen Sack. Bestimmt 15 Kilo oder so.«

»Bist du sicher? Sie hat eine Katze. War es nicht Katzenfutter?«

»Nein, ich kenne die Marke. Ich habe selbst einen Hund. Deutscher Schäfer.«

»Fressen Katzen eigentlich auch Hundefutter? Vielleicht ist es billiger?«

»Keine Ahnung, ich kenne mich mit Katzen nicht aus.«

Nachdem sie das Gespräch beendet hatten, informierte sich Marta im Internet. Hundefutter war nichts für Katzen, es konnte auf Dauer sogar schädlich für sie sein.

Was zum Teufel hatte das alles zu bedeuten?

41

Die Commissaria kam frustriert zu Hause an, vergaß aber ihren Ärger sofort, als Laura ihr entgegenstolperte und begeistert jubelnd ihre Beine umschlang. Sie nahm sie auf den Arm, ging mit ihr in die Küche und küsste Julia, die dabei war, das Abendessen vorzubereiten.

»Ein Glas Weißwein?«, fragte Roberta, ging ohne eine Antwort abzuwarten zum Kühlschrank, öffnete ihn mit der freien Hand, nahm eine angefangene Flasche heraus und stellte sie auf die Kücheninsel. Weil Laura es sichtlich genoss, herumgetragen zu werden, angelte sie einhändig zwei Weingläser aus dem Küchenschrank, zog den Stöpsel heraus und schenkte ein.

Als sie neben Laura vorbei einen Schluck Wein trank, ging ihr durch den Kopf, ob Laura einst, wenn Alkohol genauso geächtet wäre wie Zigaretten, mit nostalgischer Sensationslust in ihrem Bekanntenkreis erzählen würde, dass ihre Eltern ungeniert vor ihr Alkohol getrunken hatten. Roberta zuckte mit den Schultern, noch war es nicht so weit.

»Abendessen ist bald fertig«, sagte Julia, »übrigens lag ein Brief für dich im Briefkasten.«

»Was für ein Brief?«

»Keine Ahnung, aber er ist nicht mit der Post gekommen. Jemand muss ihn eingeworfen haben. Er liegt auf dem Tischchen im Flur.«

»Was?«, Roberta verschluckte ein *Cazzo*, das ihr auf der Zunge gelegen hatte. Auch wenn sie in Gegenwart ihrer

Tochter Alkohol trank, würde sie nie so weit gehen, ordinäre Fluchworte auszusprechen.

Sie ging mit Laura ins Wohnzimmer und setzte sie bei den Bauklötzen ab, mit denen sie offenbar zuvor gespielt hatte. »*Amore,* spiel noch ein bisschen allein, Mamma muss einen Brief lesen.« Als ob sie den Gefühlsaufruhr ihrer Mutter gespürt hätte, verzichtete Laura darauf zu protestieren und widmete sich sofort mit Eifer dem Bau eines Turmes.

Der Brief war eindeutig von derselben Sorte wie die anderen Briefe. Nur dass er jetzt nicht mehr mit ihrem Dienstrang adressiert war, sondern mit Vor- und Nachnamen. Als ob die Verfasserin hätte ankündigen wollen, dass es nun persönlich werde.

Und persönlich war es geworden.

> DU VERDAMMTE SCHNÜFFLERIN. IN WAS FÜR ZEITEN LEBEN WIR EIGENTLICH, DASS EINE FRAU WIE DU EINE SOLCHE ARBEIT MACHEN DARF.
> ICH WERDE NICHT RUHEN UND DIR DAS LEBEN BEREITS HIER AUF ERDEN ZUR HÖLLE MACHEN, SO WIE DU ES VERDIENST.
>
> PS: DU SOLLTEST GUT AUF DEINE »FRAU« UND »DEIN« KIND AUFPASSEN.

Roberta ließ das Blatt beinahe fallen. Seltsamerweise galt ihre erste Sorge nicht der Bedrohung, sondern sie fürchtete sich davor, Julia von den Drohbriefen zu erzählen. Bis dahin hatte sie es nicht für nötig gehalten, sie damit zu ängstigen. Aber jetzt war es unumgänglich geworden. Ihre Wut auf Simone Falchetto steigerte sich in blanken Hass. Sie hatte die Familienidylle, in deren Harmonie sie noch vor wenigen Minuten geschwelgt hatte, mit ein paar Worten als zerbrechliche Illusion entlarvt. Diese verdammte, dumme Kuh!

»*Puttana*«, sagte Laura und brachte Roberta damit wieder ins Hier und Jetzt. »Was? Woher hast du das? Das sagt man nicht.«

»Das hast du gerade selbst gesagt«, lachte Julia, die mit einem Tablett, auf dem sich Schüsselchen mit Gemüsestäbchen und Hummus befanden, aus der Küche kam.

Roberta schaute verwirrt auf das Tablett, auf den Brief und blieb an Julias lachendem Gesicht hängen. Wie sollte sie es ihr erklären?

Erst mal gar nicht. Sie wollte es noch ein wenig hinausschieben und stattdessen Maßnahmen gegen die Drohbriefschreiberin unternehmen. Zu Julias Enttäuschung sagte sie, dass sie wegen dieses Briefes dringend noch einmal zurück auf den Polizeiposten müsse.

Dort traf sie auf Marta, die gerade dem Comandante berichtet hatte und entschlossen war, die Nacht durchzuarbeiten.

»Kannst du mir sagen, wofür eine Katzenbesitzerin Hundefutter braucht?«, fragte Marta die verblüffte Commissaria.

»Vielleicht weil es billiger ist als Katzenfutter?«

»Das war auch meine erste Idee, aber offenbar bekommt Hundefutter Katzen nicht. Außerdem sind sie extrem wählerisch. Ich bezweifle, dass man eine Katze dazu bringen könnte, einen 20-Kilo-Sack Hundefutter zu fressen.« Marta, die den Austausch mit Roberta schmerzlich vermisst hatte, erzählte ihr, wie sie die Seherin gefunden und so Ferraris Verhaftung ermöglicht hatte.

Über dieser Geschichte vergaß die Commissaria sogar für einen Moment den neuen Drohbrief. »Vielleicht hat sie vorausgesehen, dass ein Hund in ihr Leben treten wird, und weil es gerade Hundefutter im Angebot gab, hat sie zugeschlagen.«

Aber Marta war über diesen müden Witz nicht amüsiert, was die Commissaria auch gleich bemerkte. »Entschuldige, ich konnte einfach nicht widerstehen. Ich glaube, es bleibt dir nichts anderes übrig, als darauf zu warten, was sie als Nächstes unternimmt.«

»Ja, sehe ich auch so. Deshalb werde ich heute Nacht kein Auge zutun. Vielleicht bleibe ich hier oder noch besser, ich fahre nach Chiasso.«

»Kann ich verstehen. Würde mir auch so gehen«, sagte die Commissaria und ging nun ihrerseits zum Comandante.

42

»Guten Morgen! Ich habe hier einen Durchsuchungsbeschluss für Ihre Wohnung.« Es war 6 Uhr morgens, und die Commissaria hielt einer zerzausten und empörten Simone Falchetto mit sichtlicher Genugtuung das Schreiben des Staatsanwaltes unter die Nase.

Noch bevor diese ihrer Empörung Luft verschaffen konnte, ging die Tür nebenan auf, und Valentina della Valle fragte, was los sei. Die Commissaria und ihr Tross von Beamten hatten sich keine Mühe gegeben, leise aufzutreten.

»Am besten begeben Sie sich in die Nachbarwohnung, Signora Falchetto, falls Sie einverstanden sind, Signora della Valle«, nutzte die Commissaria diese Gelegenheit. Simone Falchetto protestierte zwar, aber mehr der Form halber. Außerdem gelang es ihr, mit einem hämisch triumphierenden Blick die Commissaria zu verunsichern.

Während die Agenti die Wohnung auf den Kopf stellten – die Commissaria hatte angeordnet, besonders nach weiteren Druckern, Computern, Tablets oder Handys Ausschau zu halten – sichtete sie die Manuskriptstapel, die merkwürdigerweise auf einem Tablar des Schlafzimmerschranks aufgetürmt waren.

Es handelte sich um Computerausdrucke, feinsäuberlich in schwarze Schnellhefter gebunden, einige so dick, dass die Seiten herausrutschten.

Die Commissaria las ein paar Seiten, eine Geschichte um eine schwierige Mutter-Tochter-Beziehung, nicht schlecht geschrieben, soweit sie das beurteilen konnte, aber sehr düster und deprimierend. Im nächsten Manuskript ging es um eine Tochter, deren Mutter sie als Kind verlassen hatte, und die Commissaria erinnerte sich daran, dass Simone erzählt hatte, sie habe ihren Mann und ihre Tochter kurz nach der Geburt der Tochter verlassen. Simones Schreiben schien sich aus Autobiografischem zu nähren. Die Commissaria seufzte. Jemand würde diese Manuskripte lesen müssen, vielleicht stand darin Verräterisches über den Mord an Jacques Leutenegger oder gar, dass sie beim Tod ihrer Mutter nachgeholfen hatte. Wie gerne hätte sie jetzt Marta an ihrer Seite gehabt. Sie hätten sich die Nächte um die Ohren geschlagen mit Espresso und Süßigkeiten, sich über die Erkenntnisse ausgetauscht, gelacht und sich entsetzt. So wie es aussah, würde sie das alleine machen müssen. Ob Simone damit rechnete, dass man eines Tages ihre Manuskripte beschlagnahmen und lesen würde? Eigentlich war es undenkbar, dass sie sich auf diesen Hunderten von Seiten nicht verraten hatte. Sie ließ die Manuskripte einpacken und klingelte an der Nachbarwohnung.

Valentina und Simone saßen beim Kaffee und hatten Brioches mit Aprikosenfüllung verspeist, worauf sie aufgrund einer angebrochenen Packung auf dem Tisch schloss. Simone sah der Commissaria selbstzufrieden entgegen. Diese hoffte auf eine verräterische Reaktion auf die Nachricht, dass ihre Manuskripte beschlagnahmt worden waren. Stattdessen lachte Simone nur und sagte spöttisch, dann würden sie ja vielleicht endlich mal von jemandem gelesen.

Diese Frau konnte einem gehörig auf die Nerven gehen. In schwachen Momenten fürchtete die Commissaria, dass sie ihr nicht gewachsen war.

Später, als die Commissaria am Schreibtisch saß und sich die dünnsten Schnellhefter herauspickte, fiel ihr plötzlich ein, dass neben der Brioche-Packung zerknüllte Papiertaschentücher gelegen hatten. War Valentina erkältet oder hatte sie geweint? Sie konnte sich nicht daran erinnern, ob sie verschnupft ausgesehen hatte oder verweint.

Schließlich zuckte sie die Schultern und machte sich an die Lektüre eines mit »Arbiter – eine Novelle« überschriebenen Manuskripts.

M

Heute kam ich mir vor wie im Fernsehen. Morgens um 6 Uhr klingelt die Polizeimeute an meiner Tür, und sie hält mir einen Durchsuchungsbeschluss unter die Nase.

WOW!

Ich habe gehört, dass sie irgendwelche elektronischen Geräte suchen, Drucker, Laptop und so weiter. Hat sie das Gefühl, ich sei so blöd und habe irgendwo ein Geständnis niedergeschrieben?

Ja, ja. Ich weiß, ich schreibe hier die Wahrheit, mein Bekenntnis nieder, aber doch nicht auf irgendeinem Gerät, wo sie die Datei oder Spuren der Datei oder wie immer das heißt finden können.

Schon mal von Mikrogrammen gehört? Robert Walser? Natürlich benutze ich nicht eine so komplizierte Schrift wie er, aber in einem unscheinbaren Notizbuch haben eine Unmenge Buchstaben Platz, wenn man will. Dieses Notizbuch habe ich natürlich nicht in der Wohnung gelassen. Es hat während der Hausdurchsuchung in der rechten unteren Schublade unter einer Packung Möhren in Valentinas Kühlschrank gelegen. Valentina ist im Moment nicht in der Verfassung, sich für das zu interessieren, was um sie herum vorgeht. Es war ein Kinderspiel, das Notizbuch hineinzulegen und wieder herauszunehmen, ohne dass sie es bemerkt hat.

Sie fragen sich, in was für einer Verfassung Valentina denn sei.

Nun, sie hat diese Erfolgswelle nicht so gut verkraftet. Sie macht sich jetzt Sorgen.

Ich habe sie gewarnt.

Ich musste sie warnen.

Erfolg kann eine große Bürde sein.

Das habe ich jedenfalls schon oft gehört.

43

Marta war dann doch noch nach Hause gegangen und hatte sogar wider Erwarten ganz gut geschlafen. Allerdings nicht besonders lang, war sie doch früh aufgestanden, um sich nach den Ereignissen in der Nacht zu erkundigen. Es war nichts vorgefallen.

Sie beschloss, nach Chiasso zu fahren, um sich das Gebäude mit der Tankstelle und Snackbar im Erdgeschoss und dem Bordell darüber noch einmal anzusehen.

Kurz vor Chiasso, sie fuhr gerade durch Coldrerio, rief der Agente, der die Morgenschicht bei der Überwachung von Sara hatte, an. Sara sei aus dem Haus gekommen und fahre jetzt los. Er folge ihr und melde sich, sobald er wisse, wohin es gehe.

Marta entschied sich dafür, ihr Ziel beizubehalten, und parkte wenige Minuten später gegenüber der Snackbar vor dem Autohaus, das noch nicht geöffnet war.

Als sie aus dem Auto stieg, erschien ein roter Kleinwagen und bog auf den Parkplatz gegenüber ab. Marta erkannte Saras Auto, duckte sich schnell hinter ihres und beobachtete, wie die Seherin einen Rollkoffer vom Rücksitz nahm und mit ihm im Eingang an der Seite des Gebäudes verschwand. Gleichzeitig parkte das zivile Einsatzfahrzeug mit dem Agente, der Sara überwachte, neben ihr.

»Hast du gesehen, was in dem Koffer ist«, fragte Marta den Agente, kaum dass er ausgestiegen war.

»Nein, sie hat ihn aus der Wohnung gebracht. Es muss aber etwas drin sein, er scheint schwer zu sein.«

Marta kaute auf ihrer Unterlippe, während sie darüber nachdachte, ob es irgendeine plausible Erklärung für das Verhalten von Sara gab. Ihr Freund wurde verdächtigt, einen Menschen umgebracht zu haben. Aufgrund der Tatsache, dass es sich um einen Giftmord handelte, und Sara im Gegensatz zu ihrem Freund über die nötigen Kenntnisse verfügte, musste man vermuten, dass sie daran beteiligt war. Während ihr Freund von der Polizei festgehalten wurde, betrat sie ein Gebäude, in dem Prostitution betrieben wurde, verließ es eine halbe Stunde später und kam am nächsten Tag mit einem gefüllten Koffer zurück. Merkwürdig, aber war es auch verdächtig? Es konnte Dutzende harmlose Erklärungen für ihr Verhalten geben, auch wenn Marta im Moment keine einfielen. Allerdings fielen ihr auch keine ein, die eindeutig auf ein Verbrechen schließen ließen. Sie mussten die Prostituierten befragen. Marta seufzte. Aus Erfahrung wusste sie, dass die meisten nichts mit der Polizei zu tun haben wollten. Nichts gesehen, nichts gehört war meistens das Ergebnis einer solchen Befragung.

Als ob er ihre Gedanken erraten hätte, sagte der Agente: »Ich könnte mich als Freier ausgeben.«

Marta schaute ihn prüfend an. Ein junger, sportlicher, gut aussehender Mann, nicht gerade die erste Wahl für die Darstellung eines Kunden eines Bordells im Industriegebiet. Als Prostituierte würde sie sofort den Polizisten wittern. Aber einen Versuch war es wert.

Die beiden überquerten die Straße und gingen zum Betreiber der Snackbar, der ihnen erklärte, wie die Prostituierten zu erreichen waren. Er war offenbar gewohnt, auf diese Frage Auskunft zu geben. Sie kehrten zurück zu ihren Autos, und kurze Zeit später hatte der Agente ein sofortiges Treffen vereinbart. Offenbar gab es eine Art Frühschicht im Bordell, die die sprichwörtlichen Würmer für die frühen Vögel bereithielt.

Der Agente wirkte nervös und gleichzeitig aufgedreht, sodass Marta Zweifel überkamen. Ob er der Aufgabe überhaupt gewachsen war?

Sie beobachtete mit Sorge, wie er am Seiteneingang klingelte und verschwand. Kurze Zeit später öffnete sich die Tür wieder, aber nicht der Agente, sondern Sara kam heraus.

Cavolo! Was sollte sie jetzt tun? Den unerfahrenen Agente seinem Schicksal überlassen oder Saras Überwachung aufgeben?

44

Die Commissaria, die im Gegensatz zu Marta eine schlaflose Nacht hinter sich hatte, war tatsächlich über einer Geschichte von einer kontrollsüchtigen Mutter, die ihre Tochter in den Selbstmord trieb, eingeschlafen. Ihr Kopf war auf die Unterarme gesunken, die ihrerseits auf den Manuskriptseiten lagen. Erst als von draußen Gelächter in ihr Büro drang, schreckte sie auf.

Sie streckte sich, entdeckte einen Speichelfleck auf dem Manuskript, in dessen Zentrum das Wort »Verdammnis« stand. Beschämt versuchte sie, mit einem Papiertaschentuch den Schaden wieder gutzumachen, als es an ihre Tür klopfte. Reflexartig klappte sie den Schnellhefter zu, bevor sie »*Avanti*« rief.

Es war der Comandante, der über die ersten Ergebnisse der Wohnungsdurchsuchung von Simone Falchetto reden wollte. Sie waren offensichtlich per E-Mail gekommen, während die Commissaria geschlafen hatte.

»Entschuldigen Sie, ich war so vertieft in diese Manuskripte und ich habe auch nicht erwartet, dass es so schnelle Resultate gibt«, verteidigte sie sich, während sie die E-Mail öffnete und überflog.

Der Comandante ließ sich nicht anmerken, ob er ihr glaubte oder die Situation durchschaute.

»Es gibt ja auch keine Resultate«, sagte er. »Sie haben eine vorläufige Liste geschickt von dem, was sie beschlagnahmt haben, aber da steht nicht das, was wir uns erhofft hatten. Kein zweites Handy, kein geheimer Computer, nichts. Sie will ihren Laptop so schnell wie möglich zurück, weil sie ihn zum Arbeiten braucht. Übrigens ist mir noch nie ein Handy untergekommen, auf dem so wenige Kontakte gespeichert sind. Von den Prepaid-Handys von Kriminellen natürlich abgesehen. Es scheint sich hier um eine wirklich seltsam asoziale Person zu handeln.« Der Comandante trat näher und hielt sich an der Lehne des Besucherstuhls fest, was die Commissaria dazu brachte, sich unwillkürlich aufzurichten.

»*Senta*, Commissaria. Ich habe das Gefühl, dass Sie sich festgefahren haben. Die Überwachung hat bis jetzt keine Resultate gebracht, die Durchsuchung lässt sich auch nicht gerade vielversprechend an, könnte es sein, dass Sie sich auf diese Simone Falchetto eingeschossen haben und es Ihnen daher an der nötigen Objektivität fehlt?«

Die Commissaria wollte protestieren, aber der Protest blieb ihr in der Kehle stecken. Natürlich hatte sie sich festgebissen wie ein Pitbull und würde auch nicht loslassen. Was sollte sie mit Objektivität anfangen? Für Objektivität war es längst zu spät.

Statt einer Antwort schaute sie den Comandante einfach an.

Er räusperte sich. »Ich weiß, wie Sie sich fühlen, aber es ist meine Aufgabe, in solchen Situationen einzugreifen.«

Jetzt stieg Panik auf in der Commissaria. Sie war doch so kurz vor dem Durchbruch. Konnte er sie zwingen aufzugeben?

»Ich habe mir etwas überlegt.«

Gut, wenigstens tat er nichts Unüberlegtes, rettete sie sich in Sarkasmus.

»Ich glaube, wir brauchen ein paar frische Augen auf diesen Fall. Ich möchte Ihnen jemanden zur Seite stellen.«

Die Panik war zurück.

»Ich habe dabei an Agente Chiesa gedacht. Ich weiß, er hat sich bei diesem Ausflug nach Nizza nicht gerade mit Ruhm bekleckert. Aber er hat eine originelle, unkonventionelle Art. Ich traue ihm zu, neue Ansätze einzubringen.«

Das war nun völlig unerwartet. Sie hatte sofort mit irgendeinem Besserwisser von außerhalb gerechnet. Jemand, der damit angab in *Quantico* vom FBI ausgebildet worden zu sein, oder sich zumindest damit brüstete, Fallanalytiker zu sein. Aber Francesco? Dieser freundliche, baumlange Kerl, den sie als *pezzo di pane* beschreiben würde?

Nun gut, dagegen ließ sich eigentlich nichts einwenden. Sie konnte beim Lesen der Manuskripte wirklich Hilfe gebrauchen.

45

Marta hatte sich dazu entschieden, Sara zu folgen, und vermutete schnell, dass es zurück zu ihrer Wohnung ging. Sie beobachtete, wie Sara den Koffer wieder zurück ins Haus brachte, er wirkte immer noch schwer. Was hatte sie hin- und hertransportiert? Und wozu? Marta fiel nichts ein. Wieder ein Rätsel mehr.

Sie blieb noch eine Weile im Auto sitzen, sie musste einen Moment nachdenken, wurde aber schon bald wieder aus ihren Gedanken gerissen, weil Sara wieder auftauchte. Sie schleppte einen sichtlich schweren blauen Abfallsack und hievte ihn in den Müllcontainer vor dem Haus.

Marta konnte fast nicht an sich halten, weil Sara ewig zu brauchen schien für den kurzen Weg vom Container zurück ins Haus. Sie wollte natürlich wissen, was in dem Müllsack war. Als endlich die Bahn frei war und Marta zum Container gehen konnte, hätte sie am liebsten den Sack einfach aufgerissen. Aber als Schweizerin und Polizistin kam das nicht infrage, weshalb sie ungeduldig an den verknoteten Zugbändern nestelte, um den Knoten zu lösen.

Der Inhalt war dann mehr als enttäuschend.

Katzenstreu.

Viel Katzenstreu zwar, aber Marta ging, nachdem sie den Sack von außen abgetastet und nichts außer noch mehr Katzenstreu gefühlt hatte, frustriert zurück zu ihrem Wagen.

Sie musste sich jetzt um den Agente kümmern, den sie mit der heiklen Mission, eine Prostituierte zu befragen, alleingelassen hatte.

Sie schickte ihm eine Nachricht, dass sie Sara zu ihrem Haus gefolgt sei, und bekam überraschend sofort eine Antwort: »Ich komme.«

Es dauerte nur ein paar Minuten, bis sein Auto neben dem von Marta anhielt. Wie sie befürchtet hatte, war die Prostituierte beim Anblick des ungewöhnlichen Freiers misstrauisch geworden. Und als er, statt sich auszuziehen, angefangen hatte, Fragen zu stellen, vermutete sie sofort, er sei Polizist und sagte, er solle verschwinden.

»Immerhin hast du einen Blick ins Innere des Gebäudes werfen können. Ist dir etwas aufgefallen?«

»Es hat mich an das Personalhaus des Krankenhauses, in dem meine Schwester die Ausbildung zur Pflegerin gemacht hat, erinnert.«

»Wie meinst du das?«

»Dieser Flur hatte auch so Türen in regelmäßigen Abständen und machte einen völlig unbelebten Eindruck.«

»Waren dann Namen an diesen Türen?«

»Nein, aber so Sticker, Herzchen, Kussmunde und so Zeug. Aber irgendwie wirkte es trotzdem sehr steril oder besser gesagt anonym.«

Das war nicht besonders hilfreich, dachte Marta. Es blieben nur noch wenige Stunden, bis Salvatore Ferrari wieder auf freiem Fuß sein und danach bei erster Gelegenheit nach Italien abhauen würde. Man konnte ihn ja nicht ewig überwachen.

Sie musste sich mit dem Comandante besprechen.

Wenige Stunden später glaubte der Pächter der Snackbar neben der Tankstelle, seinen Augen nicht mehr trauen zu können. Eine ganze Flotte von Streifenwagen umzingelte plötzlich das Gebäude. Gleich darauf traf auch der Besitzer mit dem Generalschlüssel ein.

Marta ging mit ihm durch den Seiteneingang und die Treppe hoch. Sie war sehr angespannt und schwankte zwischen der Hoffnung, dass sich jetzt alles erklären und vor allem die nötigen Indizien gefunden würden, um Ferrari den Mord an Banfi zu beweisen, und der Angst, dass gar nichts bei dieser Razzia herauskommen würde. Immerhin hatte sie die Rückendeckung vom Comandante. Sie erreichten den Flur im ersten Stock, der sehr präzise vom Agente beschrieben worden war, wie sie anerkennend feststellte. Die Zimmer wurden eines nach dem anderen aufgeschlossen und boten nichts Überraschendes. Ein Doppelbett, das den Raum fast füllte, glänzende purpurfarbene Satinlaken und rötliches Licht, das offenbar für die sexuelle Stimulation unabdingbar war. Prostituierte waren keine anwesend, vielleicht war es zu früh, vielleicht hatte der Besitzer sie rechtzeitig warnen können. Als alle Türen im ersten Stock geöffnet worden waren und sie in den zweiten Stock stiegen, hatte Marta die Hoffnung bereits aufgegeben, noch etwas Relevantes zu entdecken. Sie einigte sich mit dem Besitzer darauf, am Ende des Flurs mit dem hintersten Zimmer anzufangen. Marta ließ ihm mittlerweile fast gelangweilt den Vortritt, um dann umso heftiger über seinen Ausbruch zu erschrecken. »*Porco Dio!* Was ist denn das für eine Sauerei!«

Sie drängte sich an ihm vorbei und konnte selbst einen Aufschrei nicht unterdrücken.

In dem Raum befand sich eine Unmenge beiger und schwarzer Welpen. Marta betrachtete das winselnde Gewühl und erkannte, dass es Möpse waren.

46

Kurz nach dem Comandante erschien Francesco Chiesa im Büro der Commissaria und fragte, was er tun solle.

Sie wollte ihm den Stand der Dinge erklären, aber er schien bereits im Bilde zu sein. Also reichte sie ihm einen Stapel Manuskripte. »Mach du mal weiter, ich habe für den Rest meines Lebens genug von Mütter-Töchter-Konflikten gelesen.«

Agente Chiesa outete sich als eifriger Leser und nahm die Schnellhefter so strahlend entgegen, dass sich die Commissaria beflissen fühlte, ihn zu warnen. »Freu dich nicht zu früh, das ist zäher Stoff.«

Nachdem er gegangen war, saß sie da, wusste nicht weiter und fühlte Ärger in sich aufsteigen. Sie ärgerte sich über die Einmischung des Comandante, die sie als Rüge empfand. Sie ärgerte sich auch über die impertinente Drohung gegen Julia und Laura. Ein Ärger, der zwar für kurze Zeit in den Hintergrund gerückt war, aber jetzt umso heftiger aufwallte. Nach dem ersten Schock, der Angst und Besorgnis um ihre Lieben, hatte sich die Vernunft durchgesetzt. Ihr war klar geworden, dass die Drohung nur dazu diente, ihr Angst zu machen. Simone Falchetto wurde überwacht, sie würde schwerlich ein Attentat auf ihre Angehörigen ausüben können.

Aber den Ärger ließ die Vernunft durchaus zu.

Unruhig blätterte sie in einem der restlichen Manuskripte, sah sich unfähig, länger stillzusitzen, stand schließlich auf und beschloss, sich ein Sandwich zu holen.

Auf dem Weg zum Aufzug klingelte ihr Handy. Ihre Mutter.

»*Cosa c'è, Mamma?*«, fragte sie und drückte auf den Aufzugsknopf.

»Roberta, ich musste Laura und Julia in die Notaufnahme bringen. Keine Sorge, es geht ihnen schon besser. Aber du solltest kommen.«

»Mamma! Was ist passiert? Hatten sie einen Unfall?«

»Nein, sie haben wohl etwas Schlechtes gegessen.«

»Was? Wie das denn? Und wo seid ihr überhaupt?«

»Im Krankenhaus Carità.«

»Gut, ich komme sofort.« Die Commissaria sagte im Sekretariat Bescheid und machte sich auf den Weg. Sie trabte los, querte die Piazza Grande, musste das Tempo beim Anstieg in die Altstadt wieder drosseln, erreichte aber in weniger als zehn Minuten schwer atmend den Krankenhauseingang.

Julia und Laura lagen nebeneinander auf einer Liege, beide bleich und verschwitzt. Ihre Mutter saß neben Laura und strich ihr beruhigend übers Haar.

»Geht's euch gut?«, fragte sie ängstlich.

Julia nickte. »Sie haben uns gut versorgt, wir können bald nach Hause.«

»Was ist denn nur geschehen? Ihr habt etwas Schlechtes gegessen? Was denn?«

»Ich war heute Morgen mit Laura auf dem Spielplatz, und als ich am Mittag nach Hause gekommen bin, stand ein Körbchen mit Pilzen vor unserer Tür. Ich habe gedacht, dass Elena sie dort für uns deponiert hat.«

»Was?«, fragte nun Elena Casanova entgeistert. »Ich war das nicht.«

»Ja, wer dann? Vielleicht hat Bruno welche gefunden, als er mit Froda spazieren ging.«

»Papà? Nein, der kennt sich doch nicht aus mit Pilzen.«

»Auf jeden Fall habe ich mich über die Pilze gefreut und für mich und Laura Pilzschnitten gemacht. Dann ist uns beiden sehr schlecht geworden, ich habe Elena gerufen, und sie hat uns in die Notaufnahme gefahren. Vor allem wegen Laura, ich hatte Angst um sie.«

Pilze, verdammte Pilze. Der Commissaria schwirrte der Kopf, und sie konnte nicht klar denken. Daher dauerte es eine Weile, bis ihr der Gifttod ihres Onkels einfiel, sofort überfiel sie Panik. »Ihr habt doch nicht etwa eine Knollenblättervergiftung? Hast du gesagt, es könnten Knollenblätterpilze sein?«

»Keine Angst, sie haben mir gesagt, dass Pilze, die so schnelles Erbrechen verursachen, die am wenigsten gefährlichen sind.«

Diese Erklärung reichte der Commissaria nicht. Sie verlangte, die Ärztin zu sprechen, und beruhigte sich erst, als diese versicherte, die Symptome einer Knollenblätterpilzvergiftung sähen definitiv anders aus.

Als sie wieder zu Hause waren und die Commissaria sich versichert hatte, dass Julia und Laura sich in der Obhut ihrer Mutter erholen würden, packte sie Reste der Pilzmahlzeit und das Körbchen, in dem sie gelegen hatten, ein und brachte sie zum Kriminaltechnischen Dienst. Dann informierte sie den Comandante, dass jemand ihre Frau und ihre Tochter mit Pilzen vergiftet hatte.

»Jetzt reicht's aber«, sagte er. »Wir müssen sofort andere Saiten aufziehen. Diese Drohungen hatten bis jetzt eher den Charakter von Streichen. Aber das hier ist Körperverletzung. Sie können natürlich auch in diesem Fall nicht ermitteln. Ich werde aber sofort ein Team zusammenstellen und die Ermittlungen persönlich leiten.«

Das war ein schwacher Trost für die Commissaria, die aber zugeben musste, dass sie im Moment ohnehin nicht fähig war, einen klaren Gedanken zu fassen.

47

Marta hatte einen Tierarzt gerufen, der sogleich veranlasste, dass die zehn Welpen auf verschiedene Tierarztpraxen verteilt wurden. Einige von ihnen waren in Besorgnis erregendem Zustand, dehydriert und unterernährt.

Außerdem hatte Marta auch dafür gesorgt, dass Sara festgenommen wurde. Sie fuhr auf den Polizeiposten von Chiasso, um bei der Einvernahme dabei zu sein.

Sara behauptete, nichts von den Hunden gewusst zu haben. Salvatore habe ihr das erst in dem Brief, den ihr der Anwalt gebracht hatte, mitgeteilt und sie gebeten, zu den Hunden zu schauen. Sie solle Hundefutter kaufen und die Streu wechseln.

»Sie hätten das sofort melden müssen«, sagte Marta.

»Wieso denn? Den Hunden ging's doch gut. Salvi hat sich damit nur etwas nebenher verdient. Das ist doch kein Verbrechen!«

»Den Hunden ging es überhaupt nicht gut. Sie waren in sehr schlechtem Zustand. Im Moment wissen wir noch nicht, ob alle durchkommen.«

»Das ist ja nicht seine Schuld. Sie waren es, die Salvi eingesperrt haben, sodass er sich nicht um sie kümmern konnte.«

»Aha. Sie geben uns die Schuld? Das ist immer das Einfachste. Hören Sie, Sara, Sie werden der Mittäterschaft angeklagt. Betrug, Verstoß gegen das Tierschutzgesetz, was weiß ich noch. Sie können mit einer milderen Strafe rechnen, wenn Sie mit uns kooperieren. Seit wann verdient sich denn Salvatore Ferrari ein bisschen was nebenher mit Hundewelpen?«

»Ich habe Ihnen doch schon gesagt, dass ich nichts davon wusste. Wenn ich es gewusst hätte, hätte ich es ihm ausgeredet. Ich mag doch Tiere.«

»Sie mögen Tiere, sagen Sie? Warum haben Sie dann nicht bemerkt, wie erbärmlich es den Hunden ging? Sie waren unterernährt, dehydriert, voller Parasiten. Wissen Sie eigentlich, woher diese Hunde kommen? Sie werden in Osteuropa in schmutzigen Hinterhöfen geboren. Ihre Mütter werden als Gebärmaschinen missbraucht, und die Welpen werden ihnen viel zu früh abgenommen. Die meisten haben Verhaltensstörungen und sind traumatisiert, außerdem können sie Tollwut haben.« Marta, die sich zuvor Zeit genommen hatte, sich über den illegalen Hundehandel zu informieren, gab sich keine Mühe, ihre Empörung zu verbergen.

Sara fing an zu weinen. »Ich bin immer dagegen gewesen und wollte nichts damit zu tun haben. Er wollte einfach nicht auf mich hören.«

Marta hingegen hatte genug gehört. Auch wenn Sara sich jetzt reuig zeigte, geschah das nur, weil sie eine Strafe fürchtete. Wahrscheinlich dachte sie, dass sie für ihr Vergehen ins Gefängnis müsse. Marta dagegen wusste, dass ihr nur eine Geldstrafe, womöglich sogar eine bedingte, drohte, falls man ihr überhaupt nachweisen konnte, dass sie schon länger bei diesem tierquälerischen Geschäft mitgemacht hatte.

Angewidert stand Marta auf und überließ Sara ihrem schlechten Gewissen und den Agenti der Chiassoer Polizei.

Die Polizistin in ihr konnte es nicht erwarten, Salvatore Ferrari mit der Aufdeckung seines illegalen Hundehandels zu konfrontieren. Die Mordermittlerin dagegen scheute dieses Gespräch. Dass Ferrari etwas auf dem Kerbholz hatte, war offensichtlich gewesen. Gegen besseres Wissen hatte sie gehofft, es sei der Mord an Valerio Banfi. Dieser Hundeschmuggel passte zwar viel besser ins Bild, aber das bedeutete auch, dass sie im Fall Banfi wieder ganz von vorne anfangen musste. Sie fühlte sich, als ob sie ein Stück leckeren Kuchen in die Hand genommen hätte und dieser auf dem Weg zum Mund in Krümel zerbröckelt wäre.

Sie beschloss, das Aufwischen der Krümel ihren Kollegen zu überlassen.

Bevor sie jedoch zurück nach Locarno fuhr, rief sie den Ex-Procuratore Bianchi in Treviso an. Er wartete bestimmt schon ungeduldig auf Informationen. Außerdem erhoffte sie sich Trost und Aufmunterung von ihm. Vielleicht hatte er sogar einen Ansatz für neue Ermittlungen?

»Ich war mir so sicher, dass er es war«, sagte der Procuratore enttäuscht. »Jetzt muss ich mir etwas Neues überlegen.«

»Was ist denn mit dieser Alessandra? Sie haben gesagt, Sie kümmern sich um sie.«

»Tut mir leid, das hätte ich schon früher erwähnen sollen, aber ich dachte, es sei nicht mehr von Bedeutung. Man hat die Ärmste im Sile gefunden. Sie hat sich das Leben genommen.«

Marta dachte mit Bedauern an die unglückliche Frau, deren Leben von Anfang an durch den frühen Tod ihres Vaters überschattet war. Ein weiteres Opfer der *Roten Brigaden*, das nie jemand zählen würde.

Nach dem Gespräch mit dem Procuratore sehnte sich Marta nach einem ruhigen Abend mit Davì. Vorher würde sie noch auf dem Polizeiposten vorbeischauen, aber danach konnte sie einkaufen gehen und ihren Freund mit einem Abendessen überraschen.

Als sie dann aus dem Aufzug trat, war sie erstaunt, wie viel Betrieb noch herrschte. Da gerade alle dabei waren, sich im Besprechungsraum zu versammeln, schloss sich Marta ihnen an, um zu erfahren, was los war.

Der Comandante sagte gerade »Fangen wir also an«, als sich die Tür öffnete, und die Commissaria hereinkam und sich mit entschuldigender Geste zu den hinteren Plätzen schlich.

»*Allora*«, hob der Comandante nach der Unterbrechung wieder an. »Heute Mittag hat Julia Müller, die Partnerin von Commissaria Casanova, ein Körbchen mit Pilzen vor ihrer Tür gefunden. In der Annahme, es sei ein Geschenk von ihrer Schwiegermutter, hat sie Pilzschnitten für sich und die Tochter Laura gemacht. Danach erlitten die beiden starke Magen-Darm-Beschwerden, sodass sie von Elena Casanova in die Notaufnahme gebracht werden mussten. Auch stellte sich heraus, dass die Pilze nicht von ihr stammten. Aufgrund der Umstände müssen wir annehmen, dass jemand absichtlich diese giftigen Pilze vor der Tür deponiert hat. Zumal Commissaria Casanova am Abend zuvor einen Brief erhalten hat, der eine Drohung gegen ihre Partnerin und ihre Tochter enthielt. Hier haben wir die Abfolge der Ereignisse.« Er schaltete den Projektor ein und drehte sich zur Wand, wo ein Zeitstrahl auf die Leinwand projiziert wurde. »Commissaria Casanova verlässt um 5.30 Uhr als Erste das Haus, dann folgen Bruno und Elena Casanova um 8.30 Uhr und schließlich Julia Müller mit Laura um 10 Uhr. Ihnen allen ist nichts aufgefallen.«

Marta hatte den Ausführungen mit offenem Mund gelauscht und drehte sich nun zur Commissaria um, die ihr mit Gesten zu verstehen gab, dass sie sich nachher treffen sollten.

»Als Erste kam Elena Casanova um 9.45 Uhr zurück. Sie hat ebenfalls nichts bemerkt. Nur hätte sie, um das Körbchen zu sehen, in den ersten Stock gehen müssen. Eine Dreiviertelstunde später ist dann Julia Müller nach Hause gekommen und hat das Körbchen mit den Pilzen gefunden. Zur Bestimmung des Zeitfensters für die Deponierung der Pilze müssen wir berücksichtigen, dass die Haustür geschlossen war, als alle abwesend waren. Sie wurde aber von Elena Casanova um 9.45 Uhr geöffnet und war offen, als Julia Müller um 11 Uhr das Haus betrat. Wir sollten uns also erst mal auf diese Zeitspanne konzentrieren. Das bedeutet Befragung der Nachbarn, Lehrer und Studierenden von der Berufsschule, die in der Nähe ist, Passanten und so weiter. Außerdem können wir noch auf die Ergebnisse der Untersuchung des Körbchens und der Pilzreste durch den KTD hoffen. Ich möchte betonen, dass ich vollen Einsatz erwarte. Das war ein Anschlag, der zwar keine gravierenden Konsequenzen hatte – *Grazie Dio!* – aber auch gezeigt hat, dass der Verfasser oder die Verfasserin«, hier warf er der Commissaria einen bedeutungsvollen Blick zu, »auf Eskalationskurs ist. Wir müssen diese Einschüchterungsversuche unbedingt unterbinden, bevor ein größeres Unglück geschieht.«

Marta wartete auf die Commissaria vor ihrem Büro und bedachte sie mit einer warmen Umarmung, als sie erschien.

»Das ist ja furchtbar. Wieso verhaften sie denn nicht einfach Simone Falchetto?«, fragte Marta und ging voraus ins Büro.

Die Commissaria folgte ihr und schloss die Tür. »Weil sie es nicht gewesen sein kann. Sie wird überwacht und hätte das Haus nicht verlassen können.«

»Sie werden bestimmt etwas finden. Alle hinterlassen früher oder später Spuren«, versuchte Marta, sie zu trösten.

»Ja, ich werde sie kriegen, da bin ich mir sicher. Aber was ist mit dir? Meinst du, ihr könnt diesen Ferrari überführen?«

Marta erzählte vom Desaster mit den Hundewelpen, und danach kamen sie zum Schluss, dass sie sich gerne von einer Seherin den guten Ausgang dieser beiden verzwickten Fälle vorhersehen lassen würden.

Als Marta sich verabschiedet hatte, drehte sie sich an der Tür noch einmal um. »Wegen Simone Falchetto ist mir noch etwas eingefallen. Du weißt schon, dass die vier Hochhäuser und das Mittelgebäude unterirdisch verbunden sind? Man kann in den Keller des einen Hauses gehen, einen langen Flur durchqueren und kommt im anderen Haus wieder heraus. Wird das überwacht?«

Marta war noch nicht zur Tür raus, da hatte die Commissaria schon das Telefon in der Hand.

M

Ich habe schon lange nichts mehr von der Commissaria gehört. Fast 24 Stunden.

Ob sie aufgegeben hat?

Aber vielleicht hat sie tatsächlich noch andere Hobbys, als mich zu verfolgen. Was mir sehr entgegenkäme, da ich gerade intensiv mit meinem dritten Projekt beschäftigt bin.

Ich zögere ein wenig – soll ich?

Normalerweise vermeide ich es, meine Projekte in meinem Tagebuch zu notieren. Erstens ist es besser, alles im Kopf zu haben. Zweitens bin ich wohl etwas abergläubisch. Man weiß nie ganz sicher, ob es gelingen wird. Wie sagt man so schön? Ich möchte es nicht verschreien.

Ja, ich behalte es besser für mich.

Dafür habe ich Neuigkeiten von meiner lieben Nachbarin. Sie hat *Netflix* abgesagt. Ist das zu fassen?

Es kann sein, dass ich ein wenig Mitschuld daran habe. Meine Reaktion war wohl nicht ganz so enthusiastisch, wie sie es erwartet hat. Und ich konnte nicht anders, als sie auch auf die Probleme hinzuweisen, habe ihr geraten, sie solle sich ein paar von diesen *True Crime*-Serien anschauen und dann entscheiden, ob sie will, dass sie und ihre Familie vor der Weltöffentlichkeit bloßgestellt werden. Das hat ihr offenbar zu denken gegeben.

Was soll's, *Netflix* wäre eh nur schneller Eintagsfliegenruhm gewesen, und sie hätte den Absturz hinterher ohnehin nicht verkraftet.

Da fällt mir ein, ich könnte sie gleich mal besuchen. Schließlich kann ich ohne meinen Laptop nicht arbeiten, und irgendwie muss ich ja meine Zeit totschlagen.

48

Die Commissaria musste sich eingestehen, dass sie enttäuscht war. Ein Kontrollanruf hatte gezeigt, dass die Überwacher von Simone Falchetto den unterirdischen Durchgang nicht vergessen hatten. Wenn sie also nicht einen Komplizen hatte, der die Briefe einwarf und Pilzkörbchen verteilte, dann war sie es nicht gewesen.

Es half alles nichts, sie musste anfangen, neue Möglichkeiten zu erwägen.

Wie hatte der Comandante gesagt? Ein paar frische Augen sollten den Fall neu beurteilen. Die beiden frischen Augen saßen zwei Büros weiter und kämpften sich durch die Seiten von Simones Schnellheftern.

Sie musste mal mit Francesco reden.

Er saß am Schreibtisch, nicht eingenickt, was sie ihm nicht hätte verübeln können, sondern hellwach und offensichtlich fasziniert.

»Und? Kommst du voran?«

»Ich bin zur Hälfte durch.«

»Schon irgendetwas Auffälliges?«

»Ja. Ich denke, sie hat ihre Mutter getötet.«

»Was? Steht das da irgendwo drin?«

»Natürlich nicht explizit, aber es ist nicht zu übersehen, dass bei diesen Mütter-Töchter-Konflikten immer die Mutter am Ende stirbt und die Tochter triumphiert.«

»Wie sterben denn diese Mütter? Simones Mutter war herzkrank und sehr schwach. Es wäre für sie ein Leichtes gewesen, ihrer Mutter ein Kissen aufs Gesicht zu drücken, um sie zu töten. Vielleicht hätte es auch schon gereicht, ihr den Sauerstoff wegzunehmen. Falls sie etwas in der Richtung beschreibt, dann melde dich sofort.«

»Bis jetzt ging es nur um Unfälle oder Krebs. Zweimal ein Hirntumor, das scheint sie besonders zu faszinieren. Und noch etwas ist mir aufgefallen. In den kürzeren Geschichten geht es um diesen Mutterkomplex oder wie man das nennen will. Aber die dicken Brocken sind in der Ich-Form geschrieben. Ich habe bis jetzt zwei gelesen und nehme mal an, dass darin viel Autobiografisches ist. Eines handelt von einer jungen Frau, die Mann und Kind verlässt, um Schriftstellerin zu werden. Das zweite, das habe ich zuerst gelesen, erzählt, wie die junge Frau um Erfolg kämpft und schmerzlich enttäuscht wird. Mir ist aufgefallen, dass die Enttäuschung sehr groß ist und der Hass auf die Erfolgreichen auch.«

»Ja, das ist wohl die Geschichte ihres Lebens. Das hat sie mir schon ein paarmal erzählt. Okay. Aber kann ich dich noch etwas fragen? Hast du die Pilzvergiftung von Julia und Laura mitbekommen?«

Agente Chiesa nickte.

»Glaubst du, dass Simone Falchetto hinter den Drohbriefen steckt?«

»Was? Nein, nie im Leben. Das ist doch gar nicht ihr Stil. Sie schreibt ganz anders.«

»Bist du sicher? Sie kann perfekt mit Worten umgehen und könnte sich demnach auch verstellen.«

»Ja, schon. Aber mein Gefühl sagt, dass sie es nicht war. Sie würde sich anders verstellen und könnte es sich nicht versagen, ein paar überkandidelte Wendungen zu gebrauchen.

Die Commissaria sah Francesco Chiesa prüfend an, schaute durch ihn hindurch und vergaß, dass er da war.

»Hallo? Commissaria?«

»*Scusa*. Ich danke dir, Francesco. Melde dich, wenn dir noch etwas auffällt.«

»Gerne«, sagte Francesco und widmete sich wieder dem angefangenen Manuskript. Er war aber nicht weiter als bis zum ersten Absatz gekommen, als er vom Klingeln seines Handys unterbrochen wurde. Eine unbekannte Nummer mit ausländischer Vorwahl. Er vermutete einen Werbeanruf, ließ es klingeln, hörte aber dann, wie seine Mailbox ansprang und eine bekannte Stimme sagte: »Francesco? Hier ist Claudine, kannst du bitte zurückrufen?«

Als eine Stunde später die Commissaria ihn noch einmal sprechen wollte, fand sie nur noch ein aufgeschlagenes Manuskript am Schreibtisch vor.

Agente Chiesa war weg.

Agente Chiesa befand sich in der *Festival Bar* beim Bahnhof.

»Ich hätte auf keinen Fall einfach abhauen dürfen«, sagte Claudine Dubois. Die Lebensgefährtin von Valerio Banfi saß ihm gegenüber auf der Bank. »Es tut mir leid. Ich habe dich bestimmt in Schwierigkeiten gebracht.«

Francesco zuckte die Schultern.

»Ich war in einem Schockzustand. Valerio tot, die Polizei vor der Tür. 40 Jahre Leben im Untergrund. Ich wusste nicht, wo oben und unten ist. Fliehen war das Einzige, was mir in den Sinn kam.« Sie trank einen Schluck *Chinotto*.

Francesco räusperte sich. »Darf ich etwas fragen?«

»Klar. Ich schulde dir ein paar Antworten.«

»Wovon habt ihr eigentlich gelebt? Und woher kam das Geld für das Haus in Nizza?«

Claudine sah ihn überrascht an. Mit dieser Frage hatte sie offensichtlich nicht gerechnet. »Ja, was denkst du denn? Wir haben uns das Geld besorgt«, sagte sie unwillig.

»Du meinst, ihr habt es gestohlen?« Francesco versuchte, nicht missbilligend zu klingen.

»Gestohlen? Ich würde es eher umverteilen nennen. Wir sind in die Schweiz gefahren und haben Postfilialen und Banken überfallen. Wir hatten Kenntnis von einem Waffendepot im Waadtländer Jura. Mit einer Knarre in der Hand waren Banküberfälle damals ein Kinderspiel. Wir sind rein, verlangten das Geld und waren Minuten später wieder draußen. Geflohen sind wir dann mit einem Motorrad. Es brauchte nur etwas Grips, um Fluchtwege auszutüfteln, die es der Polizei unmöglich machten, uns zu verfolgen. Einmal sind wir sogar eine Treppe runtergefahren.« Claudine zeigte Anflüge von nostalgischer Begeisterung, die Francesco zutiefst irritierten.

»Wir hatten damals schon einen Campingbus, in dem ein Versteck für unser Mini-Motorrad eingebaut war. Unter unseren Blaumännern, die wir für die Überfälle überzogen, trugen wir Hippie-Klamotten. Wir tauschten die Nummernschilder, falls jemand den Bus beobachtet hatte. Farbe und Marke konnten wir natürlich nicht ändern, aber wir hatten Magnetsticker gebastelt, *Make love not war* und solche Sachen, die den Bus im Handumdrehen verwandelten. Dazu noch ein Girlande an der Windschutzscheibe, Chaos, Kleider, Töpfe, eine Gitarre im hinteren Teil, und die Tarnung war perfekt. Wir wurden nie erwischt.«

Francesco sah sie an, forschte nach Reue oder schlechtem Gewissen und wurde nicht fündig. Er war irritiert.

Diese Art von krimineller Energie war ihm noch nie begegnet. Habgier konnte er bei Claudine nicht feststellen. Materielle Not? Irgendwie nicht glaubhaft. Sie hatte es Umverteilung genannt. Aber wenn sie meinte, sie könne ihm hier eine *Robin-Hood*-Geschichte auftischen, hatte sie sich getäuscht. Die beiden hatten das geraubte Geld ja nicht unter den Armen verteilt, sondern in eine Villa in Nizza und einen komfortablen Lebensstil an der Côte d'Azur investiert. Das Gefühl der Komplizenschaft, das bei ihm gegenüber Claudine auf der Zugreise von Nizza nach Locarno aufgekommen war, war nun vollständig verflogen. »Warum bist du denn eigentlich jetzt zurückgekommen?«, fragte er schließlich.

»Es hat eine Weile gedauert, bis ich wieder klar denken konnte. Dann habe ich mich bei meinem Anwalt informiert. Meine sogenannten Taten sind alle verjährt. Ich kann mich frei bewegen, er hat mir allerdings geraten, bei meiner französischen Identität zu bleiben, das sei einfacher. Wie auch immer, ich bin hier und ich möchte Valerio gerne noch einmal sehen. Er ist doch nicht etwa schon beerdigt oder gar kremiert?«, fügte sie mit einem Anflug von Emotionalität hinzu, der überraschend kam, da sie diese bis jetzt vollständig hatte vermissen lassen.

»Nein, er ist noch in der Gerichtsmedizin«, sagte Francesco und fühlte sich verwirrt ob dieses abrupten Themenwechsels.

»Ich möchte auch gerne Valerios Familie kennenlernen. Er hat mir viel von seinen Schwestern erzählt. Es war ja damals sehr schwierig für ihn, nie mehr in die Schweiz zurückkehren zu können und damit rechnen zu müssen, sie nie mehr wiederzusehen.«

Francesco flüchtete sich in ein unverbindliches Nicken.

»Das war ja auch der Grund für seine Fahrt nach Locarno. Er wollte seine Familie wiedersehen. Die Franzosen haben vor zwei Jahren angefangen, Rotbrigadisten, denen Exil in Frankreich gewährt worden war, nach Italien auszuliefern. Er hatte Angst, dass auch er ausgeliefert werden könnte und dann im Knast verrotten würde, ohne jemals wieder in die Schweiz zurückkehren zu können. Im Gegensatz zu mir wurde er wegen terroristischen Handlungen gesucht, das ist kein Delikt, das verjährt.«

»Was hat er denn eigentlich getan?«

»Einen Polizisten erschossen«, sagte Claudine, und Francesco erkannte zum ersten Mal an ihr so etwas wie Schuldbewusstsein. Bevor er sich jedoch dazu äußern konnte, wechselte sie geschickt das Thema. »Habt ihr Ferrari denn schon geschnappt?«

Francesco war im ersten Moment versucht, ihr von Ferraris Hundeschmuggel zu erzählen, besann sich aber schnell eines Besseren. Seine anfängliche Sympathie für die Terroristenwitwe war endgültig ins Gegenteil gekippt. »Ja«, sagte er, »wir haben Ferrari geschnappt.«

Die Commissaria hatte über Agente Chiesas Schlussfolgerungen aus Simone Falchettos Texten nachgedacht. Sie räumte ein, dass er recht haben könnte, dass sie die Drohbriefe tatsächlich nicht verfasst hatte. Sie hatte einen Moment darüber nachgedacht, wer sonst dafür infrage käme, aber ihr war niemand eingefallen. Auch weil etwas anderes sie beunruhigt hatte, ohne dass sie es hatte greifen können. Etwas, das Agente Chiesa gesagt hatte. Sie hatte sich auf den Weg gemacht, um ihn zu fragen, aber er war verschwunden. Sie vermutete sogleich, dass sein Verschwinden in Zusammenhang mit der Lektüre stehen könnte, weshalb sie sich an den Schreibtisch setzte und die aufgeschlagene Seite im Manuskript las.

Zuerst ergab es keinen Sinn, aber beim zweiten Mal entdeckte sie die Botschaft. Ein Leben war gefährdet, sie musste sofort eingreifen.

49

Schon wieder rannte sie auf den Straßen von Locarno. Das war der Preis dafür, dass sie nicht gerne Auto fuhr. Wenigstens verbesserte sich dabei ihre Fitness. Auch war das Hochhaus, in dem Simone Falchetto wohnte, nicht allzu weit vom Polizeiposten entfernt. Mit dem Auto wäre sie nicht wesentlich schneller gewesen. Vor dem Eingang suchte sie das Klingelbrett ab, wo war nur dieser verdammte Name?

»*Cazzo*«, fluchte sie, und war kurz davor, mit der flachen Hand ein Massenklingeln auszulösen, als jemand aus dem Haus kam und sie durch die Tür schlüpfen konnte.

Im siebenten Stock angekommen, hielt sie sich nicht mit Klingeln auf, sie drückte auf die Klinke, und die Tür ging auf. Sie stürmte durch die Wohnung, sah die Balkontür offen und Simone auf dem Balkon stehen. Merkwürdigerweise lehnte sie sich nach draußen, als ob es unten etwas zu sehe gäbe, und hatte den stürmischen Einzug der Commissaria nicht bemerkt.

»Ich muss sofort mit Ihnen sprechen«, schrie die Commissaria, um ihre Aufmerksamkeit zu bekommen.

Simone zuckte zwar zusammen, drehte sich dann aber aufreizend langsam um. »Das nennt man wohl Hausfriedensbruch. Ich werde nicht darum herumkommen, Sie anzuzeigen.«

Die Commissaria beachtete sie nicht, ging stattdessen zum Balkongeländer und schaute nach unten. Da war nichts. Dann schaute sie nach links und erhaschte gerade noch ein Bewegung aus dem Augenwinkel. Jemand hatte auf dem Nachbarbalkon gestanden und sich hastig zurückgezogen. Dieser Jemand musste Valentina della Valle sein, da sie in der Wohnung nebenan wohnte. Die Commissaria ließ Simone Falchetto stehen, verließ ihre Wohnung und klingelte bei Valentina.

Nichts als Stille. Angespannte Stille, die Commissaria meinte, Valentinas Präsenz zu spüren.

»Ich glaube, sie ist nicht da«, sagte Simone, die ihr gefolgt war.

»Wie kommen Sie darauf? Sie haben sich doch gerade noch mit ihr von Balkon zu Balkon unterhalten.«

»Ich? Nein. Ich habe Lärm gehört und bin nach draußen, um nachzusehen, was los ist. Valentina habe ich nicht gesehen.«

»Valentina! Hier ist Roberta, bitte machen Sie auf!« Die Commissaria klopfte kräftig an die Tür und bemerkte, dass der Spion dunkel geworden war. Valentina beobachtete sie also. »Gehen Sie zurück in Ihre Wohnung«, befahl sie Simone, die jedoch keine Anstalten machte zu gehorchen.

»Valentina, ich muss mit Ihnen sprechen, es ist dringend.«

»Was ist denn los? Hat sie etwas ausgefressen?«, fragte Simone, und der Commissaria platzte der Kragen. »Sie gehen jetzt sofort zurück in Ihre Wohnung, Sie behindern hier eine Polizeihandlung.«

Simone ließ ein abschätziges »Pffh« hören, begab sich aber ohne Eile zurück in ihre Wohnung. Die Tür ließ sie einen Spalt offen, was die Commissaria veranlasste, sie mit einem wütenden Schnauben zuzuknallen.

»Valentina, bitte lassen Sie mich rein«, sagte sie nun eher bittend als fordernd. Sie wartete und fühlte fast körperlich die Blicke aus den beiden Türspionen stechen. Nicht nur Valentina, auch Simone beobachtete sie.

Dann hörte sie endlich, dass sich der Schlüssel in Valentinas Tür drehte, und die Commissaria wurde in die Wohnung gelassen.

Valentina sah noch elender aus als beim letzten Mal. Sie war grau im Gesicht, wirkte teilnahmslos in einem fleckigen rosa Trainingsanzug, dessen Kapuze sie hochgezogen hatte, um sich vor der Welt zu schützen oder das ungewaschene Haar zu verstecken.

»Es geht Ihnen nicht gut«, stellte die Commissaria das Offensichtliche fest.

»Ja«, sagte Valentina, augenscheinlich zu erschöpft, um sich zu erklären.

»Sie brauchen dringend Hilfe. Sind Sie einverstanden, dass ich Sie in die psychiatrische Notaufnahme bringe?«

Valentina nickte.

M

2:1

Ich hätte mein neues Projekt im Tagebuch nicht erwähnen dürfen. Jetzt ist es wohl gescheitert.

War ich der Sache zu sicher?

Ja.

Habe ich daraus gelernt?

Ja.

Ich habe gelernt, dass ich die Commissaria nicht unterschätzen darf. Sie ist eine Gegnerin, die meiner würdig ist. Alles andere käme ja auch nicht infrage.

Dumme Valentina. Fast hätte ich sie so weit gehabt. Ein Sprung aus dem siebenten Stock wäre eine todsichere Sache gewesen.

Vielleicht habe ich mich doch ein bisschen von der Hybris verleiten lassen.

Ich hätte ein wenig subtiler vorgehen müssen.

Vorgehen können.

Okay.

Über verschüttete Milch soll man nicht weinen.

Andere Serienmörder hatten auch Fehlschläge.

Und sie haben trotzdem weitergemacht.

50

Nachdem die Commissaria Valentina sicher versorgt wusste, war sie zurück auf den Polizeiposten gegangen. Sie setzte sich an ihren Schreibtisch, um nachzudenken.

Sie hatte richtiggelegen, Simone hatte Valentina so fertig gemacht, dass sie kurz davor gewesen war, Selbstmord zu begehen. Allerdings war es unmöglich, dies Simone nachzuweisen. Aber die Commissaria hatte die Genugtuung, den Selbstmord verhindert zu haben, und sie hatte vor, dafür zu sorgen, dass Simone Valentina nie mehr zu nahe kommen konnte. Immerhin ein Teilerfolg. Damit musste sie sich jetzt begnügen. Sie beschloss, das Thema »Simone« für den Moment beiseitezuschieben und sich zu erkundigen, was die Ermittlungen in der Sache der Drohbriefe ergeben hatte.

Im Flur traf sie auf Agente Chiesa. »Wo hast du denn gesteckt? Ich habe dich gesucht«, fragte sie ihn. »Ich hatte mir nämlich Gedanken gemacht, wegen deiner Bemerkung über Simone Falchetto und ihrem Problem, keinen Erfolg mit ihrer Schriftstellerei zu haben. Du warst dann aber nicht da, deshalb las ich die aufgeschlagene Seite in dem Manuskript, das du gerade gelesen hast. Es war diese Beschreibung, wie jemand vom Balkon im siebenten Stock springt.«

Agente Chiesa sah sie verständnislos an. »Ich habe die Seite nicht zu Ende gelesen.«

»Ach so? Wie auch immer. Ich raste zum Hochhaus, weil ich dachte, Simone könnte Selbstmord machen, lag aber falsch. Es war Valentina, die aus dem siebenten Stock springen sollte. Ich konnte sie gerade noch davon abhalten. Sie wird jetzt psychiatrisch betreut, ich bin überzeugt, dass Simone ihr das eingeredet hat.«

»Wem hat Simone was eingeredet?«, fragte Marta, die gerade um die Ecke kam, und die Commissaria erzählte es ihr.

»Wir müssen dafür sorgen, dass sie aus dem Verkehr gezogen wird. Diese Frau ist böse. Und leider auch sehr clever. Zum Glück gibt's diese Kombination nur äußerst selten«, sagte Marta, schien aber nicht ganz bei der Sache, was die Commissaria bemerkte. »Was ist mit dir? Habt ihr einen neuen Ansatz?«

»Nein. Ich bin müde. Alles scheint immer in einer Sackgasse zu enden. Nicht einmal der Ex-Procuratore aus Treviso weiß weiter.«

»Also, ich hätte da Neuigkeiten«, sagte Agente Chiesa und hatte sofort die ungeteilte Aufmerksamkeit beider Frauen.

Er erzählte ihnen vom Anruf von Claudine Dubois und ihrem Treffen in der *Festival Bar*. Er habe sie in die Gerichtsmedizin begleitet, wo sie von ihrem Lebensgefährten Abschied nehmen konnte. Es sei herzzerreißend gewesen. Danach habe er sie zum Hotel gebracht, weil sie allein sein wollte. Sie habe versprochen, morgen vorbeizukommen, um ihre Aussage zu machen.

Die Commissaria gab ein nachdenkliches »Hm« von sich, was Agente Chiesa stutzig machte. »Was denn?«

»Du hast sie doch schon letztes Mal im Hotel abgesetzt, und dann war sie weg.«

»Also diesmal ist alles ganz anders. Sie hat mir erzählt, dass sie den Kopf verloren hat und geflüchtet ist, weil sie

Angst hatte, für die Banküberfälle belangt zu werden, die sie mit Valerio zusammen verübt hatte.«

»Banküberfälle?« Das wurde ja immer besser. Ihr Onkel war nicht nur ein politischer Fanatiker, sondern auch ein ganz gewöhnlicher Krimineller.

»Ja, sie haben so ihr Leben finanziert. Offenbar war es vor 40 Jahren noch ein Kinderspiel, Banken zu überfallen. Als sie wieder zurück in Nizza war, hat sie sich bei einem Anwalt erkundigt, der ihr gesagt hat, sie brauche nichts mehr zu befürchten, ihre Taten seien verjährt. Darum ist sie zurückgekommen.«

»Na dann«, sagte die Commissaria und musterte Agente Chiesa zweifelnd.

»Und wenn schon. Ich bin nicht verantwortlich für sie. Ich habe gemeldet, dass sie da ist, dass sie die Leiche von Banfi sehen und danach aussagen möchte. Niemand hat gesagt, ich solle Kindermädchen spielen.«

»Klar«, sagte die Commissaria besänftigend. »Und sonst hat sie nichts erzählt? Ich hätte gerne erfahren, was mein Onkel in Locarno wollte. Ob sie es überhaupt gewusst hat?«

»Dazu wäre ich gerade gekommen, wenn du nicht auf mir rumgehackt hättest.«

»Ich wollte nicht auf dir rumhacken, ich dachte nur – also komm jetzt, was hat sie gesagt?«

»Er hat befürchtet, an Italien ausgeliefert zu werden. Offenbar hat Macron angefangen, entgegen der Mitterrand-Doktrin, ehemalige Rotbrigadisten, denen Frankreich Asyl gewährt hatte, auszuliefern. Dein Onkel hat übrigens nicht nur qualifizierte Raubüberfälle auf dem Kerbholz. In Italien wurde er wegen Polizistenmordes gesucht.«

Das schockierte die Commissaria sichtlich. Sie hatte die ganze Zeit gehofft, ihr Onkel habe sich damit begnügt, Flugblätter zu verteilen, Schmiere zu stehen oder vielleicht Nachrichten zu übermitteln. Eher harmlosere Sachen halt.

Polizistenmord war eine ganz andere Kategorie. Niederschmetternd. Sie fragte sich, ob ihre Mutter davon wusste.

Agente Chiesa, der sehen konnte, wie sehr diese Neuigkeit die Commissaria mitnahm, hatte einen Moment teilnahmsvoll geschwiegen, bevor er fortfuhr. »Er hat also eine schwerwiegende terroristische Tat begangen, die nie verjähren würde. Er fürchtete, früher oder später für immer in einem italienischen Knast zu verschwinden. Deshalb wollte er nach Locarno kommen. Um noch einmal seine Familie zu sehen.«

Marta, die schweigend zugehört hatte, war auf einmal wieder energiegeladen. »Banfi war damals gesucht worden in Zusammenhang mit einem Attentat auf einen Richter, bei dem ein Polizist getötet worden war. Wir haben aber nicht gewusst, dass er es war, der den Polizisten getötet hat. Aber wir hatten die Tochter des getöteten Polizisten verdächtigt, das hat sich nun aber erledigt.«

»Warum?«, fragten die Commissaria und Agente Chiesa gleichzeitig.

»Sie ist tot, Suizid. Jetzt ist es zu spät, aber morgen rufe ich den Ex-Procuratore an, vielleicht gibt es doch noch weitere Angehörige, die Rache nehmen wollten. Gute Nacht euch beiden, mir reicht es jetzt.« Auch Agente Chiesa sagte, er mache jetzt Feierabend, und verabschiedete sich, die Commissaria blieb alleine stehen und starrte vor sich hin.

51

Mamma, gestern habe ich erfahren, dass Valerio nach Locarno gekommen ist, um seine Familie noch einmal wiederzusehen. Mamma, du sagst mir doch die Wahrheit? Du hast nicht mit ihm gesprochen? Ihr habt euch nicht verabredet, zu einem Treffen am Sonntagmorgen an eurem traditionellen Pilzplatz am Waldrand über Intragna? Du hast ihn nicht zu einem Pilzrisotto eingeladen, als wir auf unserem Sonntagsspaziergang nach dem Essen waren? Und du hast das Pilzrisotto nicht mit Knollenblätterpilzen gewürzt? Du hast ihn nicht mutterseelenallein in seinem zerbeulten Camper verrecken lassen?

Polizistenmörder.

Mamma, sag, dass es nicht wahr ist.

Meine Mutter hat kein Motiv, weit und breit kein Motiv. Es ergibt einfach keinen Sinn. Ich sollte sie fragen, aber ich habe zu große Angst, dass sie lügt. Dass sie mir ins Gesicht lügt.

Die Commissaria hatte in der Nacht kaum geschlafen, war früh aus dem Haus geschlichen. Weil sie ihre Zweifel nicht mehr ertrug, weil sie sich selbst nicht mehr ertrug.

Die erste Stunde war es noch sehr ruhig auf dem Polizeiposten. Sie trank Espresso und kritzelte in ihr Notizbuch. Dann ploppte eine E-Mail auf. Die Resultate der Untersuchung des Pilzkörbchens vom Labor in Bellinzona. Ihr Herzschlag beschleunigte sich, als sie sie öffnete.

Vergebens.

Auf dem Körbchen waren keine DNA-Spuren gefunden worden. Es war mit einem chlorhaltigen Reinigungsmittel behandelt worden. Die Pilze hatten nicht analysiert werden können, da ihre Merkmale durch das Kochen zerstört worden waren.

Ja klar. Das Phantom hatte bis jetzt keine Spuren hinterlassen, warum hätte es dann ausgerechnet ein Körbchen mit DNA-Spuren hinterlassen sollen?

Die Commissaria überlegte gerade, ob sie noch einen Espresso vertragen würde, als es an ihre Tür klopfte.

»*Avanti!*«, rief sie.

Agente Chiesa kam herein. Er hatte Ringe unter den Augen und wirkte ungewohnt fahrig für jemanden, der sonst immer mit gestrecktem Rücken und zackigen Bewegungen auftrat.

»*Buongiorno*, Francesco. Was gibt's?«

»*Buongiorno*, darf ich mich setzen?«

»Natürlich.«

»Es ist so«, sagte er. »Ich bin ja vielleicht nicht der beste oder geschickteste Polizist. Aber ich interessiere mich für Menschen. Was ich nicht von allen meinen Kolleginnen und Kollegen behaupten kann. Wie der Comandante bemerkt hat, habe ich mich bis jetzt nicht darum bemüht, Karriere zu machen.«

Die Commissaria, hibbelig vom Espresso und frustriert von den ergebnislosen Ermittlungen der letzten Woche, kostete es ihre ganze Selbstbeherrschung, ihm nicht ins Wort zu fallen. Wenn er eine Empfehlung von ihr wollte, sollte er doch einfach damit herausrücken.

»Ich habe auch nie einen Anreiz darin gesehen aufzusteigen. Geld bedeutet mir nicht so viel, und mehr Arbeit und Verantwortung habe ich auch nie angestrebt.«

Komm doch bitte auf den Punkt, flehte die Commissaria innerlich, während sie sich bemühte, einigermaßen freundlich und interessiert zu wirken. Sie mochte Francesco einfach.

»Was mich aber seit ein paar Jahren wirklich gepackt hat, ist die operative Fallanalyse. Ich habe alles darüber gelesen, was ich in die Finger kriegen konnte. Und ich fühle, dass es jetzt Zeit ist, mein Wissen in der Praxis umzusetzen. Deshalb habe ich die letzte Nacht wach gelegen und über die Drohbriefe, die du erhalten hast, nachgedacht.«

Jetzt hatte er die volle Aufmerksamkeit der Commissaria.

Francesco legte die ausgedruckten Drohbriefe auf ihrem Schreibtisch aus.

> DIE POLIZEI SOLLTE BESSER DIE RICHTIGEN VERBRECHER JAGEN, ALS EHRBARE LEUTE ZU BELÄSTIGEN.
> STELL SOFORT DIE ERMITTLUNGEN EIN, SONST WIRST DU DIR BALD DIE RADIESCHEN VON UNTEN ANSEHEN KÖNNEN!

> WENN DU NICHT AUFHÖRST HERUMZUSCHNÜFFELN, WERDE ICH DICH TÖTEN.
> ICH HABE KEINE SKRUPEL, ES IST EINFACHER, ALS MAN MEINT.
> UNKRAUT GEHÖRT VERNICHTET!

EIN BISSCHEN WEISSES PULVER UND IHR ZIEHT DEN SCHWANZ EIN. PARDON, DU MAGST JA KEINE SCHWÄNZE.
ABER ES IST VERNÜNFTIG VON EUCH, DASS IHR MEINE FINGERZEIGE ERNST NEHMT, ES WAREN WARNUNGEN! ICH BIN EIN SEHR KONSEQUENTER MENSCH, SCHON IMMER GEWESEN. WENN ICH ETWAS SAGE, DANN MEINE ICH ES AUCH SO. UND ICH BIN IM RECHT.

DU VERDAMMTE SCHNÜFFLERIN. IN WAS FÜR ZEITEN LEBEN WIR EIGENTLICH, DASS EINE FRAU WIE DU EINE SOLCHE ARBEIT MACHEN DARF.
ICH WERDE NICHT RUHEN UND DIR DAS LEBEN BEREITS HIER AUF ERDEN ZUR HÖLLE MACHEN, SO WIE DU ES VERDIENST.

PS: DU SOLLTEST GUT AUF DEINE »FRAU« UND »DEIN« KIND AUFPASSEN.

»Wenn man sie hintereinander liest, ergibt sich ein ziemlich deutliches Bild. Die Ausdrucksweise deutet auf eine ältere Person. Die altmodischen Wörter und Wendungen häufen sich. Kein junger Mensch würde »die Radieschen von unten ansehen« schreiben, auch »herumschnüffeln« und »Fingerzeige« klingeln antiquiert. Ich habe dir ja bereits gesagt, dass ich es für sehr unwahrscheinlich halte, dass Simone Falchetto sie verfasst hat. Nicht weil sie keine altmodischen Wörter und gestelzte Formulierungen verwenden würde. Ich denke, das könnte sie durchaus, wenn sie wollte, aber ich glaube nicht, dass sie so eine plumpe Geisteshaltung vortäuschen würde. Sie würde sich etwas viel Raffinierteres, Doppelbödiges ausdenken. Die Person sagt zwar, dass sie polizeiliche Ermittlungen verhindern will, aber ich finde, das steht nur an zweiter Stelle. Ich denke, es geht eigentlich vor allem um dich persönlich. Du wirst direkt angesprochen, und in den letzten zwei Briefen ist deine sexuelle Ausrichtung das dominierende Thema. Es ist offensichtlich jemand, der sich daran stört. Hat es schon öfter solche Angriffe gegeben?«

»In letzter Zeit eigentlich gar nicht. Aber es gibt Leute, die nicht damit klarkommen, dass ich lesbisch bin. Meine Tante Elisabetta zum Beispiel. Aber warum sollte sie mir drohen? Sie kann doch dabei gar nichts gewinnen.«

»Ist sie religiös, deine Tante?«

»Ja, stockfromm. Sie rennt dauernd in die Kirche und ist extrem selbstgerecht.«

»Alleinstehend? Über 70?«

»Ja.«

»Ich denke, deine Tante hat die Briefe geschrieben«, sagte Francesco lachend.

52

Marta hatte an diesem Morgen mit dem Ex-Procuratore telefoniert, der sich mehr Zeit erbeten hatte für die Suche nach neuen Verdächtigen.

Warten war mühsam, weshalb sie beschloss, Elena Casanova einen Besuch abzustatten, um sie noch einmal zu befragen. Schließlich hatte Claudine Dubois gesagt, Banfi sei nach Locarno gekommen, um seine Angehörigen wiederzusehen. Vielleicht hatte Elena Casanova nicht die ganze Wahrheit gesagt, und sie hatte doch Kontakt mit ihrem Bruder gehabt.

Marta fuhr die kurze Strecke mit ihrem kleinen Citroën. Im Gegensatz zur Commissaria zog sie das Autofahren dem Gehen vor.

Elena Casanova war allein zu Hause, ihr Mann war mit Froda unterwegs. Marta nahm dankbar den angebotenen Espresso an, setzte sich an den Küchentisch und wusste nicht, wie sie ihr Anliegen zur Sprache bringen sollte.

Elena, die offensichtlich vermutete, Marta sei wegen den giftigen Pilzen gekommen, nutzte die Gelegenheit, ihre Sorgen um die Familie ihrer Tochter zu teilen. Sie fühle sich hilflos, man könne nie wissen, was der Person, die diese Drohungen verfasse, als Nächstes einfalle. Aber sie sei froh, dass Marta gekommen sei, das zeige, dass man die Sache ernst nehme.

Das machte es für Marta nicht leichter.

»Natürlich nehmen wir die Sache ernst.« Sie stockte

und brachte es nicht übers Herz zu sagen, dass sie nicht deswegen gekommen war. »Hast du denn eine Vermutung, wer diese Briefe geschrieben haben könnte? Hat Roberta Feinde? Gibt es Leute, die sie hassen?«, fragte sie stattdessen.

»Ach, Homophobie nennt man das ja heute, kommt immer wieder vor. Ist aber zum Glück nicht mehr so häufig. Natürlich gibt es noch ein paar Ewiggestrige. Wie meine Schwester Elisabetta zum Beispiel. Sie kann nicht akzeptieren, dass Roberta Frauen liebt. Vielleicht liegt es daran, dass sie fünf Jahre älter ist als ich. Das fühlt sich manchmal an, als ob sie einer anderen Generation angehören würde.«

Zia Elisabetta, dachte Marta. Ob Roberta in Erwägung gezogen hatte, dass ihre Tante die Autorin der Drohbriefe sein könnte? Sie musste sofort mit ihr sprechen. Sie verabschiedete sich überhastet, ließ Robertas Mutter überrascht und auch ein wenig enttäuscht zurück, um zum Polizeiposten zu rasen.

Allerdings fand sie das Büro der Commissaria leer vor. Sie versuchte es auf ihrem Handy, landete auf der Mailbox und beschloss, nach Giornico zu fahren, um Tante Elisabetta zu befragen. Sie versuchte auch, Agente Chiesa zu erreichen, um ihn mitzunehmen, aber dieser war gerade auf dem Weg zu Claudine Dubois' Hotel.

Nachdem Marta sich durch die vielen Kreisel der Kantonsstraße in der Magadinoebene gequält und die Autobahn im Süden von Bellinzona erreicht hatte, versuchte sie, sich zu erinnern, wo sie das letzte Mal in Giornico geparkt hatten. Im Gegensatz zu ihr hatte sich Agente Chiesa im Dorf ausgekannt. Marta wusste von Giornico nur, dass dort ein kräftiger und wohlschmeckender Merlot namens *Giornico Oro* produziert wurde, und dass man von der Autobahn aus diese trutzige Kirche sah, die über dem Dorf thronte, wie ein Relikt aus einem märchenhaften Mittelalter.

Aber als sie die Autobahn verlassen hatte und die Dorfgrenze erreichte, sah sie den Gemeindeparkplatz und erinnerte sich wieder, dass es in den engen Dorfgassen unmöglich war, ein Auto zu parken. Sie ließ den Wagen auf dem Parkplatz und ging die letzten paar 100 Meter zu Fuß. Als sie in die enge Gasse, an der sich das Häuschen von Elisabetta Banfi befand, eingebogen war, entdeckte sie zu ihrer Überraschung die Commissaria, die wohl soeben geklingelt hatte, jetzt einen Schritt zurücktrat und die Hausfassade musterte.

»Roberta! Was machst du hier?«, fragte Marta überflüssigerweise, da es eigentlich offensichtlich war, dass die Commissaria ihrer Tante einen Besuch abstatten wollte.

Die Commissaria kam nicht dazu, das Offensichtliche zu bestätigen, weil im Haus nebenan ein Fenster aufging und eine Frau rief: »Suchen Sie Elisabetta? Die ist in der Kirche, wo denn sonst.« Es klang ein wenig abschätzig.

Das Fenster wurde auch gleich wieder geschlossen, bevor die beiden dazu kamen, sich zu bedanken.

»Wo ist denn die Kirche?«, fragte Marta, aber die Commissaria zuckte die Schultern. »Ich war noch nie in Giornico. Elisabetta ist erst vor wenigen Jahren hergezogen.«

Sie sahen zum Fenster der Nachbarin hoch, aber da regte sich nichts mehr. Marta entdeckte ein paar Meter weiter einen Pfahl mit gelben Wanderwegweisern. Auf einem stand »Chiesa di Santa Maria«, und die beiden eilten in die Richtung los, in die der Pfeil wies. Der Weg führte sie über eine geschwungene Brücke mit Kopfsteinpflaster auf eine kleine Insel im Fluss Ticino, auf der nur eine Handvoll Häuser standen, zu einer weiteren katzenbuckeligen Brücke auf die andere Seite des Flusses. Dann ging es zwischen Häusern hindurch auf die Via Castello. Jetzt konnten sie die Kirche auf dem Hügel sehen. Ein steiler Weg, holprig gepflastert und mit Gras überwachsen, führte schnurgerade zu ihr hinauf.

Als sie oben ankamen, rangen beide nach Luft. Die Kirche wirkte seltsam verlassen, man fühlte sich augenblicklich fern aller Zivilisation, obschon der Hügel nicht besonders hoch war und das Dorf fast greifbar erschien. Auch schienen die Geräusche plötzlich verschluckt, fast als ob man sich unter eine unsichtbare Schutzglocke in ein anderes Zeitalter begeben hätte.

Marta erreicht als Erste die massive Holztür und rüttelte an der Klinke. Sie war geschlossen.

Die Commissaria trat näher und klopfte mit der Faust auf das von der Sonne geschwärzte Holz. »*Zia* Elisabetta, mach auf. Ich bin's, Roberta!«, rief sie.

Stille antwortete ihnen, und sie schauten sich ratlos an.

»Was ist das denn?«, sagte Marta, deutete auf einen QR-Code neben der Tür und zückte auch gleich ihr Handy. »Wow, die Tür lässt sich per Handy öffnen, ich muss mich nur registrieren.« Während Marta auf ihrem Telefon herumtippte, erkundete die Commissaria die Umgebung der Kirche. Sie war offenbar in eine Ruine hineingebaut worden, vielleicht eine ehemalige Burg, wie die Mauerreste vermuten ließen. Auf der Seite hatte es noch eine Tür, die aber ebenso fest verschlossen war.

»*Cazzo, cazzo, cazzo*«, hörte sie Marta auf einmal fluchen. Da diese Art von Kraftausdrücken selten von ihr zu hören waren, fragte die Commissaria sofort nach.

»*Che app di merda!* Ich habe mich jetzt schon dreimal registriert, und immer, wenn ich alles ausgefüllt habe, stürzt das verdammte Ding ab und ich kann von vorne beginnen.«

»Lass mich mal versuchen«, sagte die Commissaria. »Mein Akku war zwar leer, aber ich konnte ihn im Zug wieder aufladen.« Sie richtete ihr Handy auf den QR-Code. Aber sie hatte keine Geduld mit den Zumutungen der modernen Technik, tippte drauflos und kam genauso wenig zum Ziel wie Marta. Diese sagte, sie versuche es jetzt noch ein letztes Mal, und siehe da, der Drehknopf ließ sich plötzlich bewegen, und die Tür ging auf.

Waren sie gerade noch voll im 21. Jahrhundert gefangen gewesen, war es wieder da, das Gefühl, Jahrhunderte zurückgeworfen zu werden. Das dämmrige Innere der Kirche hatte eine archaische Ausstrahlung mit dem Boden aus rohen Steinplatten und den primitiv gezimmerten Bänken ohne Verzierungen. Ohne jeglichen Kirchenpomp fühlte man sich hier irgendwie dem Urchristentum nahe. Nichts davon hätte Roberta mit ihrer Tante Elisabetta in Verbindung gebracht. Deshalb fand sie es auch nicht verwunderlich, dass sie nicht da war.

»Hier ist sie nicht«, sagte Marta, nachdem sie eine Kontrollrunde durch den nicht besonders großen Raum gedreht hatte. »Gibt es denn noch andere Kirchen in Giornico?«

»*Cazzo*«, sagte nun die Commissaria, die bereits das Handy konsultiert hatte. »Es gibt vier Kirchen in Giornico, jetzt ist mir klar, warum meine Tante hierhergezogen ist.«

Kurz darauf trabten die beiden den steilen Weg den Hügel hinunter, bogen rechts auf die Via Castello ab, rannten nun fast über das Bahngeleise und dann noch einmal rechts auf die Via San Nicolao, die zur gleichnamigen Kirche führte.

Als sie dort anlangten, begegnete ihnen ein Priester im schwarzen Rock, der, völlig in sich gekehrt, sie nicht zu bemerken schien.

Im Gegensatz zu der Kirche auf dem Hügel ließ sich das Portal von San Nicolao ohne Probleme und technische Zauberstücke öffnen. Aber auch hier erfasste Marta das Gefühl, in eine andere, frühere Zeit gesogen zu werden. Der rohe Granit der Säulen, die die romanischen Rundbögen trugen, wirkte, als sei er erst vor Kurzem aus dem Berg gesprengt worden. Marta konnte nicht anders, als bewundernd stehen zu bleiben, verzaubert von der urtümlichen Schönheit und Harmonie dieses Kirchenraums.

Die Commissaria, weniger empfänglich für die immaterielle Ausstrahlung von Kunst und Historie, ließ sich dagegen nicht von ihrer Mission ablenken. Sie suchte im Dämmerlicht nach ihrer Tante, konnte nichts ausmachen und rief schließlich: »Elisabetta! Bist du hier? Wir müssen mit dir sprechen.«

Jetzt machte sie eine Bewegung aus, vorne links in der vordersten Kirchenbank. Sie stürzte nach vorne, konnte nichts entdecken, sah sich um und vermutete, dass sich jemand, vermutlich ihre Tante, seitlich im Dunkeln zum Ausgang bewegte. Also schlich sie hinterher, unter höchster Anspannung die Bankreihen beobachtend. Marta, aus ihrer Verzauberung gerissen, machte kehrt und rannte zum Ausgang, um der Flüchtenden den Weg abzuschneiden. Statt des erwarteten aufgescheuchten Wildes erschien jedoch nur die Commissaria mit leeren Händen aus dem Dunkel des seitlichen Kirchenschiffs.

Die beiden sahen sich fragend und gleichzeitig lauernd an, als sie ein Geräusch hörten. Es kam von ganz vorne links. Beide rannten nach vorne und entdeckten mit Entsetzen eine kleine Gestalt, die auf einer fast endlos scheinenden Holzleiter, die vermutlich in den Glockenturm führte, hochkletterte. Marta langte als Erste bei der Leiter an, konnte aber nur noch sehen, wie die Gestalt eine Falltür aufdrückte und verschwand. Danach hörten sie ein scharrendes Geräusch, etwas Schweres war über die Falltür geschoben worden, was es unmöglich machte, sie zu öffnen, wie Marta gleich darauf feststellte.

Als Marta zurück auf dem Boden war, verständigten sich die beiden Frauen darauf, dass die Commissaria versuchen sollte, draußen mit ihrer Tante Kontakt aufzunehmen. Die Vermutung lag nahe, dass sie vorhatte, sich mit einem Sprung vom Glockenturm das Leben zu nehmen.

Marta würde inzwischen die Feuerwehr und die Kollegen verständigen.

»*Zia* Elisabetta, bitte komm runter. Wir sollten miteinander reden«, rief die Commissaria hoch zum Glockenturm.

Es tat sich nichts.

»*Zia*, bitte! Ich weiß, du missbilligst meine Lebensweise, aber ich möchte dir gerne alles erklären.« Die Commissaria suchte in den schmalen schwarzen Fensteröffnungen nach Zeichen von Bewegung. Es tat sich immer noch nichts.

Als sie jedoch zu einem weiteren Appell ansetzte, klang es plötzlich schrill vom Turm: »Verschwinde! *Vattene*!«

Immerhin eine Reaktion. Und noch viel wichtiger die Bestätigung, dass es wirklich ihre Tante war und nicht eine andere zufällig anwesende verwirrte Person.

Die Commissaria griff zu ihrem Handy. »Mamma, du musst sofort nach Giornico kommen. Lass alles stehen und liegen, es geht um Elisabetta. Es ist zu kompliziert, um es zu erklären, aber sie ist auf dem Kirchturm und will wahrscheinlich runterspringen.«

»Welche Kirche denn?«, fragte Elena Casanova mit erstaunlicher Gelassenheit.

»San Nicolao«, sagte die Commissaria und während sie sich kurz über ihre Mutter wunderte, tönte es wieder »*Vattene subito!*« von oben. Aber gleichzeitig konnte die Commissaria Martinshörner aus der Ferne hören. Es konnte nicht mehr lange dauern, bis die Feuerwehr mit ihren Sprungtüchern und Leitern da sein würde. Inzwischen musste sie versuchen, ihre Tante abzulenken.

Aber auch Elisabetta hatte die nahenden Rettungskräfte gehört, und das gefiel ihr gar nicht. Sie zwängte ihren Oberkörper durch eine der schmalen Fensteröffnungen und rief: »Geh mir aus dem Weg, ich springe jetzt.«

Die Commissaria geriet in Panik, sodass ihr für den Moment die Worte fehlten, als sie plötzlich einen dröhnenden Bass neben sich hörte: »Elisabetta, hör mir zu. Das ist nicht christlich, was du vorhast.« Es war der Priester, der ihnen vorher so tief in Gedanken entgegengekommen war.

»Elisabetta! Du hast gebeichtet, Gott hat dir deine irdischen Sünden vergeben. Aber er wird dir nicht verzeihen, wenn du dir das Leben nimmst.«

Sehr gut, dachte die Commissaria, er macht das viel besser, als ich es je gekonnt hätte.

»Elisabetta, komm runter. Rede mit mir, und wir werden eine Lösung finden für deine Probleme. Ich habe dir bereits gesagt, dass Gott dir verziehen hat. Das ist das Wichtigste.«

Während der Priester in den Himmel redete, bemerkte die Commissaria, dass Elisabetta ihm gebannt lauschte. Sie beschloss, sich außer Sichtweite zurückzuziehen, um Polizei und Feuerwehr zu benachrichtigen, dass sie sich langsam, geräuschlos und von Süden nähern sollten. Als sie das nächste Mal einen Blick auf die Nordseite des Turms wagte, war Elisabetta verschwunden und der Priester auf dem Weg in die Kirche. Sie folgte ihm unbemerkt, und als sich ihre Augen an das Dämmerlicht gewöhnt hatten, sah sie, wie Elisabetta die lange Holzleiter herunterkletterte. Als sie unten angekommen war, legte ihr der Geistliche segnend die Hand auf den Kopf, und sie beteten gemeinsam. Die Commissaria war erleichtert, als kurz darauf Marta mit mehreren Kollegen eintraf und für Elisabettas Festnahme sorgte.

53

Elisabetta gestand den Mord an ihrem Bruder ohne Weiteres.

Er hatte ihr einen Brief geschrieben und ihr die Situation geschildert, dass er fürchte, nach Italien ausgeliefert zu werden und sie deshalb noch einmal sehen möchte. Erst habe sie es als unerträgliche Frechheit von ihm empfunden, aber dann sei nach und nach in ihr die Idee gewachsen, dass sie ihn bestrafen könnte. Also schrieb sie ihm zurück, sie erwarte ihn an besagtem Sonntag zum Mittagessen. Sie habe den Tisch im Wohnzimmer gedeckt, und es sei nicht schwierig gewesen, in der Küche die vorbereiteten Knollenblätterpilze unter den Risotto auf seinem Teller zu mischen, ohne dass er es mitbekam.

Auf die Frage nach ihrem Motiv sagte sie, dass er schuld sei an allem Leid in ihrem Leben. Er sei schuld am Tod der Eltern und damit schuld an der Entfremdung zwischen ihr und ihrer Schwester Elena. Wenn nämlich die Eltern länger gelebt hätten, wäre Elena nicht derart von Gott abgefallen.

Mehr Klarheit ergab sich dann aus den Gesprächen mit dem Priester und Elisabettas Nachbarn.

Elisabetta war schon immer durch große, sagte der Priester, übertriebene, meinten die Nachbarn, Frömmigkeit aufgefallen. Sie litt unter starken Stimmungsschwankungen und fand ihr Heil im Gebet. Aber wie für viele psychisch labile Menschen stellte die Pandemie eine große Herausforderung für sie dar. Sie fühlte sich von alle Seiten bedroht, und wie ein in die Enge getriebenes Raubtier hatte sie oft aggressive Wutausbrüche.

Ihre Schwester Elena erklärte, ihr sei es so vorgekommen, als ob sich Elisabetta mit der Ermordung ihres Bruders an der Welt habe rächen wollen.

Die Polizei musste sich allerdings glücklich schätzen, dass Elisabetta ihre Tat so bereitwillig gestanden hatte. Sie hatte sich nämlich als Mörderin sehr geschickt angestellt und praktisch keine Spuren hinterlassen. Nur den Brief von ihrem Bruder Valerio hatte sie behalten. Man hatte sich übrigens gefragt, warum er nur an sie und nicht an seine Schwester Elena geschrieben hatte. Und man kam zu der Vermutung, dass es daran lag, dass Elena mit der Heirat den Namen ihres Mannes angenommen hatte. Er hatte sie nicht finden können, bis er in Locarno angekommen war und sein Elternhaus, wo Elena immer noch wohnte, ausgekundschaftet hatte.

Immerhin konnte man Elisabetta sehr gute Pilzkenntnisse nachweisen, was für die gewählte Mordmethode unabdingbar war. Wie ihre Schwester war sie als Kind oft mit dem Vater in den Wäldern um Locarno unterwegs gewesen und konnte sehr wohl einen Champignon von einem Knollenblätter- und einen schmackhaften Steinpilz von einem giftigen Satansröhrling unterscheiden. Letzterer stand übrigens im Verdacht, für die Vergiftung von Laura und Julia verantwortlich zu sein.

Dann gab es noch die Aussage eines Nachbarn, der den Besuch eines Mannes bei Elisabetta an besagtem Sonntag beobachtet hatte und dies so ungewöhnlich fand, dass es ihm im Gedächtnis geblieben war. Alles in allem hätte ohne das Geständnis eine Anklage wohl auf sehr wackeligen Füßen gestanden. Ob Elisabetta jedoch überhaupt schuldfähig war, musste erst noch abgeklärt werden. Es galt, die psychiatrischen Gutachten abzuwarten.

Was man ihr allerdings einwandfrei hatte nachweisen können, war das Verfassen der Drohbriefe an ihre Nichte Roberta. Es war eindeutig ihr Drucker gewesen, der diese Briefe ausgespuckt hatte. Auch fand man in ihrem Haus eine Dose Pfeifenerde, mit der sie wohl den *Anthrax*-Anschlag vorgetäuscht hatte. Und zu guter Letzt ergab eine Bewegungsanalyse, dass sie die Person war, die mit hochgezogener Kapuze am frühen Morgen einen der Briefe beim Polizeiposten eingeworfen hatte.

EPILOG 1

Nach den ereignisreichen Wochen im Juli hatten sich Julia und Roberta Ferien verdient. Sie hatten vor, in die Bretagne zu fahren, in der Hoffnung, der heimatlichen Hitze zu entfliehen. Am nächsten Tag sollte es losgehen.

Roberta hatte sich am Nachmittag noch zu einem letzten Spaziergang mit ihrem Vater und Froda verabredet. Sie machten sich auf die übliche Runde zur Maggia, über die Fußgängerbrücke und dann am rechten Ufer flussaufwärts Richtung Tegna.

Roberta war nicht zum Reden aufgelegt, aber sie und ihr Vater konnten gut zusammen schweigen. Sie gingen in Gedanken versunken nebeneinander, während Froda mit großer Energie vorauslief, schnüffelte, markierte und andere Hunde begrüßte.

Roberta sah ihn schon von Weitem. Einen Polizist in blauer Uniform, der sich ihnen näherte, aber immer wieder stehen blieb, ein paar Schritte ins Gebüsch machte und Zweige umbog. Er schien eindeutig etwas zu suchen. Als er bei ihnen ankam, strahlte er Roberta an. »Commissaria! Wir haben ihn gefasst!«

Roberta brauchte ein Sekunde, um den Gemeindepolizisten zu erkennen, der ihr vom Hundemäntelchen-Dieb erzählt hatte.

»Wir konnten ihn auf frischer Tat ertappen«, sagte er voller Genugtuung, dann bemerkte er den fragenden Blick von Robertas Vater. »So ein Typ, der Hundemäntelchen geklaut hat. Natürlich ein Verrückter. Jetzt bin ich auf der Suche nach mehr Beweismaterial.«

Roberta sah erst ihn dann ihren Vater verdattert an, der Polizist verabschiedete sich, und Bruno Casanova schaute ihm hinterher. Dann drehte er sich zu seiner Tochter um. »Du hast doch nicht etwa geglaubt, dass ich der Dieb war?«, sagte er und prustete los. Sie hatte ihren Vater schon lange nicht mehr so lachen gesehen.

EPILOG 2

»Schau, was ich heute im Briefkasten gefunden habe.« Marta reichte Davì, der auf dem Sofa saß, einen kleinen Zettel.

Signora Saba, Medium
Spezialistin für Liebesprobleme
Spezialistin für alle Probleme, egal wie lange die Verzweiflung besteht.
Verhext? Das Unglück verfolgt dich? Löst alle Probleme, schützt gegen alle bösen Verwünschungen, Austreibung böser Geister, heilt unbekannte Krankheiten, garantiert 100-prozentigen Erfolg.

»Haben wir Liebesprobleme?«, fragte Davì.

»Sag du es mir.«

Davì starrte auf den Zettel in seiner Hand. »Meine Eltern möchten, dass ich zurück nach Treviso komme.«

»Was?« Marta schrie auf vor Überraschung.

»Sie haben das Gefühl, ich sei nicht glücklich in der Schweiz und wir würden nicht zusammenpassen.«

»Das stimmt doch gar nicht. Du bist doch sehr glücklich hier.«

»Ja, aber manchmal habe ich Heimweh.«

»Dann solltest du vielleicht öfter zu deinen Eltern fahren. So weit ist es nun auch wieder nicht.«

»Vielleicht. Aber eigentlich habe ich nur Heimweh,

wenn du nicht da bist. Oder wenn ich Angst habe, dich zu verlieren. Ich komme damit nicht klar, Marta.«

»Verlangst du von mir, meinen Beruf aufzugeben?«

»Das kann ich nicht. Das würde ich gern.«

»Davì, du weißt, ich wäre sehr, sehr unglücklich, wenn ich meinen Beruf aufgeben müsste. Das würde nicht gut gehen.« Marta war den Tränen nahe, aber Davì schien erstaunlich gefasst. »Wir haben die Wahl zwischen Pest und Cholera. Entweder du bist unglücklich oder ich. Ich habe viel darüber nachgedacht. Vor allem seit mich meine Eltern gedrängt haben, zurückzukommen und mir eine italienische *ragazza* zu suchen, die kochen kann. Eine durchaus verlockende Alternative, wenn ich an die vielen Pizzakartons denke, die ich entsorgen musste, seit du bei mir wohnst.« Er lächelte, und Marta gab einen Schluchzer von sich, der halb wie ein Lachen klang.

»Die Rechnung ist eigentlich einfach, entweder du bist die ganze Zeit unglücklich und beginnst, mich zu hassen, oder ich sterbe ab und zu fast vor Angst um dich. Du musst mir einfach versprechen, dass es so selten wie möglich vorkommt.«

Marta beugte sich zum ihm hinunter und umarmte ihn. »Sara die Seherin hat doch recht gehabt«, flüsterte sie in sein Haar.

»Wieso?« Davì löste sich aus ihren Armen und sah zu ihr auf.

»Sie hat uns beiden eine glückliche Beziehung vorhergesagt, wenn ich ehrlich zu dir sein würde.«

»*Ecco!* Und wenn doch Probleme auftauchen sollten, dann können wir uns immer noch an Signora Saba wenden.« Davì nahm den Zettel vom Couchtisch, stand auf und steckte ihn demonstrativ an die Pinnwand.

M

Ich habe gerne das letzte Wort.

Aber nach den Ereignissen der letzten Zeit muss ich mich fragen, wie weiter.

Die Commissaria wird nicht lockerlassen. Ich werde eine Zeit lang stillhalten und über das Töten nachdenken müssen.

Neulich habe ich etwas Interessantes über Psychopathen erfahren. (Ja, Psychopathen beschäftigen mich.)

Sie haben offenbar keine tiefen Empfindungen. Sind innen ganz leer. Deshalb suchen sie ständig nach Ablenkung. So eine Leere muss tödlich langweilig sein. Einige denken, Töten sei der ultimative Kick. Aber es ist nie der ultimative Kick. Es ist immer nur kurze Zeit aufregend. Dann kommt die Leere zurück.

Ich bin innen nicht leer. Im Gegenteil. Ich bin voller Emotionen. Wichtig ist, dass man die Kontrolle nicht verliert. Ich kann mich beherrschen. Es wird kein Problem für mich sein, eine Weile stillzuhalten.

Ich bin keine Psychopathin.

Weitere Titel finden Sie auf den folgenden Seiten und im Internet:

WWW.GMEINER-VERLAG.DE

Commissaria Casanova ermittelt:

1. Fall: Die Lago Maggiore-Morde
ISBN 978-3-8392-0471-9

2. Fall: Die Lago Maggiore-Morde – Tod im Kamelienpark
ISBN 978-3-8392-0686-7

3. Fall: Die Lago Maggiore-Morde – Tod im Camper
ISBN 978-3-8392-0860-1